사랑의 역사

사랑의 역사

지은이_ 남미영

1판 1쇄 발행_ 2014. 3. 17.
1판 4쇄 발행_ 2019. 5. 11.

발행처_ 김영사
발행인_ 고세규

등록번호_ 제406-2003-036호
등록일자_ 1979. 5. 17.

경기도 파주시 문발로 197(문발동) 우편번호 10881
마케팅부 031)955-3100, 편집부 031)955-3200, 팩시밀리 031)955-3111

값은 뒤표지에 있습니다.
ISBN 978-89-349-6673-9 03810

홈페이지_ www.gimmyoung.com   블로그_ blog.naver.com/gybook
페이스북_ facebook.com/gybooks   이메일_ bestbook@gimmyoung.com

좋은 독자가 좋은 책을 만듭니다.
김영사는 독자 여러분의 의견에 항상 귀 기울이고 있습니다.

언젠가
어디선가
당신과
마주친
사랑

사랑의 역사

남미영 지음

김영사

아무도 우리에게
사랑을 가르쳐주지 않았다

우리는 사랑을 너무 쉽게 생각해왔습니다. 신생아가 엄마 젖을 빨고 첫돌이 지나면 걸음마를 하는 것처럼 사랑도 나이가 들면 저절로 배우게 되는 본능이라고 여겼습니다. 그래서 우리는 사랑을 배운 적이 없습니다. 부모님은 비싼 과외 공부는 시켜주면서도 사랑은 가르쳐주지 않았습니다. 학교에서는 외국어와 방정식과 미적

분 그리고 먼 우주에 대한 지식은 가르쳤지만, 사랑만은 가르쳐주지 않았습니다.

어쩌면 사랑은 가르치지 않는 게 더 낫다는 생각에 그랬는지도 모릅니다. 공부에 방해가 된다거나, 엉덩이에 뿔난다는 생각에. 아니면 사랑을 가르쳐줄 교사가 없어서였는지도 모릅니다. 어머니, 아버지 그리고 선생님도 사랑을 배운 적이 없으니까요. 그래서 우리는 중·고등학교와 대학까지 나왔어도 사랑에 관한 한 생무식쟁이로 어른이 되었습니다. 그러고는 "무식하면 용감하다"는 격언처럼 사랑의 실전으로 뛰어들었습니다. 결과는 뻔했습니다. 성공보다 실패가 더 많았지요. 그래서 '사랑은 눈물의 씨앗'이었습니다.

생각하면 어처구니없는 모험에 찬 인생입니다. 그래서 어떤 이는 사랑은 위험한 것이라며 마음의 문을 닫아걸고, 어떤 이는 사랑에 베여 피 흘리지 않기 위해 스스로 사랑 없는 삶 속으로 숨어듭니다. 또 어떤 이는 잘못된 사랑을 선택하여 불행의 구렁텅이 속에서 헤매기도 하고요. 그러다가 불혹의 나이가 지나서야 '모든 행복한 인생은 사랑 때문에 행복하고, 모든 불행한 인생은 사랑 때문에 불행하다'는 삶의 진실을 깨닫습니다.

만약 우리가 좀 더 일찍 사랑이 무엇인지 알 수 있다면 우물쭈물하거나 헤매지 않고 지금보다 더 쉽게, 더 빨리 행복의 길로 들어설 수 있을 것입니다. 우리가 사랑하는 데 어려움을 겪는 것은 사랑이 무엇인지 모르거나, 제대로 알지 못해 헷갈리기 때문입니다. 사랑이 아닌 것을 사랑이라 믿고, 사랑인 것은 사랑이 아니라고 믿은 결과지요. 사랑은 탐구할 가치가 아주 높은 학문이며, 배우고 가르쳐야 할 가장 중요한 공부입니다. 이 책은 이러한 생각에서 출발했습니다.

문학이란 읽을 수 있도록 만든 삶의 모습입니다. 문학 속 인물들은 그 시대를 살아가는 사람들을 대변합니다. 특히 명작이라 불리는 작품의 인물들은 시대를 대변할 뿐 아니라, 당 시대 혹은 후세 사람들의 인생에 크나큰 영향을 미칩니다. 그래서 우리가 주목해보아야 할 삶의 모습입니다.

이 책에는 1597년에서 2012년까지 동서양에서 발표된 서른 네 편의 사랑 이야기가 실려 있습니다. 세상에는 사랑을 이야기한 수많은 소설이 있지만 사랑에 대한 무조건적인 감탄이나 미화 혹은 한탄으로 균형감각을 잃은 작품들이 많습니다. 그런 작품은 사랑을 보는 우리의 판단을 흐려놓기 쉽습니다. 그래서 사랑을 이야기 하되, 비판과 질문과 탐구의 시선을 잃지 않은 작품을 골랐습니다.

'문학은 거리로 메고 다니는 거울'이며, 역사와 사회 속에서 피어
난 꽃입니다. 그래서 각각의 작품은 저마다 고유한 모양과 빛깔과
향기를 담고 우리에게 다양한 사랑을 보여줍니다. 이런 문학 속에
등장하는 타인의 삶, 그들의 성공과 실패를 읽는 동안 우리는 자신
의 인생을 미리 예행연습할 수 있습니다. 이것이 우리가 더 많은 사
랑 이야기를 읽어야 하는 이유입니다.

모든 책은 저자의 프리즘을 통해 읽어낸 세상이고, 독서는 독자
의 프리즘을 통해 책을 읽어내는 활동입니다. 그래서 독서는 연주
와 같습니다. 같은 악보를 보고도 연주자에 따라 조금씩 다른 향기
의 음악이 흘러나오듯, 독서도 읽는 이에 따라 조금씩 다른 의미를
발견하고 창조합니다. 그 의미는 독자 자신이며 철학입니다.

작품 속의 사랑은 외부의 손이 닿자마자 은유 속에 숨거나 만개
한 꽃잎처럼 흩어져 내리려 했습니다. 이때 나에게 도움을 준 이는
에리히 프롬Erich Fromm과 스콧 펙M. Scott Peck이었습니다. 1980년
대에 '인간과 성장'이라는 주제에 매료되어 성장 소설을 연구할 때
만난 에리히 프롬의 '사랑 이론', 젊은 시절 프롬의 이론에 매혹되어

사랑을 연구한 스콧 펙의 정의는 작품 속의 사랑을 분석하는 잣대가 되었습니다. 그리고 문학과 독서학을 전공한 나의 프리즘은 주인공들의 사랑에서 의미와 철학을 발견하는 도구가 되었습니다. 그러나 문학의 뜰에서 사랑을 읽고 글을 쓰는 동안 내내 닿을 듯 말 듯 사라지려는 사랑의 실체에 가슴 졸이고, 한숨 쉬었음을 고백합니다.

모든 사랑은 명작을 꿈꿉니다. 어떤 사랑도 찌질한 삼류를 꿈꾸지는 않습니다. 누군들 찌질한 사랑의 주인공이 되고 싶겠습니까? 나이 드는 건 저절로 되지만, 아름답게 나이 드는 건 배워야 합니다. 사랑의 열정은 저절로 생기지만, 아름답게 사랑하는 법은 배워야 합니다.

이 책은 사랑을 배우지 못하고 인생에 뛰어들었던 과거의 젊은이들과 여전히 사랑을 배우지 못하고 인생에 뛰어들고 있는 오늘날의 젊은이들에게 바치는 사랑 교과서입니다. 여러분은 이 책을 읽으며 톨스토이, 제인 오스틴, 알랭 드 보통 등 시공을 초월한 동서양의 작가 서른네 분이 애끓는 가슴으로 들려주는 사랑의 강의를 듣게 될 것입니다.

인생에서 가장 분주했던 40대의 어느 날, 책 좀 실컷 읽고 싶은 데 시간이 없어서 빨리 늙기를 소원했습니다. 시간이 많아지면 한 번 읽은 책들을 몽땅 꺼내놓고 다시 한 번 읽어보리라. 이 책은 그 때 그 꿈의 한 조각입니다. 그런데 나이 들어 다시 읽어 본 책들은 그때 그 책이 아니었습니다. 한번 뜯어먹은 대에서 새잎이 계속 올라오던 텃밭의 상추처럼 보이지 않던 새로운 의미들이 보였습니다. 다시 읽지 않았으면 영영 듣지 못했을 저자의 속깊은 목소리들, 그 것이 너무 아름다워 이 책에 담았습니다.

한 번뿐인 인생, 우리 모두의 사랑이 아름다운 명작이 되기를 바라면서 이 책을 독자 여러분에게 바칩니다.

눈 내리는 날
수지 집필실에서 남미영

차례

part 2
사랑과 열정 사랑의 주인이 되려면 용기가 필요하다

part 4
사랑과 이별 어긋난 너와 나는 실패한 사랑일까

part 5

사랑과 도덕 인정받지 못한 사랑이 세상에 던지는 질문

part 1

첫 사 랑

–

사 랑 의

문 을

두 드 리 다

사랑의
문을
두드리다

첫사랑이 시작될 무렵에
우리는 소나기를 읽었다

황순원의《소나기》

우리에겐 누구나 눈부신 시절이 있었다. 누군가의 첫사랑이었고, 누군가에게 첫사랑을 느끼던 시절. 나이는 조금씩 달라도 열서너 살, 인생의 여명이 밝아오던 무렵이었을 것이다.

첫사랑은 다음 사랑의 원형이 된다는 점에서 일생일대의 큰 사건이다. 기말고사보다 중요하고, 대학 입시보다 중요하다. 그러나 우리의 첫사랑은 그 중요성에 비해 너무나 무심히 지나갔다. 감기보다도 더 주목받지 못한 채, 어른의 눈을 피해 혼자서 첫사랑의 징검다리를 힘겹게 건넜다.

첫사랑의 연인은 영원히 나이를 먹지 않는다. 그때 인생의 봄날에 우리의 영혼은 성능 좋은 카메라였다. 거기에는 인생에서 가장 어여쁜 모습의 한 소년과 소녀가 그대로 담겨 있다. 햇빛 아래 윤기 흐르는 머릿결, 떨리는 눈빛 속에 피어오르던 수줍은 미소, 노을처럼 뺨 위로 퍼지던 기쁨, 라일락 향기를 닮은 떨림을 동반한 목소리, 맑은 눈에 고이던 이름 모를 눈물방울……. 그 어린 연인은 두 번째, 세 번째 사랑과 비교할 때 언제나 우위를 차지한다. 그래서 우리에게 첫사랑은 한 편의 아름다운 영화로 남는다.

그러나 아름다운 영화가 된 첫사랑도 들여다보면 슬프고 아픈 사랑인 경우가 많다. 첫사랑이 이루어지는 경우는 10%도 안 된다는 통계를 보면 첫사랑은 슬픈 사랑임에 틀림없다. 닿을 듯 말 듯 닿지 못한 짝사랑, 아무것도 맺지 못하고 사라져버린 연기 같은 사랑.

대한민국 국민은 모두 첫사랑이 시작될 무렵이면 황순원黃順元의 《소나기》를 읽는다. 1959년부터 지금까지 50여 년 동안 국어 교과서에 실려왔기 때문이다. 그래서 이 작품에 대한 우리의 추억은 실로 대단하다.

국어 교과서에 실을 작품을 선정하기 위해 설문 조사를 한 적이 있다. 20~50대의 한국인 1,000명을 대상으로 '국어 교과서의 글 중에서 가장 감동받은 글은 어느 것인가?'라고 물었다. 그 결과, 《소나기》가 90%로 1위였다. 이렇게 오랫동안 절대적 지지를 받아온 《소나기》는 우리 한국인에게 어떤 의미로 남아 있을까?

지금은 중학교 1학년 교과서에 실려 있는 《소나기》를 내가 처음 읽은 건 고등학교 2학년 때였다. 변변한 읽을거리가 없던 시절이라 우리는 학교에서 국어 교과서를 내준 날이면 그날로 국어책을 다 읽어치웠다.

《소나기》를 처음 읽던 날 밤, 밖에는 9월의 가을비가 부슬부슬 내렸다. 나는 마루로 나가 무릎을 세워 앉고 두 팔로 다리를 껴안으며 이마를 무릎에 얹은 채 오랫동안 앉아 있었다. 흡사 《소나기》가 준 감동이 몸에서 빠져나가지 못하게 하려는 듯이. '사랑은 슬픈 것'이라는 막연한 느낌이 가슴속에서 안개처럼 피어올랐다.

느낌이 발전해 생각이 되고, 생각이 발전하면 철학이 된다. 그러나 '사랑은 슬픈 것'이라는 그 느낌은 생각도 철학도 만들어내지 못했다. 국어 시간이 되어 우리는 소설을 앞에 놓고 해부학 시간의 의학도처럼 분석의 메스와 핀셋을 들고 눈을 뻔뜩여야 했다.

이 소설의 시간적 배경은 언제인가? 초가을. 공간적 배경은? 시골 마을. 보라색 꽃이 의미하는 것은? 죽음. 문체는? 간결체, 회화체. 소재는? 소년 소녀의 풋사랑. 작가는? 황순원, 평안남도 대동 출생, 숭실중학교, 와세다 대학 영문과 졸업……. 이런 지식들을 끝도 없이 외면서 기출 시험 문제에 답을 달다 보니《소나기》의 감동은 어디론지 사라지고 남은 것은 한 줌의 백과사전 식 지식뿐이었다.

《소나기》는 그렇게 지식만 움켜쥐고 가기에는 너무나 아름다운 소설이다. 사랑의 과정과 의미를 완벽하게 그려낸 한 폭의 수채화이다.

소녀가 징검다리에 앉아 물장난을 하고 있다. 숫기 없는 소년은 비켜달라는 말도 못 하고 개울 건너편에 앉아 소녀가 비켜주기만 기다린다. 이때 하얀 조약돌이 날아온다. "이 바보"라는 소리와 함께. 소녀는 "이 바보"라는 함축적 언어로 소년에게 말 걸기를 시작했고, 소년은 조약돌을 받아 주머니에 넣고 만지작거리는 비밀스러운 버릇이 생긴다.

사랑의
역사

둘이서 놀러 간 초가을 들판에서 소년의 남성성은 유년의 깊은 잠에서 깨어난다. 이제까지 중요하게 여기던 소 먹이는 일, 새 보는 일 같은 일상이 시시해지고, 아버지의 꾸중도 무섭지 않다. 그러고는 사랑에 빠진 남자가 연인 앞에서 용감한 흑기사가 되듯, 소년도 용감한 남자로 변한다. 평소라면 엄두도 내지 못했을 '송아지 등에 올라타기', '절벽에 핀 꽃 꺾어 오기', '떨고 있는 소녀에게 저고리 덮어주기', '소녀를 업고 개울물 건너기'를 서슴없이 해낸다. 소년은 이제 '이 바보'가 아니라 용감한 흑기사이다.

소녀에게 먹이고 싶다는 일념으로 동네에서 제일 맛있다는 덕쇠 할아버지네 호두를 훔치고는 달밤에 나무들이 만드는 어둠만 골라 디디며 집으로 가는 소년. 소녀가 아니라면 결코 시도하지 않았을 죄를 짓고 있는 소년에게서 우리는 적나라한 사랑의 모습을 보게 된다. "사랑이란 그 사람만 보이고 다른 것은 모두 배경으로 물러가는 것"이라는 《오만과 편견》의 명대사처럼 소년에게는 오직 소녀만 보이고, 이제 다른 것은 모두 배경이 되었다.

"사랑이란 두 사람의 비밀 만들기"라는 말이 있다. 사랑을 시작하면 두 사람 사이에는 비밀이 쌓여간다. 아무에게도 공개하고 싶지 않고, 공개할 수도 없는 두 사람만 아는 비밀. 그 비밀을 공유해

나가는 것이 사랑의 과정이고 재미이다. 둘만 간직한 비밀이 없는 사랑이란 얼마나 밍밍할 것인가? 소년과 소녀도 둘만의 작은 비밀들을 만들고 지켜나갔다. 이제 마지막 비밀은 소녀의 유언 속에 들어 있다.

> 그런데 참, 이번 계집애는 어린것이 여간 잔망스럽지가 않아. 글쎄 죽기 전에 이런 말을 했다지 않아? 자기가 죽거든 자기 입은 옷을 꼭 그대로 입혀서 묻어달라고…….

소녀가 남긴 유언의 의미를 아는 사람은 오직 한 사람, 소년뿐이다. 이보다 더 큰 비밀이 어디 있으랴. 이보다 더 강력한 사랑의 고백이 어디 있으랴. "사랑한다, 죽도록 사랑한다"고 고백했더라도 이보다 큰 의미를 담지는 못했을 것이다. 자신에게 남긴 소녀의 비밀스러운 유언을 들으며 소년은 무슨 생각을 했을까? 망망한 우주로 멀어져가는 별 하나를 향하여 손을 흔들었을까, 안녕이라고 말했을까? 그러다가 이불 속에서 몸을 옹크리고 흐느껴 울었을까?

《소나기》를 가지고 서울 강남의 G 중학교 학생들과 사랑 수업을 하러 갔다. 예전의 불행했던 나의 국어 시간을 회상하면서 수업을 시작했다.

사랑의
역사

"여러분, 이 소년은 좋아하는 여자가 죽었지요? 그 사실을 안 순간 소년은 어떤 생각을 했을까요?"

나는 사랑에 대한 학생들의 감성을 이끌어낼 만반의 준비를 하고 학생들을 둘러보았다. 그때 반장이 손을 들었다.

"이제는 다른 여자를 사귀겠다고 생각할 것 같습니다."

오, 하느님! 나는 비명이라도 지를 뻔했다. 그때 다른 학생의 목소리가 들렸다.

"제 생각에는요, 이제는 건강한 여자를 사귀어야겠다고 생각할 것 같은데요."

소년들은 이제 사랑 이야기를 하자고 해도 하지 않는다. 정답 찾기를 하자는 줄 안다. 그들에게 정답이 없는 공부는 공부가 아니기 때문이리라. 돌이켜보면 우리가 배운 문학은 우리 삶에 거의 도움이 되지 못했다. 삶에 도움이 되지 못하는 문학이란 무슨 소용인가!

그러나 생각하면 우리의 젊은 시절은 《소나기》가 있어 다행이었다. 그 아름다운 소설마저 없었다면 우리의 사춘기는 얼마나 삭막했을까? 《소나기》는 우리가 어린 시절에는 가지고 있었으나, 어른의 나라로 들어올 때 잃어버린 순수의 조각 하나를 떼어 주머니에 넣어준 작품이었다. 우리 삶이 고단하고 때묻어 더럽혀졌을지라도

순수를 그리워하는 마음만은 놓지 않고 여기까지 온 것은《소나기》
가 준 선물인지도 모른다.

그래서 그럴까. 내 친구 하영이는 지금도 "나는 내 첫사랑보다
《소나기》의 첫사랑이 더 첫사랑 같아"라고 말하곤 한다. 그리고 양
평균에 있는 소나기 마을에는 해마다 20만 명이 넘는 사람이 찾아
와 소년과 소녀의 사랑을 추억하고, 자신들의 첫사랑을 회상하며
밝아진 얼굴로 돌아간다.

그렇다. 우리는《소나기》를 무심하게 대했어도《소나기》는 사라
지지 않고 우리 안에 남아 '사랑의 고향'이 되어주었다. 그뿐 아니
라, 이 소설은 1959년 영국 〈인카운터Encounter〉지가 주최한 '세계
의 아름다운 단편소설' 콩쿠르에 뽑힌 이후 10개 국어로 번역되어
지금은 세계 청소년들에게 첫사랑의 상징이 되고 있다.

내 안의 사랑을 깨워준 사람

이반 세르게예비치 투르게네프의 《첫사랑》

　"첫사랑이 아름다운 건 이루어지지 않았기 때문"이라는 말이 있
다. 첫사랑과 결혼해서 지지고 볶으며 늙어가는 모습을 지켜보는
것보다는 생의 고비 고비에서 반추할 수 있는 아름다운 추억 하나
를 잃지 않는 것이 더 가치 있다는 역설일까? 실제로 수필가 피천득
은 자신의 수필 〈인연〉에서 백합같이 시들어가는 중년 여인이 된

첫사랑을 만난 후에 탄식한다. '아사코와 나는 세 번 만났다. 세 번째는 아니 만났어야 좋았을 것'이라고.

러시아의 소설가 이반 세르게예비치 투르게네프Ivan Sergeevich Turgenev의 《첫사랑》은 아프고 슬픈 첫사랑의 모습을 비 오는 날 유리창 너머의 풍경처럼 어룽어룽 보여준다.

부유한 귀족 집안의 외아들 블라디미르는 반듯하게 자란 열여섯 살 소년이다. 아버지는 잘생긴 외모에 세련된 매너와 젊음과 교양을 갖춘 남자이고, 어머니는 얼굴도 예쁘지 않고, 재산만 보고 열 살이나 연상인 자신과 결혼한 남편의 바람기 때문에 늘 신경성 질환에 시달리는 여인이다. 블라디미르는 자유와 권리를 누리며 품위와 매력을 잃지 않고 사는 아버지를 존경한다. 거부할 수 없는 힘과 매력의 원천인 아버지.

여름방학 동안 블라디미르 가족은 모스크바 근교의 별장에서 지낸다. 어린이는 아니지만 그렇다고 어른도 아닌 어정쩡한 상태의 사춘기 소년. 정신과 육체는 미지의 열정으로 끓어오르지만, 가슴이 허전한 소년은 엽총을 들고 별장의 드넓은 숲 속을 방황한다. 달콤하면서도 우스꽝스러운 기분, 두려우면서도 무언가를 기다리는 소년 앞에 스물한 살의 아름다운 여자가 나타난다. 오랫동안 쓰지 않던 별장의 허름한 별채에 이사 온 궁핍한 공작 미망인의 딸 지나이다이다.

지나이다는 안채의 아들 블라디미르에게 미소 짓고, 여자의 미소에 소년은 넋을 잃고 만다. 첫사랑이 폭풍처럼 소년을 덮친 것이다. 그러나 그녀는 남자가 많은 여자였다. 중년의 백작, 의사, 시인, 경기병 같은 남자들이 매일 그녀 주위를 맴돌았다. 그녀는 구혼자들에게 여왕처럼 군림하면서 그들을 손안의 밀랍처럼 마음대로 주무르고 부렸다. 지나이다는 블라디미르를 그 남자들의 일원으로 합류시켜준다. 그날로 모범생 블라디미르는 공부와 독서를 뚝 끊어버린다. 머릿속이 온통 지나이다로 꽉 차버렸기 때문에.

첫사랑에 빠진 소년은 어머니의 감시를 피해 매일같이 그녀의 집으로 간다. 변덕스럽고 교양 없는 공작 미망인의 호감을 사기 위해 편지 대필도 해주면서 나이 많은 구혼자들을 미워한다. 그러던 어느 날, 지나이다의 눈빛에 고뇌의 그림자가 드리우고 비밀의 시간이 생긴다. 해바라기처럼 그녀만 바라보던 구혼자들은 그녀가 사랑에 빠졌다는 것을 금세 알아차린다. 그리고 그 대상이 누구인지를 몰라 서로를 감시하고 경계한다.

질투와 복수심, 지나이다를 보호하겠다는 영웅심에 불타오른 블라디미르는 미지의 경쟁자를 죽이기 위해 밤중에 칼을 품고 그녀의 집 근처를 서성인다. 만일의 사태를 대비해 '먼저 소리칠 것인지, 그냥 칼로 푹 찌를 것인지'를 생각하며 어둠 속에서 눈을 번뜩인다. 드디어 밤 12시가 지났을 때 두려움과 증오로 칼을 움켜쥔 소년이 발견한 것은 검은 망토로 몸을 두른 아버지였다.

열여섯 살 소년은 충격을 받고 며칠 동안 밥도 못 먹고 앓아눕는다. 그러나 소년은 너무나 크고 너무나 완벽해서 상대가 되지 못하는 아버지를 미워하지도 못한다.

어느 날 어머니와 아버지가 다투는 소리가 들렸다. 어머니가 받은 익명의 편지 때문이었다.

"당신 공작 부인에게 돈을 줬군요."

"공작 부인이 불쌍하지 않소?"

"더러운 계집애!"

어머니는 울면서 시내로 돌아가자고 말한다. 블라디미르네 가족은 시내로 돌아왔지만 별장에서의 사건은 끝난 것이 아니었다. 어느 날 아버지와 함께 승마를 나간 소년은 아버지와 지나이다의 기묘한 밀회 장면을 목격한다. 아버지가 말채찍으로 그녀를 때리고, 그녀는 아버지를 향해 미소 짓는 이상한 장면을. 구혼자들에게 여왕처럼 군림하던 지나이다를 생각하며 소년은 다시 한 번 충격에 빠진다. 사랑이란 무엇일까?

두 달 후 아버지는 모스크바에서 온 편지 한 통을 받는다. 아버지는 처음으로 울면서 어머니에게 무언가를 부탁했다. 그러나 어머니는 거절했고, 절망한 아버지는 뇌졸중으로 쓰러진다. 쓰러지던 날 아버지는 아들에게 유언 같은 편지를 남긴다.

나의 아들아, 여자의 사랑을 조심해라. 그 행복과 그 독을 조심해라……

4년이 지나고 대학생 블라디미르는 예전의 경쟁자 중 한 사람에게서 지나이다의 소식을 듣는다. 모스크바의 부유한 재산가와 결혼한 지나이다가 나흘 전에 아기를 낳다가 죽었다는 소식을.

쉬이 사라지는 봄날 아침의 뇌우에 대한 추억보다 더 신선하고 소중한 것은 무엇이란 말인가?…… 오, 다정한 느낌, 부드러운 음성, 감동한 영혼의 신선함과 평화로움, 경이로운 첫사랑이 녹아 흐르는 기쁨이여……. 그대는 지금 어디에 있는가? 그대는 어디에 있는가?

고통 자체이던 첫사랑을 블라디미르는 왜 기쁨으로 기억하는 것일까. 그 시절 사춘기 소년의 마음속에서 부글거리며 끓어오르던 사랑의 에너지 속에서 한 줄기 빛을 깨우고 꺼내준 이가 그녀였기 때문일까. 첫사랑의 혹독한 통과의례를 거치며 우주의 비밀 하나를 알게 된 남자의 그리움일까. '인생은 길섶마다 행운 하나씩을 숨겨놓았다'는 니체의 말처럼 우리의 블라디미르는 첫사랑을 통해 인생에 유용한 교훈 하나를 발견했음이 틀림없다.

영혼의 여명기에 천둥 비바람처럼 찾아온 첫사랑. 아침 이슬처럼 순식간에 사라진 허무. 때로는 환희로, 때로는 죽음 같은 슬픔으로 우리 영혼을 두드리던 북소리. 그러나 그 사랑은 빛과 어둠의 망토로 우리를 감싸 안고 묵묵히 강의 이편에서 저편으로 노를 젓는다. 우리는 모두 그렇게 첫사랑이라는 배를 타고 어른의 나라로 들어왔다.

사랑의
역사

그것은 사랑이었네

박완서의《그 남자네 집》

하늘에 깔아논
바람의 여울터에서나
속삭이듯 서걱이는
나무의 그늘에서나
새는 노래한다.
그것이 노래인 줄도 모르면서
그것이 사랑인 줄도 모르면서
두 놈이 부리를 서로의 죽지에 파묻고
따스한 체온을 나누어 가진다.
　－박남수,〈새〉중에서

〈새〉를 읽노라면 세상에서 가장 소박한 사랑의 모습이 떠오른다.
사랑한다고 말하기 이전의 사랑, 사랑한다고 말하는 순간 날아가버
릴 것만 같은 사랑, 그것이 사랑인 줄도 모르면서 서로의 죽지에 부
리를 파묻고 따스한 체온을 나누어 가지는 새들의 사랑.

사랑한다고 말하기 이전의 사랑, 고백하지 않은 사랑의 아픔과 아름다움을 이야기하는 소설이 있다. 2004년에 출간된 박완서朴婉緒의 《그 남자네 집》이다. 소설에는 한국전쟁이 휩쓸고 간 서울 거리와 그 속에서 유령처럼 살아가던 우중충한 사람들의 모습이 담겨 있다. 그 여자와 그 남자도 그곳에 있었다. 그들은 서로의 죽지에 부리를 파묻고 전쟁의 폐허 속에서 새들처럼 따스한 체온을 나누어 가졌다.

그 남자는 여자의 외가 쪽으로 먼 친척뻘 되는 이였다. 열여덟, 열아홉 살. 학년은 같지만 여자가 한 살 많아 그 남자는 여자를 누나라고 불렀다. 남자는 수려한 외모에 홍예문이 있는 부잣집 막내둥이였고, 맥아더 장군의 인천 상륙 작전으로 북한군이 도망갈 때 아버지와 형님네 가족이 인민군을 따라 월북한 좌익분자의 가족이었다. 그 여자는 이웃의 밀고로 피란 못 간 오빠와 아버지가 빨갱이로 몰려 죽은 후, 가족의 생계를 책임지는 가난한 집의 소녀 가장.

1951년. 서울의 몇십 리 북쪽에서는 아직도 전쟁이 계속되던 겨울 어느 날, 길에서 그 남자가 그 여자를 부른다. 전쟁 직전에 막 대학생이 된 그들은 이제는 미군 부대 군속과 제대군인이 되어 있었다. 등굣길에 몇 번 눈길이 마주친 적은 있으나 내외하느라 한 번도

사랑의
역사

이야기를 나눈 적이 없는 그들이었지만 전쟁 통에 만나니 여간 반가워서 함께 빵집으로 갔다.

제대군인인 남자는 날이 선 서지serge 군복 바지에 반짝거리는 군화를 신고, 안에 털이 달린 군복 파카를 입고 있었다. 축구 선수이던 탄탄한 젊은 근육이 파카 안에서 슬며시 느껴졌다. 외로웠던 여자는 전쟁 통에 피란 못 간 서러운 사람끼리 죽지 못해 살고 있는 서울에서 '이게 웬 떡인가' 싶었다.

"이번 난리에 느네 식구 중엔 다친 사람은 없냐? 우린 아녀자만 남았는데."

"우린 달랑 모자만 남았는데."

"정말? 그럼 모두 죽었단 말이야?"

그 남자는 주위를 둘러보며 목소리를 낮추고 조곤조곤 말했다. 군대에 가서 넓적다리에 부상을 입고 명예제대해 집으로 와보니, 평소 좌익 사상을 가지고 있던 큰형님과 아버지가 1·4 후퇴 때 북으로 가고, 그 큰 집에 늙은 어머니 혼자서 자신을 기다리고 있더라고.

그해 겨울은 내 생애의 구슬 같은 겨울이었다. 폐허가 돼버린 서울에 남아 있는 극장에서 영화를 트는 날이면 우리는 극장으로 달려갔다. 난방이 안 되는 극장 안에서 그는 내 옆에 꿇어앉아 자기 털장갑을 뒤집어서 내 발끝에 씌워주곤 했다…… 언 발가락이 따뜻해지면서 내가 얼마나 애지중지 당하고 있다는 것을 느끼며 행복했다.

두 사람은 전쟁의 잔해가 쌓인 서울에서 두 마리 새가 되어 젊은 날의 한순간을 보낸다. 삼선동 포장마차에 다른 손님들이 없을 때면 그 남자는 나직하고 그윽한 음성으로 정지용, 한하운의 시를 암송해서 그녀를 기쁘게 해주었다. 그리고 명동으로 나가 미군 장교하고 살림 차린 고급 양부인들이 고객인 화려한 보석상 앞에서 여자가 유리창 너머로 가리키는 보석들을 보며 "나중에 꼭 사줄게"라며 허황하지만 즐거운 약속을 날렸다. 그러나 그는 돈 한 푼 못 버는 제대군인이었고, 여자는 돈을 벌긴 해도 다섯 식구의 밥줄이었다.

데이트 비용은 그 남자의 늙은 어머니가 시장에 내다 판 살림살이에서 나오는 눈치였다. 그러다가 돈이 떨어지면 그 남자는 부산으로 출가해 의사로 일하는 누나한테 원정을 갔다. 그가 돈을 얻으러 부산으로 간 날에는 서울이 텅 빈 것 같아 그녀는 밤에 이불 속에서 울었다. 아무리 시장 바닥에 사람들이 악머구리 끓듯 해도 그가 없는 서울은 빈 공간이었다. 그들은 서울에 마지막 남은 청춘이었다.

1953년 휴전협정이 맺어지고 부산이나 대구로 피란 간 사람들이 돌아왔다. 정부도, 학교도, 은행도, 회사도 돌아왔다. 남자는 대학에

복학하고 여자는 여전히 미군 부대 군속으로 일했다. 삶의 고단함으로 영악해질 대로 영악해진 여자는 전쟁 전에 다니던 은행으로 돌아간다는 미군 부대 동료와 결혼하기로 작정한다. "은행이란 그 얼마나 실속 있는 직장이냐, 뭣한 대학 졸업생보다 훨씬 낫다"며 어머니도 대환영이었다. 청첩장을 찍어서 그 남자네 집을 찾았다.

청첩장을 내보였다. 내용을 확인하더니 조금 돌아앉았다. 어떻게 이럴 수가 있느냐고 중얼거리는 것 같았다. 그러고는 격렬하게 흐느꼈다. 나는 그의 어깨가 요동치는 걸 보면서 그를 품에 보듬어 안고 싶었다. 그러나 자신이 없었다. 내가 감추고 있는 건 지옥 불 같은 열정이었다. 그렇게 오래 붙어 다녔지만 우리는 손 한 번 잡지 않았었다. "미안해 누나. 아무것도 아냐. 나 오늘 왼종일 울고 싶었거든. 그뿐이야."

결혼하고 아이를 낳고 주부가 되어 반찬거리를 사러 시장바닥을 팽글팽글 돌아다니던 그녀에게 동대문 시장에서 만난 남자의 누나가 말한다. 미안하지만 한 번만 동생 현보를 만나달라고. 현보가 이상해졌다고. 공부도 안 하고, 무슨 미친놈 발작처럼 한바탕씩 소란을 피우곤 한다며 지나가는 말처럼 들려준다.

"한번은 나한테 그러더라고. 건이 고모가 자기 첫사랑이라고. 그

서울 거리에서 두 마리의 새처럼
서로의 죽지에 부리를 파묻고 체온을 나누어 가지던 그 사랑을
어찌 사랑이 아니라고 말할 수 있을까.
그것은 사랑이었다.

상처가 얼마나 아픈지 누나는 모를 거라면서 눈물을 줄줄 흘리더라고……."

그 남자가 말했다는 첫사랑 소리가 나의 가슴에 꽂혔다. 이성을 마비시키기엔 그 말 한마디면 족했다.

무얼 입고 나갈까. 첫사랑이 긴 치마를 허리띠로 동여매고 시장바구니를 들고 나타난다면 그가 얼마나 실망할까……. 그건 첫사랑에 대한 예의가 아니었다. 나는 이것저것 나들이옷을 꺼내 입고 거울 앞에서 나를 비춰보았다……. 그 남자가 나에게 해준 최초의 찬사는 "구슬 같다"는 말이었다. 나는 다시 한 번 구슬 같은 처녀이고 싶었다.

다시 만난 두 사람은 동대문 시장 주변의 양품점을 돌며 브로치, 목걸이, 머플러, 비닐 백 등을 만져도 보고, 걸쳐도 보았다. 책방에 가서는 새로 나온 문예지를 구경하기도 했다. 밀회 시간이 끝나면 그 남자는 그녀가 반찬거리를 사는 데까지 따라와서 꽃을 사주기도 했다. 그러고는 길가에서 파는 시루떡, 인절미, 양념장을 찍 끼얹은 돼지 껍질이나 순대, 잡채 따위를 쪼그리고 앉아 낄낄거리며 사 먹었다. 꿀 같은 시간이 두 사람을 태우고 흘러갔다.

그러던 어느 날, 그 남자의 눈이 멀어버렸다. 머리가 아프다며 길

길이 뛰는 그의 두뇌를 가른 의사가 두뇌 속에서 몇 마리의 벌레를 집어냈고, 그때 시신경을 잘못 건드린 것이라고 그의 누나가 울면서 전해줬다. 얼굴에 붕대를 감고 있는 그 남자의 병실을 찾아가서 명치끝에 포갠 그의 손을 잡았다. 맞잡은 그의 손에 악력이 가해지고, 가늘게 떨렸다. 그녀는 울면서 병실을 뛰쳐나왔다.

그 남자의 어머니는 전쟁으로 여기저기 흩어져 있는 땅을 찾아 눈먼 아들 앞으로 해놓고, 대학을 보내주어야 한다는 조건을 내 건, 가난하지만 야무진 아가씨 하나를 아들과 맺어주고 갔다. 그의 어머니가 간 후 그녀가 문상차 그의 집을 방문했다.

우리 엄마 너무 말랐더라. 그 남자가 말끝을 흐렸다. 울고 있었다. 점점 더 심하게 흐느끼면서 볼을 타고 눈물이 줄줄 흘러내렸다. 나도 애끓는 마음을 참을 수 없어 그를 안았다. 그도 무너지듯 안겨왔다. 우리의 포옹은 내가 꿈꾸던 포옹하고도, 욕망하던 포옹하고도 달랐다. 우리의 포옹은 물처럼 단단하고 완벽했다.
우리의 결별은 그것으로 족했다.

삼팔선 근처의 비무장지대를 구경한 적이 있다. 달리던 철마가 멈추어 서고, 어느 젊은 병사가 썼던 철모가 나뒹굴고 있는 풀밭에 노란 민들레꽃이 피어 있었다. 그 꽃은 어느 부호의 정원에 핀 꽃보다 찬란했다. 그 꽃이 나에게 말했다.

"전쟁은 당신들 인간만의 것이에요. 우리 꽃들하고는 아무 상관 없어요."

여자의 외가 쪽으로 먼 친척뻘 되는 그 남자, 여자가 한 살 많아서 누나라고 부르던 그 남자. 그래서 그것은 사랑이 아니라고, 아니라고 자신들에게 타이르던 사랑, 자기 장갑을 뒤집어 여자의 발끝에 씌워주던 사랑, 전쟁이 할퀴고 간 서울 거리에서 두 마리 새처럼 서로의 죽지에 부리를 파묻고 체온을 나누어 가지던 그 사랑을 어찌 사랑이 아니라고 말할 수 있을까. 그것은 사랑이었다. 비무장지대에 핀 민들레꽃처럼 찬란하고도 아픈 첫사랑이었다.

저만치 피어 있는 사랑

베르코르의 《바다의 침묵》

산에는 꽃이 피네
꽃이 피네.
갈봄 여름 없이
꽃이 피네.
산에 산에 피는 꽃은
저만치 혼자서
피어 있네.
 – 김소월, 〈산유화〉 중에서

아직은 봄바람이 새 교복 속으로 스며들던 어느 날 아침에 우리 학교 교문 옆에 낯선 아저씨가 책전을 벌였다. 등교하던 학생들이 책전 앞으로 모여들었다. 나도 그 앞에 가서 책 구경을 한다. 《하이네 시집》《바이런 시집》《한하운 시집》《김소월 시집》… 바닥에 모로 누워 있는 책등을 눈으로 훑어보다가 《김소월 시집》을 집어 들었다. 손바닥보다 조금 크고 얇은 책이었다.

그때 거기서 소월의 '저만치 혼자서 피어 있는 꽃'을 만났다. 그
것은 동시童詩만 읽어온 열세 살 소녀에게는 충격적인 언어였다. '저
만치 혼자서 피어 있는 꽃'이 나에게 무어라 말하고 있었지만, 나는
그 말을 알아들을 수가 없었다. 갑자기 세상이 아득하게 느껴지면
서 조금 슬픈 것 같았다.

주머니가 가볍던 20대에 교보문고에서 베르코르Vercors의《바다
의 침묵》을 읽었다. 표지가 짙은 바다색인 손바닥만 한 문고판이었
다. 읽기 전에 먼저 책을 휘리릭 넘겨보다가 한 구절에 눈이 꽂혔다.

"나는 조국을 사랑하는 사람들을 진심으로 존경합니다."

점령군 독일 장교가 적국인 프랑스의 민간인을 향해 말하는 그
대사가 눈에 들어오자, 나는 홀린 듯 선 채로 50쪽짜리 단편을 다
읽어버렸다. 그리고 소설 속에서 김소월의 〈산유화〉에서 본 '저만치
피어 있는 꽃'을 발견했다. 꽃이 아니라 사람이었다.
말없이 앉아서 뜨개질만 하는 목덜미가 흰 프랑스
처녀.

제2차 세계대전이 발발하고 독일이 프랑스
를 침공한 11월의 어느 날, 프랑스 시골 마을

에 독일 보병 부대가 들어온다. 점령군 지휘관인 장교는 소설의 서술자인 노인의 저택을 숙소로 정한다. 그 집은 예술을 사랑하는 교양 있는 노신사와 그의 조카딸이 살고 있는 집이다. 노신사는 2층의 넓은 방을 점령군 장교에게 내주고 책장과 전축을 부엌으로 옮겨놓고 그곳에서 조카딸과 함께 기거한다. 난방용 연료가 부족하기 때문이다.

독일군 장교는 한쪽 다리를 조금 저는 창백한 얼굴의 젊은이. 그는 저녁에 숙소로 돌아오면 빛나는 견장이 달린 군복을 벗고 플란넬 바지에 양모 스웨터 차림으로 부엌에 내려온다. 부엌의 쪽문을 열고 들어서서 "봉주르 무슈?" 하고 불어로 정중하게 인사한다. 그러나 노신사와 처녀는 대답하지 않는다. 고개를 들지도 않고 하던 일을 계속한다. 마치 들리지 않기라도 하듯이. 그러나 장교는 꼼짝 않고 앉아 있는 두 사람에게 미소를 보내며 말한다.

"나는 조국을 사랑하는 사람들을 진심으로 존경합니다."

그는 매일 저녁 부엌으로 내려와 음악과 예술에 대해 이야기를 한다.

"우리 독일과 이곳의 불에는 어떤 차이가 있겠습니까? 그것은 물론 장작이나 불꽃이나 벽난로는 서로 비슷합니다. 그러나 빛은 다릅니다. 빛은 그것이 비추는 물건-이 거실의 사람, 가구, 벽, 책장의 책-에 따라 다릅니다. 나는 이 방을 왜 이렇게 좋아할까요?"

곰곰이 생각하다 그가 다시 말했다.

"댁의 가구들은 아주 좋은 것들이라고는 할 수 없을 것입니다……
절대로. 그러나 이 방에는 영혼이 있습니다. 이 집 전체에는 영혼이
있습니다."

그는 책장 앞에 서 있었다. 손가락으로 가볍게 장정을 쓰다듬었다.

"발자크, 바레스, 보들레르, 보마르셰, 부알로, 플로베르, 라 퐁텐, 프
랑스, 고티에, 위고…… 굉장한 작가들이군요."

그는 가볍게 미소 지으며 머리를 끄덕였다.

그러나 노신사와 처녀는 대답이 없다. 장교가 볼 수 있는 것은 노
인의 회색빛 머리카락과 처녀의 흰 목덜미뿐. 두 사람은 점령군에
게 저항하는 프랑스의 정신처럼 침묵한다.

그곳에 머무는 몇 주 동안 장교는 프랑스를 사랑하던 아버지가
"군화를 신고 군복을 입고는 프랑스에 가지 말라"고 유언한 이야기,
그래서 유럽을 다 돌아다녔지만 프랑스에는 오지 않은 이야기, 그
러나 어쩔 수 없이 오게 된 이야기, 시를 사랑하던 동생이 지금은 가
장 과격한 나치 장교가 되어 슬프다고 말하며, 《미녀와 야수》라는

동화처럼 프랑스와 독일이 서로 사랑할 날이 올 것이라고 말한다.

　이동 명령을 받고 떠나기 전날 밤, 그는 창백한 얼굴로 내려와서 "내일 아침에 떠납니다"라고 말한다. 순간 '그의 눈동자와 조카딸의 눈동자가 물에 떠 있는 작은 배를 묶어놓은 강가의 고리처럼 서로 단단히 묶이는 것'이 보였다. 그러나 장교는 곧 쪽문으로 걸어간다. 그리고 돌아서서 허리를 굽혀 정중하게 작별 인사를 한다.
　"안녕히 계십시오."
　잠시 동안 침묵이 흐른다. 그 침묵의 끝자락에 들릴락 말락 한 조카딸의 목소리가 들린다.
　"안녕히 가세요."
　순간, 장교의 눈은 빛나고 입가에는 미소가 퍼진다. 그러나 곧 문이 닫히고 장교가 걸어가는 불규칙한 발소리가 들린다.

　소설은 그렇게 끝난다. 그것이 전부다. 소설 속에 '사랑'이라는 단어가 나오지도, 그 흔한 키스신도 나오지 않는다. 그러나 이 소설은 달콤한 사랑을 꿈꾸던 20대의 나를 어리둥절하게 만들었다. 혹시 이런 것도 사랑이 아닐까? 한마디 대화도 나누지 않은 그들에게서 나는 자꾸만 사랑의 의미를 찾으려 했다.

알고 보니 이 소설은 매우 정치적 의도로 쓴 작품이었다. 1942년 프랑스 레지스탕스의 일원이던 작가가 제2차 세계대전 당시에 시골 지하 창고에 숨어서 쓴 작품. 국민의 애국심을 고취하기 위해 만든 '심야총서' 1권으로 채택되어 전쟁 중인 프랑스 전역에 은밀히 퍼져나간 작품이었다.

그러나 작가가 어떤 의도로 썼건 작품은 독자의 것이다. 그때 나는 《바다의 침묵》에서 사랑을 읽었다. '저만치 피어 있는 꽃'처럼 아득한 저만치 피어 있는 사랑의 풍경을. 독일 장교와 프랑스 처녀에게 서로는 '저만치 피어 있는 사랑'이었다. 그 발견은 달콤한 사랑만이 진정한 사랑이라고 믿던 20대의 나에게 '세상에는 다양한 사랑이 존재한다'는 것을 눈치채게 해주었다.

지금도 계절마다 여러 가지 꽃이 피어난다. 왕궁의 정원에서 피어나 화려한 자태를 뽐내는 꽃들도 있지만, 아무도 모르게 피었다가 아무도 모르게 지는 풀꽃도 있다. 사랑도 그렇다.

40대가 되어 이 소설을 다시 읽었을 때 나는 아름다움을 한 가지 더 발견했다. 분노나 증오도 '저만치'의 거리를 유지하고 있을 때는 아름다울 수 있다는 사실을.

그 아름다움의 발견으로 나는 오랫동안 어둠 속에 있다가 갑자기

밝은 빛 속으로 나왔을 때처럼 눈이 부셔 얼굴을 찡그렸다. 일제강
점기와 한국전쟁이라는 불행한 역사를 배우고 경험한 나에게 그들
의 분노 표출 방식은 너무나 낯설었다. 욕 한마디, 증오의 말 한마
디 없이도 애국을 이야기할 수 있다는 사실이 신기하기만 했다. 악
독한 일본 순사와 늑대 같은 북한군이 등장하는 교과서 소설을 읽
으며 자란 나에게 《바다의 침묵》은 아득한 저 너머의 세계였다.

소설 어디에도 조국을 짓밟고 있는 독일에 대한 분노나 증오가
보이지 않았다. 독일 장교가 그랬듯이 이 작가도 독일에 대한 분노
와 증오를 언어로 표출하지 않았다. 그들은 아군과 적군을 띠나서
인간과 인간이 영혼을 통해 만나는 모습을 그려 전쟁을 고발하고
있을 뿐이었다. 어떤 경우에도 인간성 옹호라는 진실을 잃지 않는
저항이 아름다웠다. 이 두 번째 발견은 나에게 분노를 멀리 놓고 볼
수 있는 편안한 안경 하나를 선물했다.

변심한 애인의 얼굴에 염산을 뿌린 어느 청년의 이야기가 텔레비
전에서 흘러나온다. 청년은 배신당한 사랑 때문이라고 고개를 떨군
다. '저만치 피어 있는 사랑'의 아름다움을 알았더라면. 청년의 사랑
이 가엾다.

한 장의 그림으로 남은 사랑

트레이시 슈발리에의 《진주 귀고리 소녀》

나였던 그 아이는 어디 있을까.

아직 내 속에 있을까, 아니면 사라졌을까?

— 파블로 네루다, 《질문의 책》 중에서

시인 네루다Neruda는 그의 마지막 시집 《질문의 책》에서 이렇게 물었다. 나였던 그 아이, 나였던 그 소년, 나였던 그 소녀의 사랑은 사라졌을까? 우리 안에 남아서 지금의 나를 음전히 조종하고 있을까, 아니면 어느 추운 겨울날 울면서 쫓겨났을까?

시인들의 사랑은 시로 남는다. 그들이 남긴 아름다운 혹은 가슴 아픈 사랑은 나비가 되어 독자에게 날아온다. 소설가의 사랑은 소설로 남는다. 투르게네프는 《첫사랑》을 남겼고, 뒤라스는 《연인》을 남겼다.

화가들의 사랑은 캔버스에 남는다. 고야는 〈마야 부인〉을, 고갱은 〈타히티의 여인〉을 남겼다. 17세기 네덜란드의 화가 요하네스 베르메르는 〈진주 귀고리를 한 소녀〉를 남겼다. 그리고 333년 후, 영국의 소설가 트레이시 슈발리에Tracy Chevalier는 이 그림에 매료되어 《진주 귀고리 소녀》라는 소설을 탄생시켰다.

'소녀에게서 저런 표정이 나오려면 화가와 소녀 사이에 어떤 사연이 있었을까? 도대체 이 소녀는 누구이고, 어떻게 그림의 모델이 되었을까?'

베르메르의 〈진주 귀고리를 한 소녀〉를 보며 시작된 질문에 스스로 답하기 위해 작가 슈발리에는 그림 속 소녀를 찾아 미술사 속으로, 330여 년 전 화가가 살던 네덜란드의 델프트를 헤매고 다녔다. 그리고 작가적 상상력을 발휘해 주인과 하녀, 화가와 모델, 스승과 제자 그리고 남자와 여자로 마주선 화가 베르메르와 하녀 그리트라는 인물이 예술과 삶 사이에서 벌이는 아슬아슬한 사랑의 드라마를 만들어냈다. 한 폭의 그림에서 한 권의 소설이 풀려나온 셈이다.

요하네스 베르메르, 〈진주 귀고리를 한 소녀〉, 1665

타일 도장공의 딸 그리트는 미적 상상력이 뛰어난 소녀이다. 그녀는 새 하녀를 구하러 온 베르메르 부부의 목소리가 현관에서 들려왔을 때 "윤기 흐르는 놋쇠처럼 맑은 여자의 목소리와 나무 식탁처럼 어둡고 낮은 남자의 목소리가 들렸다"라고 표현한다. 그녀가 쟁반에 썰어놓은 채소 접시를 보고 화가가 "주홍색과 자주색은 나란히 놓지 않았군" 하니까 제 이름자밖에 쓸 줄 모르는 이 소녀는 "그 색깔들은 나란히 있으면 서로 싸우니까요"라고 대답한다.

열여섯 살 소녀 그리트는 그렇게 화가 베르메르 집의 하녀로 들어간다. 그리트에게는 가정부를 보조하는 허드렛일과 주인의 화실을 청소하는 임무가 맡겨졌다. 화가의 화실 청소는 그리트에게는 너무나 황홀하고도 즐거운 일이었다. 그리트는 청소를 하다 넋을 잃고 그림들을 감상하곤 했다.

어느 날, 베르메르가 그리다 놔둔 그림을 본 소녀는 구도가 너무 복잡하고 자연스럽지 않다는 생각을 한다. 그래서 그림의 배경이 되는 의자 하나를 몰래 치우고, 판판한 탁자보를 구겨 주름을 만들어놓는다. 얼마 후 이젤 앞에 앉은 화가는 잠깐 놀라는 듯했지만, 묵묵히 그림 속에서 의자 하나를 지우고, 탁자보에 주름을 그려 넣는다. 그러고나서 그리트에게 묻는다.

"왜 그랬지?"

"너무 복잡해 보여서요."

그러자 화가가 말한다.

"하녀에게 한 수 배울 줄은 몰랐는걸."

이후 화가는 그리트를 조수로 삼는다. 그녀에게 물감 사러 가는
일, 물감 조합하는 일, 물감 개는 일을 맡긴다. 소녀가 화가를 도우
면서 화가의 작업 속도가 빨라지자, 그림의 유통을 맡고 있던 화가
의 장모는 기뻐하며 그리트에게 따뜻한 눈길을 보낸다.

어느 날, 화가의 후원자인 거상 반 라위번이 자기 옆에서 술잔을
들고 있는 그리트를 그려달라는 요청을 한다. 화가는 대답하지 않
았지만, 시장 사람들 사이에는 벌써 그리트가 반 라위번과 함께 그
려질 것이라는 소문이 떠돌았다. 호색한 반 라위번과 함께 그림 속
에 들어간 다른 하녀들은 그림이 채 완성되기도 전에 임신을 했고,
그림이 끝난 뒤에는 버림을 받은 사실을 알고 있는 그리트가 겁을
먹고 화가에게 묻는다.

"주인님, 저를 반 라위번 님과 함께 그리실 건가요?"

"아니다. 난 혼자 있는 너를 그릴 것이다."

화가는 소녀를 보호하기 위해 반 라위번과 협정을 맺은 것이다.
그려주기는 하되 같이 있는 그림은 그리지 않겠다고.

"그리고 난 너를 하녀로 그리지 않겠다. 처음 보았을 때의 너, 그

리트 바로 너를 그리겠다."

그리트를 그리면서 좀처럼 작품을 완성하지 못하는 화가. 그는
진주 귀고리를 달고 있는 소녀를 그리기 위해 장모를 통해 아내 카
타리나의 진주 귀고리를 가져오게 한다.

"이 귀고리를 달도록 해라."

그러나 소녀는 고개를 젓는다. 마님이 알면 큰일 날 일이기도 하
고, 하녀에게는 어울리지 않는 물건이라는 생각에 그녀가 말한다.

"제 귀에는 구멍도 없는데요."

"그럼 뚫도록 해라."

소녀는 화가를 위해 아픔을 마비시킨다는 벤진benzine을 바르고
불에 지진 바늘로 귓불에 구멍을 뚫으며 날카로운 아픔을 참는다.
그러고 나서 말한다.

"주인님께서 귀고리를 달아주세요."

그가 귓불을 팽팽히 당겼다. 다른 한 손으로는 귀고리의 고리를 잡고
구멍 안으로 밀어 넣었다. 불에 데인 것 같은 아픔이 지나가고, 눈에
눈물이 고였다. 그는 손을 거두지 않았다. 그의 손이 턱과 목을 쓸어
내리고 있었다. 그의 손가락이 얼굴선을 따라 뺨으로 내려왔을 때 눈
물이 흘러넘쳐 그의 엄지손가락을 타고 넘어갔다. 그는 엄지로 내 아

래쪽 입술을 만졌다. 나는 그의 손가락을 빨았다. 소금 맛이 났다. 눈을 감자, 그의 손가락들이 나를 떠났다. 다시 눈을 떴을 때 그는 이젤 앞의 자기 자리로 돌아가 팔레트를 들고 있었다.

"다 됐다."

그의 목소리는 가라앉아 있었다.

"귀고리를 빼서 아래층 큰마님께 갖다 드려라."

그리트는 조용히 울기 시작했다. 그를 쳐다보지 않고 물감 재료들이 있는 창고로 들어가서 가만히 앉아 기다렸으나 화가는 들어오지 않았다. 그녀는 화실을 나와 부엌으로 갔다. 이 행동을 그리트는 평생 두고 후회하게 된다. 완성된 그림을 제대로 볼 수 있는 기회가 영영 없었던 것이다.

남편이 하녀를 그렸다는 사실을 안 화가의 아내 카타리나는 질투심에 불타 화실로 올라와 울부짖는다.

"왜 나는 그리지 않나요?"

"당신은 이해하지 못하잖아?"

"그럼 저 아이는 이해하고요? 저 하녀는 글을 읽고 쓸 줄도 모른다고요."

칼을 들어 그림을 찢으려는 아내의 손목을 잡고 화가가 그리트

사랑의
역사

를 본다. 그때 그의 눈빛에 담긴 슬픔을 보며 그녀는 생각한다. 이것이 그를 보는 마지막 순간이라고. 그날 밤 소녀는 그 집을 나온다. 그리고 자신을 따라다니던 정육점집 아들 피터에게로 가서 아내가 된다.

처음엔 무척 힘들었다. 화가를 보면 어디에 있건 그리트의 몸은 얼어붙었다. 가슴이 옥죄고 숨을 쉴 수가 없었다. 그리트는 그런 사실을 남편이나 엄마에게 꼭꼭 숨겨야 했다. 그러면서 '아직 나는 그에게 소중한 존재일지도 모른다'며 자신을 위로하곤 했다. 하지만 시간이 한참 더 흐른 후에 그녀는 깨달았다. 화가는 모델보다 자신이 그린 그림에 더 많은 애정을 가지고 있다는 것을.

그리트가 떠나간 뒤 화가는 그림을 많이 그리지 못했다. 그래서 가족이 많은 화가는 늘 빚에 쪼들려 빵집이나 정육점에 외상값이 늘어갔다. 그렇게 10년이 지난 어느 날 화가가 죽었다는 소식이 들려왔다. 그리고 두 달 후 그리트는 화가의 아내가 부른다는 전갈을 받는다. 10년 만에 화가의 집으로 간 그리트에게 유산 집행인이 말한다. "화가가 죽기 열흘 전에 이 진주 귀고리는 그리트에게 가야 한다"는 유언을 했다고.

귀고리를 가지고 밖으로 나온 정육점집 안주인 그리트. 그러나 귀고리를 가지고 집으로 갈 수는 없었다. 그녀는 뒷골목 보석상으로 가서 귀고리를 20길더에 판다. 그러고는 화가의 집에서 남편의 정육점에 진 외상값 15길더를 남편에게 주며 외상값을 받아왔다고 말한다. 그리고 5길더는 아무도 모르는 곳에 숨겨둔다. 그러나 그녀는 자신이 결코 그 돈을 쓸 수 없음을 알고 있었다.

그림을 좋아한 하녀와 그것을 알아본 화가 사이에 싹튼 사랑. 그것은 말로 표현할 수 없는 이름 없는 사랑이었다. 자기 자신에게조차도 설명할 수 없는 무명의 사랑. 하녀는 그것을 눈동자에 담아 화가에게 보냈고, 화가는 그것을 받아 캔버스에 담았다.

소녀의 눈빛에 숨은 사랑을 그림에 담을 수 있었던 화가는 행복했을까? 소녀의 순결한 사랑과 눈물을 확인한 화가는 황홀했을까, 고통스러웠을까?

사랑의
역사

요즘엔 왜 로미오와
줄리엣이 없을까

윌리엄 셰익스피어의 《로미오와 줄리엣》

편의점에서 아르바이트를 해서 애인에게 명품 가방을 사주고는 헌신짝처럼 차였다는 청년 이야기를 읽다가 문득 생각했다.

'요즘엔 왜 로미오와 줄리엣이 없을까?'

100명의 대학생에게 물어보았다. '로미오와 줄리엣처럼 사랑할 수 없는 이유'에 대해서. 그들의 대답은 크게 두 가지로 나뉘었다. 하나는 '로미오 혹은 줄리엣 같은 상대를 만나지 못했기 때문'이고, 또하나는 '사랑이 인생의 전부가 아니기 때문'이란다 . 전자는 사랑하고 싶은 욕망의 대상을 만나지 못해서이고, 후자는 결혼에 필요한 조건을 갖춘 대상을 만나지 못했기 때문이리라.

그러나 이 두 가지를 다 갖춘 이성이 나타나면 그들은 정말로 로미오와 줄리엣처럼 사랑할 수 있을까? 간만 보고 적당히 밀당을 하다가 차이기 전에 먼저 차버리고, 아무렇지도 않은 척 미소 지으며 쿨하게 헤어지는 요즘 연애 스타일로는 어쩐지 불가능해 보인다.

텔레비전 드라마에도 이제 로미오와 줄리엣은 없다. 재벌 아들과 결혼하기 위해 온갖 수단을 동원해 접근하는 영악한 아가씨들, 주주총회를 장악하기 위해 대량의 주식을 보유한 여자와 정략 결혼을 하는 무서운 남자들. 텔레비전 드라마는 이제 욕망보다는 필요를 앞세운 사랑과 결혼을 보여준다. 말랑말랑하게 살아 있는 사랑이 아닌, 죽어서 딱딱하게 굳어버린 사랑들.

딱딱하게 굳은 사랑을 말랑말랑하게 만들어줄 명약으로 윌리엄 셰익스피어William Shakespeare의 《로미오와 줄리엣》만 한 작품이 있을까? 청년 작가 셰익스피어는 1597년 이 작품으로 무명 작가에서

사랑의
역사

유명 작가로 올라선다. 그리고 420여 년이 지난 오늘날까지 수많은 나라에 열혈 팬을 보유하고 있다. 영화 감독들은 이 작품을 열다섯 번 이상 영화로 재탄생시켰고, 그때마다 10대의 주연배우들은 세계적 스타가 되곤 했다. 우리가 이렇게 《로미오와 줄리엣》에 열광하는 이유는 무엇일까?

오랜 세월 동안 서로 반목해온 몬테규가와 캐풀렛가의 아들과 딸인 로미오와 줄리엣. 로미오는 짝사랑하던 귀족 처녀 로잘린이 캐풀렛가의 무도회에 참석한다는 소문을 듣고는 그녀를 만나기 위해 목숨을 걸고 파티에 숨어든다. 그러나 거기서 로미오는 줄리엣을 만나고, 두 사람은 사랑에 빠진다. 그들은 자신들이 원수 집안의 자식이라는 사실을 알고 탄식한다.

"오! 로미오! 로미오, 왜 그대의 성은 몬테규인가요? 그 성을 버리세요. 그러면 저도 캐풀렛이라는 성을 버리겠어요."

"나, 그대의 원대로 하리이다."

사랑이란 불가능한 장벽이 있으면 더욱 불타오르는 법. 원수의 집안이라는 장벽에다 지금이 아니면 다시는 만날 수 없을지도 모른다는 시간과 공간의 절박성. 그것은 그들의 사랑에 가속도를 붙인다. 그래서 둘은 그 밤에 영원을 약속한다. 그리고 로미오가 줄리엣

의 사촌 티볼트와 결투한 끝에 그를 죽게 한 사건으로 추방형이라
는 세 번째 시련이 닥쳐오자 두 사람의 사랑은 더욱 견고해진다.

일이 커지기 전에 딸을 파리스라는 귀족과 결혼시키려는 아버지
의 계획이 발표되고, 줄리엣은 결혼식 전날 깊은 잠에 빠지는 약을
마시고 잠시 죽음을 가장해 성당 묘지로 들어간다. 그리고 줄리엣
이 죽었다는 소식을 들은 로미오는 몰래 무덤으로 들어가 줄리엣
옆에서 독약을 마시고, 몇 시간 후에 깨어난 줄리엣은 숨진 로미오
를 발견하고는 단검으로 가슴을 찔러 자결한다. 사랑의 시작에서
죽음까지 걸린 시간은 단 5일.

《로미오와 줄리엣》은 완벽한 비극이다. 그러나 이 작품은 슬픔
보다 절절한 사랑의 기쁨을 우리의 기억 속에 아로새긴다. 장벽이
높고 두꺼울수록 더욱 견고해지는 사랑의 모순을 통해 우리는 슬픔
이 아닌 진실하고 순수한 사랑에 전이된다. 이성과 감성 사이의 벽
에 구멍이 뻥 뚫리는 감동을 경험하며, 사랑의 슬픔이 곧 사랑의 기
쁨이라는 사실을 이해하게 된다.

참을 수 없이 가벼운 사랑을 하고, 참을 수 없이 가벼운 결혼을
하면서도 우리가 이런 사랑 이야기에 빠져드는 것은 무엇 때문일
까. 보상 심리일까. 우리가 할 수 없는 사랑을 대신 신나게 해준 로

미오와 줄리엣이 주는 대리 만족. 이런 대리 만족은 훼손된 우리의 심장에 머큐로크롬을 발라주고, 새살이 돋는 연고를 발라준다. 그래서 《로미오와 줄리엣》을 만나고 나면 가슴이 아련하고 말랑말랑해진다.

> 흔들리지 않고 피는 꽃이 어디 있으랴
> 이 세상 그 어떤 아름다운 꽃들도
> 다 흔들리면서 피어나니
> 흔들리면서 줄기를 곧게 세웠나니
> 흔들리지 않고 가는 사랑이 어디 있으랴.
> ─도종환, 〈흔들리는 꽃〉 중에서

　도종환의 시처럼 사랑은 흔들려야 아름답게 피는 꽃인가 보다. 로미오와 줄리엣은 가문의 전통과 싸웠고, 성춘향과 이몽룡은 신분 제도와 싸웠다. 그들에게는 사랑을 파괴하려는 공공의 적이 있었다. 그래서 그들은 밧줄로 서로의 몸을 묶고 하나가 되어 탄탄한 사랑 속으로 걸어 들어갔다. 그러나 요즘 우리에게는 사랑을 흔들어 쓰러뜨리려는 공공의 적이 없다. 사랑을 방해하는 원수 가문도 없고, 신분 제도도 사라진 지 오래다.

연극에서는 훼방꾼이 사라지면 행복한 결말이 온다. 그러나 현실에서는 그 반대 현상이 나타났다. 사랑의 장벽이 사라져 조금도 절박하지 않은 현대의 로미오와 줄리엣들은 느긋한 마음이 되어 서로 간만 보고 밀당만 하다가 쿨하게 헤어지기를 반복한다.

아르바이트를 해서 번 돈으로 명품 가방을 사준 로미오를 차버린 줄리엣은 그 가방을 들고 누구를 만나러 갔을까? 실연당한 로미오는 이제 어떤 줄리엣을 만나 다시 사랑을 하게 될까? 아기의 발뒤꿈치처럼 동그스름하고 말랑말랑했던 첫사랑들은 그렇게 상처입고 상처 입히는 동안 딱딱한 굳은살이 되어 감각을 잃어 갈 것이다.

part 2

사랑과 열정

—

사랑의

주인이 되려면

용기가

필요하다

사랑의
주인이
되려면
용기가
필요하다

사랑에 빠지면
숨을 곳이 없다
제인 오스틴의 《오만과 편견》

1등 신랑, 1등 신부, 1등 결혼 전문
전문직 신랑감, 신붓감 다수 확보
30회 미팅 주선, 신분 책임 보장.
의사, 변호사, 박사, 교사, 공무원 다수 확보

요즘 결혼 정보 회사에서 내거는 광고 문구들이다. 결혼 시장은
우牛시장과 흡사하다. 우시장에 가면 등급이 매겨진 소들이 주인을
기다리고 있다. 소를 사러 온 사람들은 이빨 개수, 똥 색깔, 다리
힘, 털의 윤기 따위를 보려고 눈을 크게 뜨고 소를 꼼꼼히 살핀다.
그러나 아무리 좋은 1등급 소를 골랐다 해도 가진 돈이 적으면 1등

급 소는 그림의 떡이다.

결혼 시장에 나간 젊은이들도 학력, 직업, 월수입, 건강, 용모, 부모의 재산 등을 기준으로 등급이 매겨진다. 그리고 그 등급에 맞는 배우잣감을 소개받는다. 1등급은 1등급끼리, 3등급은 3등급끼리.

19세기 초 영국 빅토리아 시대를 배경으로 한 결혼 시장을 적나라하게 그려낸 소설이 있다. 1813년에 영국 소설가 제인 오스틴Jane Austen이 발표한《오만과 편견》이다. 이 소설은 발표되자마자 엄청난 인기를 끌었고, 그 후 지금까지 200여 년 동안 그 인기가 식을 줄 모른다. 21세기가 시작되던 2000년, 영국 BBC가 조사한 '지난 1,000년간의 최고 문학가'에서 오스틴은 셰익스피어 다음 자리인 2위를 차지했다. 그 인기에 힘입어 2015년에는 이 작가의 초상이 10파운드 지폐에 박힐 예정이라고 한다.

《오만과 편견》은 거칠게 말하면 신新신데렐라 스토리이다. 백마 탄 왕자를 만나 한 방에 팔자를 고치는 신데렐라 스토리는 영국 빅토리아 시대에도 모든 여성의 꿈이었다. 남자의 값은 재산과 비례하며, 여자의 값은 신분과 미모로 결정되던 시대, 사랑 같은 건 결혼 조건이 되지도 못하던 시대. 지식과 교양을 갖추고 자존감 있는 여성들은 더 이상 이런 결혼 시장을 받아들이기가 힘들었다. 그러나 여성에게 직업이 허용되지 않고 오직 결혼으로만 신분이 결정되던 사회, 여성의 참정권도 없던 시대에 그녀들의 저항은 소리 없는 외침에 불과했다.

제인 오스틴은 《오만과 편견》에서 이런 시대의 결혼 방식에 싫증 난, 아니면 반감을 가진 깨어 있는 여성의 초상을 제시한다. 그녀의 이름은 엘리자베스 베넷.

아직 미혼인 남자가 재산깨나 있을 경우에 함께 지낼 아내가 필요한 것쯤은 누구나 알 수 있는 진리이다.

소설은 이렇게 결혼에 대한 노골적인 문장으로 이야기를 시작한다. 재산깨나 있는 남자만 아내가 필요한 것도 아닌데, 작가는 '재산깨나 있는 남자'를 강조하면서 이 소설에서 재산이 중요한 이슈가 될 것임을 암시한다.

영국의 작은 시골 마을 롱본에 사는 베넷가에는 딸만 다섯이 있다. 예쁜 얼굴에 소극적 성격인 큰딸 제인, 미인은 아니지만 독서를 많이 하고 지적이며 할 말 다 하는 딱 부러지는 엘리자베스, 책 읽기를 밥 먹기보다 좋아하지만 현실 세계에는 영 서툰 셋째 메리, 예쁘기는 하지만 생각 없이 나대는 허영 덩어리 다섯째 리디아. 무엇이든 동생만 따라 하는 개성 없는 넷째 키티.

이 집의 가장 베넷 씨는 지적이고 유머가 풍부한 신사다. 그는 4,000파운드의 지참금을 가지고 시집온 머리가 비어 이해력이 떨어지고, 변덕이 심하며, 수다 떨기가 취미인 아내와 행복하지는 않지만 그럭저럭 23년째 살아오고 있다.

귀족 가문과 신흥 시민 계급의 중간쯤에 위치하는 베넷가는 연 2,000파운드 소득이 나오는 농장이 전 재산인데, 그것도 베넷 씨가 죽고 나면 가족들은 농장을 떠나야 할 판이다. 당시 영국은 재산이 남자에게만 상속되는 한정 상속법이 시행 중이라 딸이나 아내에게는 상속권이 없기 때문이다. 그래서 이 부부의 최대 관심사이자 목표는 지참금 없는 딸들을 부잣집으로 시집보내는 것이다.

이런 가정환경 속에서 큰딸 제인과 둘째 딸 엘리자베스는 혼기가 꽉 찬 처녀로, '우리 중 누군가는 부잣집으로 시집가야 한다'는 사명감에 스트레스를 받고 있는 중이다.

"아, 부자면서도 사랑할 수 있는 사람이 있다면 얼마나 좋을까?"

몇 년째 결혼이 성사되지 않아 애태우는 제인의 말에 엘리자베스가 말한다.

"언니, 그럼 우선 돈 많은 사람을 사랑해. 언니는 아무나 사랑하는 경향이 있어 탈이야."

사랑의
역사

어느 날 베넷 부인이 반가운 정보 하나를 입수해온다. 빙리라는 연간 5,000파운드의 수입을 가진 청년이 이웃 저택을 별장으로 쓰기로 했다는 소문이다.

"틀림없이 독신일 거예요. 1년에 5,000파운드라니! 우리 아이들을 시집보내면 얼마나 좋겠어요?"

베넷 부인은 동네를 돌아다니며 그가 파티를 연다는 추가 정보와 함께 파티에 올 사람들 명단까지 입수해왔다. 파티에는 그의 누이 둘과 친구 하나, 그리고 인근 군부대에 근무하는 붉은 제복의 장교들이 다수 참석할 예정이었다.

베넷 부인의 소원대로 파티에서 빙리는 제인에게 반한 듯 그녀와 몇 번이나 춤을 춘다. 그러나 그의 친구 디아시라는 청년은 뚱한 얼굴을 잔뜩 찌푸리고 불만스럽게 서 있기만 했다. 빙리가 의자에 앉아 있는 엘리자베스를 가리키며 "혼자 앉아 있는 저 아가씨와 춤을 추지 그러느냐?"고 권하자 이 까칠남은 오만하게 내뱉는다.

"괜찮은 편이군. 그러나 나를 유혹할 만큼 예쁘지는 않아. 게다가 다른 남자들한테 딱지 맞은 여자의 체면을 세워줄 생각은 없어."

디아시의 말을 들은 엘리자베스는 발끈해서 "오만한 놈!"이라고 중얼거린다. 자존심에 상처를 입은 엘리자베스는 풍부한 어휘력과 말솜씨로 디아시가 말할 때마다 총알 같은 공격을 퍼붓고, 수준 높은 교육을 받은 귀족 청년 디아시는 이런 엘리자베스에게 지지 않고 핑퐁 게임이라도 하듯 응대한다.

"그러니까 당신의 결함은 모든 사람을 무시하는 오만함이군요."

"그러니까 당신의 결함은 남의 말을 고의로 곡해해서 듣는 편견이군요."

두 사람은 서로 상대방의 오만함과 편견을 공격의 목표로 삼는다.

빙리의 청혼만 기다리는 제인. 그러나 빙리는 어느 날 한마디 말도 없이 런던으로 떠난다. 들리는 소문에 의하면 디아시가 빙리에게 제인의 어머니와 끝의 세 동생의 무교양과 막돼먹은 행동을 지적하며 "그 어머니에 그 딸 아니겠느냐"며 충고했다는 것이다. 그래서 디아시는 베넷가의 공공의 적이 된다.

그러나 그날 디아시는 감히 자신에게 대들던 엘리자베스, 지적이고 할 말 다 하는, 예쁘지는 않지만 두 눈이 반짝이는 그녀에게 신선한 충격을 받았다. 특히 그녀의 말 속에 들어있는 재치와 티격태격할 때의 그 짜릿한 긴장감은 귀족 가문의 고고한 여성들에게서는 느낄 수 없는 매력이었다. 그리고 무엇보다 '상류층 사람이라고 해서 무조건 굽히지 않겠다.'는 그녀의 주체성은 그동안 디아시가 꿈에도 상상하지 못했던 여성상이었다. 가난뱅이 주제에 콧대 높고,

말만 많다고 엘리자베스의 개성을 단점으로 받아들일 수도 있었지만 귀족 신사 디아시에게는 그 점이 매력으로 보였다. 요즘 드라마식으로 말하면 대기업 후계자가 청바지에 티셔츠만 입고 다니는 자기 회사의 아르바이트 아가씨에게 반해버린 것이다. 그래서 디아시가 고백한다.

"번민하며 싸워보았지만 아무 소용이 없었습니다. 감정을 억누르려고 무진 애를 써보았지만 전혀 뜻대로 되지 않았습니다. 제가 얼마나 당신을 사모하고 있는지 말씀드리지 않을 수 없습니다."
"그러나 불가능하군요. 저로서는 한 번도 당신의 호감을 원한 적이 없습니다. 고통을 극복하시기가 어렵지 않기를 바랍니다."
"그러니까 고작 이 한마디가 영광스럽게도 저를 기다리고 있는 대답이군요."

그들의 밀당은 참으로 급수가 높았다. 그들의 지식과 교양은 누구 하나 처짐이 없이 팽팽했다. 그러나 이 대화에서 우리는 디아시가 꼬인 구석없이 반듯하게 자란 신사라는 것을, 엘리자베스는 열등의식으로 살짝 꼬인 아가씨임을 알 수 있다. 그런데 이 점이 귀족이 아닌 일반 독자들에게는 오히려 고소한 깨소금 맛으로 다가온다.

"사랑은 우연이 세 번 내려앉아야 운명이 된다"는 말이 있다. 이들에게도 우연이 다시 한 번 내려앉는다. 엘리자베스가 런던에 사는 외숙모와 함께 런던 근교 팸벌리에 있는 어느 백작가의 저택을 구경하던 날, 그곳에서 우연히 디아시를 만난다. 그 저택이 바로 디아시의 영지였던 것. 그 어마어마한 영지와 유서 깊은 저택을 구경하며 엘리자베스는 생각한다.

'그러니까 내가 이 성의 안주인이 될 수도 있었단 말이군.'

이후 엘리자베스는 샴페인 안경을 쓰게 된다. 샴페인을 한잔 마시면 세상이 달라 보이는 것처럼 디아시의 모습이 다르게 보이기 시작한 것이다. 그동안 그에 대해 오해한 것들이 사실이 아님을 알게 되기도 하고, 그의 따뜻한 마음이 보이기 시작해서 엘리자베스는 당황한다.

사랑에 빠지면 숨을 곳이 없어진다. 오만함으로 자신을 감싸고 살아가던 귀족 청년 디아시도 엘리자베스를 좋아하게 되자 더 이상 오만함 속에 숨어 있을 수가 없었다. 오만함의 외피를 벗고 그의 본얼굴을 보여줄 수밖에 없었다.

삐딱한 편견으로 세상을 바라보던 엘리자베스도 디아시에게 빠져들자 더 이상 편견 속에 숨어서 그를 공격할 수가 없어 그녀의 본얼굴을 드러낸다. 그래서 두 사람은 서로의 감정을 사랑이라 부르

사랑의
역사

며 결혼을 약속한다.

갑작스럽게 결혼을 발표하자 언니 제인이 걱정스러워하며 동생에게 묻는다.

"애, 제발 좀 진지해봐. 넌 언제부터 그분을 사랑하게 된 거니?"

"아주 서서히 일어난 일이라 나도 잘 모르겠어. 그렇지만 내 생각에는 팸벌리에서 그분의 광활한 영지와 아름다운 저택을 처음 보았을 때부터가 아닌가 해."

삐딱한 편견에 사로잡혔던 엘리자베스도 사랑한다고 애걸하는 남자의 재산을 보고는 거절할 수 없었나 보다. 디아시의 청혼을 받고 결혼을 승낙한 날 엘레지베스가 그녀 특유의 삐딱한 질문을 날린다.

"저의 오만불손에 반하셨나요?"

"당신 덕분에 오만하던 제 콧대가 제대로 꺾였습니다."

이제 사랑에 빠진 그들은 더 이상 숨을 곳이 없어서 솔직해질 수밖에 없었다.

1813년에 외모나 지참금이 아닌 지식과 교양을 가진 여성을 영국 결혼 시장에 강자로 들고 나온 제인 오스틴. 그 후 20년쯤 후에는 샬럿 브론테가 《제인 에어》에서 못생긴 고아 제인 에어가 아름다운 부잣집 딸 블랑시를 누르고 로체스터의 사랑을 얻는 모습을 보여준다. 19세기 영국 문학사에 이런 일이 벌어지기 전, 18세기 극동 아시아의 조선에서는 《춘향전》이 나와 퇴기의 딸이지만 똑똑한 춘향이 양반 자제와 사랑하고 정경부인이 되는 스토리가 등장한다.

동양에서나 서양에서나 18세기와 19세기는 이렇게 전통 결혼 시장이 붕괴될 조짐이 서서히 일어나고 있었다. 그런데 어찌 된 일인지 21세기인 현대로 오면서 재산이 결혼 시장의 최고 조건이라고 외치는 결혼 정보업체들이 성업을 하고 있는 걸 보면 시대가 거꾸로 가는 건 아닌지 의심스럽다.

말 타고 다니던 사람들이 비행기를 타고, 걸어가서 소식을 전하던 사람들이 스마트폰으로 영상을 전하는 시대가 되었지만, '인류지대사'라는 결혼 시장의 변화는 아직도 시간이 많이 필요한 것 같다.

사랑의
역사

인생이 맛있으려면
사랑을 듬뿍 넣어야 해요
라우라 에스키벨의 《달콤 쌉싸름한 초콜릿》

"우리 엄마 된장찌개는 참 맛있었는데……."

"그러면 당신 엄마한테 해달라고 해요!"

신혼부부들은 엄마의 된장찌개를 놓고 최초의 티격태격을 시작한다. 엄마의 된장찌개 속에는 무엇이 들어 있길래 장성한 아들에게 이런 눈치 없는 향수를 불러일으키게 하는 것일까?

그것은 아마도 엄마의 된장찌개 속에 들어 있는 농익은 사랑과 가슴 찡한 정성일 것이다. 엄마는 된장 한 숟갈에 파, 마늘 조금, 고춧가루 조금에다 자신의 사랑을 듬뿍 넣어서 된장찌개를 끓인다. 그 사랑 속에는 자식에 대한 기쁘고 즐거운 추억과 짠하게 아픈 한숨과 미래에 대한 기도가 들어 있다. 그것들이 어울려 보글보글 끓으면서 만들어내는 독특하고 깊은 맛, 그 맛을 어찌 신혼의 신부가 흉내 낼 수 있으랴.

사랑과 요리에 대한 민간요법 같은 진실을 문학작품으로 형상화한 소설이 있다. 멕시코 작가 라우라 에스키벨Laura Esquivel의《달콤쌉싸름한 초콜릿》이다. 작가는 후각과 미각을 자극하는 모든 언어를 동원하여 우리에게 '요리와 문학'이라는 새로운 지평을 열어 보인다. 이야기는 연금술사의 주문처럼 "양파는 곱게 다진다"라는 문장으로 시작한다.

배경은 1985년 멕시코 혁명이 전국으로 퍼져나가던 시대. 그러나 아무 때라도 상관없다. 어느 시대에서나 일어날 법한 인생을 관통하는 사랑 이야기이니까.

멕시코 리오그란데의 '데 라 가르사 가문'의 광활한 농장. 농장주의 셋째 딸 티타는 결혼할 수 없는 운명을 안고 태어난다. '막내딸은 결혼하지 않고 평생 부모를 봉양해야 한다'는 가문의 오랜 전통 때문이다. 그러나 열다섯 살 크리스마스에 티타는 평생의 연인 페드로를 만나고 만다.

> 고개를 돌리자 페드로와 눈길이 마주쳤다. 그 순간 티타는 팔팔 끓는 기름에 도넛 반죽을 집어넣었을 때의 느낌이 이런 것이겠구나 생각했다. 얼굴과 배, 심장, 젖가슴, 온몸이 도넛처럼 기포가 송골송골 맺히듯 후끈 달아올랐다.

페드로와 티타는 마치 전류가 흐르듯 서로에게 빠져들고, 페드로는 결혼 승낙을 받으러 티타의 어머니 마마 엘레나를 찾아온다. 그러나 여장부 마마 엘레나는 가문의 전통을 내세우며 페드로의 청혼을 거절하는 대신, 큰딸 로사우라하고의 결혼은 허락할 수 있다고 말한다. 티타를 포기할 수 없었던 페드로는 그녀를 매일같이 볼 수 있다는 희망 하나만 품고 그녀의 언니와 결혼한다.

이렇게 형부와 처제 사이가 된 페드로와 티타. 그들은 그때부터 서로의 애틋한 사랑을 요리라는 매개체를 통해 주고받는다. 발신자는 티타, 수신자는 페드로. 이렇게 22년간에 걸친 두 연인의 끈끈한 사랑에다 멕시코 요리법을 절묘하게 버무려낸 환상적이고 주술적인 이야기가 탄생한다.

작품의 구성도 특이하다. 1월 크리스마스 케이크, 2월 차벨라 웨딩 케이크, 3월 장미 꽃잎을 곁들인 메추리 요리…… 이런 식으로 열두 달의 음식과 요리법을 소개하면서 티타의 인생이 펼쳐진다.

백리향과 월계수 향, 끓는 우유 향, 마늘과 함께 파스타를 넣은 수프 냄새가 진동하는 부엌의 식탁에서 조산아로 태어난 티타. 갑작스러운 남편의 죽음으로 충격 받아 젖이 나오지 않자 마마 엘레나는 식모 나차에게 티타를 맡긴다.

부엌에서 태어나 부엌에서 자란 티타에게 부엌은 가장 편안한 장소이며, 요리는 가장 즐거운 놀이가 된다.

요리 이야기이면서 사랑 이야기인 이 소설에는 환상적이고도 주술적 장면이 수시로 등장한다. 페드로와 언니 로사우라의 결혼 케이크를 만들 때 티타가 흘린 눈물이 반죽 속에 들어가자, 케이크는 그리움을 불러내는 촉매가 된다. 그리하여 결혼 피로연에서 케이크

를 한 입 베어 무는 순간, 신랑 신부와 하객들은 모두 걷잡을 수 없
는 그리움과 슬픔에 휩싸여 눈물을 흘린다.

3월의 요리인 장미 꽃잎을 곁들인 메추리 요리는 더욱 환상적이다.

페드로는 메추리 요리를 한 입 맛보고는 자신을 주체하지 못하고 황
홀한 표정을 지으며 두 눈을 감은 채 탄성을 질렀다.
"이것은 신들이나 먹을 수 있는 황홀한 음식이야!"
티타의 몸은 의자에 똑바로 앉아 있었지만, 그녀의 눈은 멍하니 넋이
나가 있었다. 연금술 같은 묘한 작용이 일어나 그녀의 존재 자체가
장미 소스, 메추리 고기, 포도주, 음식 냄새 속으로 스며들어 녹아내
리는 것 같았다. 티타는 그렇게 달아오른 체취를 풍기며 육감적이고
세심하게 페드로의 몸속으로 파고들었다.
페드로는 티타에게서 시선을 떼지 않은 채 그녀가 자신의 몸 구석구
석까지 들어오도록 가만히 있었다. 그 요리는 페드로가 티타에게 준
장미 꽃잎을 넣어 만든 요리였다.

이렇게 티타와 페드로는 새로운 사랑의 소통 방식을 발견하며 사
랑을 주고받는다.

두 사람의 사랑을 눈치챈 마마 엘레나는 페드로를 티타로부터 떼어놓기 위해 그와 큰딸을 먼 지방으로 떠나보낸다. 티타는 페드로에 대한 그리움과 어머니에 대한 분노로 정신이상 증세까지 보이며 말을 잊은 사람이 된다.

이에 평소 티타를 흠모하던 주치의 브라운 박사는 그녀를 자신의 집으로 데려가 정성껏 간호해 완치시킨다. 마음의 안정을 찾은 티타에게 브라운 박사는 인디언이던 할머니에게 들은 이야기를 들려주며 청혼한다.

우리의 몸속에는 불을 만들 수 있는 인이 들어 있습니다. 우리가 불꽃을 당기려면 누군가가 밖에서 불꽃을 당겨주어야 합니다. 그것은 사랑하는 사람의 속삭임, 불타는 시선, 피부 감촉, 뜨거운 입맞춤 그런 것들이지요……. 입술이 차가운 사람 곁에는 있지 말아야 합니다. 그 사람으로 인해 우리 몸이 축축하게 됩니다. 그러면 우리 몸은 불꽃을 당길 수 없게 됩니다.

식량을 얻기 위해 농장을 습격한 혁명군에 의해 어머니가 사망했다는 소식을 들은 티타가 집으로 달려가고, 소식을 들은 페드로 부부도 돌아온다. 다시 한집에서 살게 된 페드로와 티타. 페드로를 만난 티타가 브라운 박사에게 말한다.

"고맙지만, 아무래도 당신과 결혼할 수가 없을 것 같아요."

언니 로사우라는 신경성 우울증이 심해지고, 어느 날 신경성 소화불량이라는 병명으로 죽음을 맞이한다. 티타는 언니가 남긴 조카를 정성껏 키워 스무 살이 되자 브라운 박사의 아들 알렉스 브라운과 결혼시킨다.

조카 에스페란사와 알렉스 브라운의 결혼식 날, 티타는 즐겁고 행복한 마음으로 호두 소스를 곁들인 칠레 고추 요리를 정성껏 만든다. 조카의 결혼식을 위해 티타가 만든 이 요리는 그날 진기한 일을 벌인다. 칠레 고추 요리를 먹은 모든 사람에게 사랑의 감정을 폭발시켜서 도저히 참을 수 없게 만든 것이다. 그래서 하객들은 서로서로 자신의 짝을 껴안고 사랑을 나누었다. 피로연에서 춤을 추면서 페드로가 티타에게 속삭인다.

"당신에게 내 아내가 되어달라고 다시 이렇게 청혼할 때까지 22년이라는 세월이 흐를 줄은 몰랐어요. 나는 늘 당신과 함께 하얀 꽃이 가득한 성당으로 들어가는 꿈을 꾸며 살았어요."

그날 밤, 사랑의 절정에서 페드로는 죽음을 맞이한다. 페드로의 죽음 옆에서 티타는 아주 침착하게 서랍에서 성냥을 꺼낸다. 그러고는 브라운 박사가 들려준 대로 몸속의 불꽃을 당기기 위해 성냥의 인을 먹고 페드로와 행복했던 추억들을 회상하며 몸을 뜨겁게 달군다. 드디어 티타의 몸속에서 불꽃이 일어나고, 그 불꽃은 두 사람을 태우고 집과 농장을 태운다.

에스페란사가 신혼여행에서 돌아와 보니 남은 것이라곤 불에 그을린 티타의 요리책 한 권뿐이었다. 요리책 속에는 레시피와 함께 티타의 사랑이 고스란히 담겨 있었다.

"인스턴트식품이 범람하는 시대에 이런 소설이 과연 공감을 얻을 수 있을까?"

작가가 작품을 썼을 때 주위에서 우려의 목소리를 냈다. 그러나 이 소설은 발표되자마자 멕시코는 물론 전 세계 33개국에서 번역 출판되었고, 그해에 450만 부 이상이 팔리는 대형 베스트셀러가 되었다. 아마도 '끓는 기름 속에 들어간 도넛 반죽처럼 뜨거운 티타의 사랑' 때문이었을 것이다.

요리를 만드는 티타의 레시피가 절반 이상을 차지하는 이 소설은 요리책으로서도 충분한 가치를 지닌다. 그러나 이 소설이 궁극적으로 말하고자 하는 것은 사랑과 인생이다. 어떻게 사랑할 것인가, 어떻게 행복해질 것인가에 대한 질문인 동시에 답이다.

과학자들은 도파민, 세로토닌, 옥시토신, 테스토스테론, 룰리베린 등 호르몬을 조금씩 넣고 거기에 엔도르핀을 섞으면 사랑의 묘약을 만들 수 있다고 한다. 그러나 누구에게나 똑같이 있는 이런 신경 물질을 가지고 누구나 똑같은 사랑을 만들어내는 것은 아니다. 어떤 사람은 순수하고 아름다운 사랑을 만들어내지만, 어떤 사람은 사랑이라는 이름으로 상대를 괴롭히고 파멸시키기도 한다. 풀잎의 이슬을 양이 먹으면 아기를 키우는 젖이 되지만, 뱀이 먹으면 독이 되는 것처럼.

부엌에서 태어난 티타는 요리라는 무기 하나로 자신의 사랑과 행복을 위해 싸웠다. 그녀는 불합리한 가문의 전통과 싸우고, 자신의 인격을 위해 싸우고, 여자의 권리를 위해 싸웠다. 가장 약한 그녀였지만 사랑 속에서는 가장 강한 인간이 되었다.

마지막 책장을 덮을 때 티타가 우리에게 들려주는 말이 백리향처럼 가슴을 간질인다.

"음식이 맛있으려면 사랑을 듬뿍 넣어야 해요. 인생이 맛있으려면 사랑을 듬뿍 넣어야 해요."

내 슬픔의 8할은
기쁨이었다

요한 볼프강 폰 괴테의 《젊은 베르테르의 슬픔》

사랑이란 무엇일까? 과학자들은 도파민이라는 호르몬 작용이라 하고, 진화심리학자들은 자손 번식을 위한 욕망의 산물이라고 말한다. 그리고 철학자들은 자신의 결핍을 메워줄 반쪽 찾기 과정이라고 한다. 호르몬은 일반적으로 사랑에 빠지고 처음 3개월간 왕성하게 분비되다가 차츰 줄어들어 1년 정도 지나면 고갈되고, 자손 번식을 위한 욕망은 결혼한 후 아이를 낳고 나면 느슨해진다. 그래서 일반적으로 호르몬 작용과 자손 번식의 욕망에서 오는 사랑의 유효기간을 2~3년으로 본다.

사랑이 결핍을 채워 줄 반쪽을 찾아가는 과정이라는 이론은 통계학자들에게 반박을 받는다. 반대되는 성향의 사람에게 끌리는 경우는 많지만, 그 사랑이 오래 지속되기는 어렵다고 한다. 실제로 결혼했을 경우, 비슷한 성향의 사람과 결혼했을 때보다 행복해질 가능성이 더 낮다고 통계들은 증언한다.

그렇다면 정말 사랑이란 무엇일까? 생애 한 번쯤 사랑을 경험하게 될 유전 인자를 가지고 태어난 우리는 안다. 그런 이론들이 사랑을 충분히 설명하지 못한다는 사실을. 그래서 사랑이 무엇인지 찾아 헤매다 보면 우리는 막다른 골목에서《젊은 베르테르의 슬픔》과 맞닥뜨리게 된다.

18세기 후반, 유럽의 젊은이들 사이에 푸른 연미복에 노란 조끼 패션이 유행의 물결을 이루었다. 한 편의 소설 때문이다. 1774년 독일의 요한 볼프강 폰 괴테Johann Wolfgang von Goethe가 발표한《젊은 베르테르의 슬픔》이 그 소설이다. 주인공 베르테르를 신봉하는 젊은이들이 그와의 동일시를 경험하고자 그가 입었던 푸른 연미복에 노란 조끼를 입고 거리를 활보했던 것이다. 또 이루지 못한 사랑 때문에 슬퍼하던 젊은이들 중에는 베르테르처럼 권총으로 자살하는 모방 자살이 유행해 1775년에는 판매 금지 도서로 분류되기도 했다.

그러나 나폴레옹은 이 책을 일곱 번이나 읽었고, 이집트 원정 때도 가지고 갔다고 한다. 1808년 황제가 된 나폴레옹이 괴테를 만나 "소설의 결말이 마음에 들지 않더군요"라고 독후감을 말하자, 대문호 괴테는 미소를 지으며 대답한다.

"폐하께서 소설에 결말이 있는 것을 좋아하시는 줄은 몰랐습니다."

소설은 괴테 자신의 경험을 바탕으로 하고 있다. 법과대학을 졸업한 스물세 살의 괴테는 시골 베츨라어 법원에서 법관 시보試補로 사회에 첫발을 내딛는다. 그때 괴테는 친구 케스트너의 약혼녀인 샤를로테 부프를 사랑하게 된다. 그러나 이루어질 수 없는 사랑임을 알고는 고향 프랑크푸르트로 돌아온다. 마침 그 무렵, 상관의 부인을 사랑하던 친구 예루잘렘이 권총으로 목숨을 끊었다는 소식과 예루잘렘이 사용한 권총이 괴테가 사랑했던 로테의 약혼자 케스트너에게 빌린 것이라는 사실을 알게 된다.

이런 경험은 폭풍 같은 상상력의 소유자인 스물다섯 살의 청년 괴테에게 영감으로 다가와 7주라는 짧은 기간에 한 편의 소설을 완성하게 한다. 이렇게 《젊은 베르테르의 슬픔》은 탄생했다.

소설은 대도시와 관료사회에 염증을 느낀 주인공 베르테르가 아름다운 시골 마을을 찾아드는 것으로 시작된다. 자연과 예술 그리고 자유와 평등을 사랑하는 시민계급의 청년 베르테르는 매일 자연 속을 산책하거나 그림을 그리며 마음의 안정을 찾는다.

그러던 어느 날 베르테르는 마을에서 열린 무도회에 참석했다가 아름다운 처녀 로테를 만나게 된다. 그녀의 검은 눈동자, 솔직하고 개성 있는 대화, 왈츠를 추는 우아한 몸짓, 사려 깊은 교양이 베르테르의 넋을 빼앗는다. 그는 파티에서 로테와 왈츠를 춘 날 친구 빌헤름에게 고백한다.

"난 맹세했네. 내가 사랑하는 사람은 나 이외의 누구와도 왈츠를 추게 하지 않겠다고. 그 일 때문에 이 몸이 파멸한다 해도 좋아."

그러나 그것은 슬픔을 잉태한 사랑이었다. 로테에게는 부모가 권해준 성실하고 평판 좋은 알베르트라는 약혼자가 있었다. 베르테르는 점점 로테에게 향하는 자신의 마음을 거두기 위해 다른 도시에 직장을 구해 떠난다. 그러나 관료라는 직업은 그에게 맞지 않았다. 절대왕정과 귀족이 지배하는 사회의 불평등 제도, 그가 모시는 공작의 원칙주의적이고 닫힌 사고, 출세에 눈이 멀어 부패한 공무원

"오, 베르테르!
왜 당신은 그렇게 열렬한 정신과 통제할 수 없는 정열을 가지고 태어났나요?"

베르테르는 로테가 괴로워하는 모습을 보면서 자신의 사랑을
거두어들이리라 결심한다. 그리고 마지막으로 로테를 방문하여
떨리는 그녀의 입술에 처음이자 마지막으로 키스한다.

들, 겉치레와 위선만 남은 교만한 사교계의 귀족들……. 자유와 평등을 사랑하는 시민계급인 베르테르는 그런 사회에 적응할 수 없었다. 마음 붙일 곳이 없는 베르테르는 결국 관료 생활을 포기하고 로테가 있는 시골로 다시 돌아간다.

> 친구여, 우리 가슴에 사랑이 없다면 이 세상은 무엇이 되는 걸까? 불이 없다면 마법의 등잔이 무슨 소용이 있겠는가? 등불을 갖다 놓기만 하면 흰 벽에 가장 화려한 그림이 비친다네! 설사 몇 개의 움직이는 그림자만 보인다 하더라도 귀신을 보고 놀라며 즐거워하는 어린 애같이 행복감을 느끼며 거기에 서 있는 거지.

독점하고 싶은 욕망, 그 사랑의 속성은 베르테르를 점점 괴롭힌다. 알베르트가 로테와 함께 있는 모습을 보면 피가 거꾸로 솟는 것처럼 가슴이 아팠다. 결국 베르테르의 사랑은 옮겨 심을 수 없을 만큼 이미 깊고 넓게 뿌리내려 있어서 로테는 물론 알베르트까지 눈치챌 수밖에 없었다. 이런 베르테르를 보고 로테가 안타깝게 탄식한다.

"오, 베르테르! 왜 당신은 그렇게 열렬한 정신과 통제할 수 없는 정열을 가지고 태어났나요?"

베르테르는 로테가 괴로워하는 모습을 보면서 자신의 사랑을 거두어들이리라 결심한다. 그리고 마지막으로 로테를 방문하여 떨면서 그녀의 입술에 처음이자 마지막으로 키스를 한다. 로테는 몸을 떨면서 말한다.

"이게 마지막이에요. 베르테르, 다시는 뵙지 않겠어요."

이제 베르테르에게 희망은 없다. 살아야 할 이유도 없어졌다. 그는 하인을 시켜 알베르트에게 권총을 빌려오게 한다. 그리고 하인에게 권총을 꺼내 먼지를 털어서 준 사람이 로테라는 사실을 듣고는 기뻐하며 권총에 입을 맞춘다.

"그럼 로테, 로테여, 안녕……."

다음 날 푸른 연미복에 노란 조끼를 입고 자신의 방에 쓰러진 베르테르가 발견된다. 로테에게 쓴 유서에는 "당신과 함께 춤출 때 입었던 이 옷과 당신을 처음 본 날 당신 가슴에 달려 있던 이 담홍색 리본을 꼭 함께 묻어주오"라는 말이 적혀 있었다.

잃어버린 사랑에 대응하는 방법에는 여러 가지가 있다. 미국의 '위대한 개츠비'는 돈을 많이 벌어서 애인을 빼앗을 계획을 세웠다. 이탈리아의 '로미오'는 둘이서 도망갈 방법을 궁리했고, 영국의 '히스클리프'는 연인의 가정을 파괴하고, 프랑스의 '몬테 크리스토 백작'은 상대를 파멸시켰다. 그리고 조선의 '이몽룡'은 과거에 급제해

권력을 쥐고 돌아온다. 그러나 독일의 젊은 베르테르는 자신의 이마에 권총을 대고 방아쇠를 당겼다. 베르테르에게 사랑은 빼앗는 것이 아니라 지켜주는 것이었기 때문이다.

생전의 베르테르와 알베르트는 남자에게 버림받고 연못에 몸을 던진 여인을 놓고 논쟁을 벌인 적이 있었다. 알베르트가 냉정하게 자살은 의지가 부족한 때문이라고 잘라 말하자, 베르테르는 그녀가 죽을 수밖에 없었던 마음을 상상이나 해보았느냐며 반박한다. 알베르트가 서류 속에 파묻혀 체제에 순응하고 현실을 굳건히 수호하는 생활인이라면, 베르테르는 자유와 평등을 신봉하며 체제보다는 개인의 감성을 중요시하는 반항아였다.

이렇게 성향이 다른 두 사람의 삶과 영혼 사이에서 솔직하고 개성적이며 다정하고 교양 있는 로테는 괴로웠다. 자신에게 안정적 삶을 가져다줄 알베르트를 의지하면서도, 베르테르의 정열과 감성을 사랑할 수밖에 없었기 때문이다. 로테는 알베르트와 베르테르라는 두 세계의 중간에 위치한 오아시스였다.

이성과 감성, 순응과 저항, 보수와 진보의 대립……. 이런 두 정신의 갈등은 어느 시대, 어느 나라에나 존재한다. 남의 여자인 로테를 어찌할 수 없듯이 왕정과 귀족들의 견고한 권위와 꽉 막힌 18세기 유럽의 사회 분위기 또한 어찌할 수 없는 데서 오는 젊은이들의 슬픔. 괴테는 감성을 가진 자유로운 영혼 베르테르를 등장시켜 그들의 좌절과 분노를 생생하게 보여주었다.

그래서 당시의 젊은이들은 숨막히는 이성 대신 감성을 가진 베르테르를 시대의 아이콘으로 삼고, 베르테르처럼 살고 싶어서 푸른 연미복에 노란 조끼를 입고 거리를 활보했으리라. 그러니까 이 소설은 당시의 젊은이들에게 '어떻게 살 것인가', '어떻게 사랑할 것인가', '어떻게 죽을 것인가'에 대한 시대적 질문이며 답이었다. 후세의 문학사가들은 이 소설의 문학사적 위치를 평가하며 "베르테르가 사살하던 권총 소리는 고진주의가 죽고, 낭만주의가 탄생하는 소리였다"고 말하기도 한다.

푸른 연미복에 노란 조끼를 입은 창백한 청년 베르테르가 340년이 지난 오늘의 우리에게 속삭인다.

"내 사랑의 8할이 슬픔이었지만 그 슬픔은 불행과 동의어는 아니었소. 마음의 뿌리가 너무 깊어서 옮겨 심을 수 없는 나무가 된 사랑은 슬픔인 동시에 또한 환희라오. 사랑 속에 들어 있는 보편적 감정인 슬픔은 당신 영혼의 능력에 따라 불행이 될 수도, 기쁨이 될 수도 있다오."

로테와 알베르트의 행복을 위해 자신을 희생한다고 믿고 떠난 베르테르. 짝사랑도 이쯤 되면 예술이 된다. 그러나 이처럼 순진하게 짝사랑하기가 어디 그리 쉬운가. 사랑에 조건과 계산이 따라다녀서 붕어빵 속에 붕어가 없듯이 사랑 속에 사랑이 빠져버린 우리 시대에 베르테르는 순진해서 아름다운 사람이다.

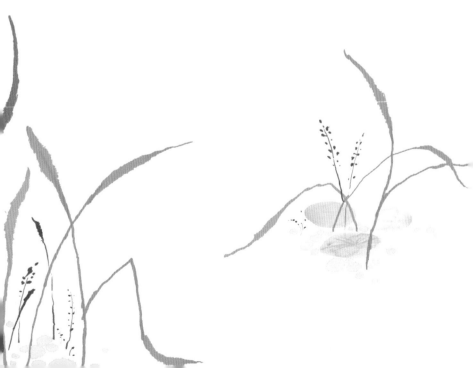

사랑하지 않을 용기
신경숙의 《풍금이 있던 자리》

후배의 이혼 이야기를 들었다.

후배는 남편과 함께 외국으로 유학 가서, 자신은 공부를 접고 남편의 박사 학위 뒷바라지를 하며 아이 둘을 낳아 길렀다. 그런데 어느 날 남편에게서 이상한 고백을 들었다. 자신보다 열다섯 살이나 어린 여대생을 만났는데, 아무래도 운명적 사랑같다고. 당신은 나 없이도 살 수 있겠지만, 그 아이는 나 없이는 못 산다고. 그 말을 듣는 순간, 30대 중반의 후배는 머릿속이 하얗게 비는 것 같았다고 했다.

"선배님. 운명적 사랑이라는 말을 듣는 순간 아무 말도 생각나지 않았어요."

그러면서 후배는 울었다.

신경숙申京淑의 《풍금이 있던 자리》도 기혼 남성과 처녀의 사랑 이야기이다. 스포츠 센터의 에어로빅 강사인 주인공은 가정 있는 남자를 사랑하게 된다. 느닷없이 비 내리던 어느 날 오후, 버스 정류장에서 우산을 받쳐주며 "상습범이라고 생각하지 마십시오. 독감을 앓고 계시는 것 같아서"라며 다가온 남자. 그녀는 남자의 이니셜이 새겨진 노란 시계를 받고 행복해하면서도 그 남자를 누군가에게 자랑할 수 없어서 괴롭다.

사랑이 깊어지자 남자는 "비행기를 타고 멀리 외국에 가서 살자. 네가 따라나서지 않아도 나는 떠나겠다"고 말한다. 여자는 그 말에 감격한다. 남자가 그녀를 위해 버리고 가는 것의 비중이 너무나 커 보여서. 그녀를 위해 아내와 두 아이와, 이 땅에서의 40평생을 버리고 떠나겠다는 남자의 사랑이 너무 깊어 보여서.

여자는 떠나기 전에 마지막으로 부모님 얼굴을 보려고 고향 집에

사랑의
역사

내려온다. 그런데 고향 집에 내려온 그날 '그 여자'가 생각난다.

그 여자는 아버지가 옛날에 사랑하던, 그래서 집에 들어와 열흘간 머물다 간 아버지의 여자다.

텃밭이 어디니?

그 여자가 다가와 제 어깨를 매만지며 물었어요. 여자는 어느덧 부엌에서 소쿠리를 들고 나와 제 앞에 서 있었지요. 저는 그 여자의 화사함에 이끌려 고무신을 꿰신고, 그 여자를 뒤세우고는 텃밭으로 난 샛문을 향했습니다. 그 여자에게서는 그때껏 제가 맡아본 적이 없는 은은한 향내가 났습니다. 그 여자가 움직일 때마다 그 향내는 그 여자에게서 조금씩 빠져나와 제게 스미곤 했습니다. 그게 왜 그리 저를 어지럽게 하던지요.

이렇게 집에 들어온 그 여자는 아버지의 헌 내복을 깔아놓은 어린 동생의 그네에 잔잔한 꽃이 아른아른한 병아리색 작은 요를 깔아 환하게 만들고, 입에 쏙쏙 들어가기 좋을 만큼의 크기로 만두를 빚어서 만둣국을 끓여주기도 하고, 뽀얀 찹쌀로 둥근 경단을 만들어 내놓기도 하고, 곤로를 마당에 내놓고 진달래 화전을 부쳐주기도 한다. 그러나 머리통 큰 전실 아들들은 그녀를 노골적으로 냉대했고, 그 여자는 줄에 널어놓은 빨래들 사이에서 칫솔질을 하며 울곤 했다. 그렇게 지내던 그 여자는 어느 날 아버지가 안 계신 시간에 집을 떠난다.

그때 제 눈에 띈 게 칫솔 통이었습니다. 그 속엔 그 여자의 노란 칫솔이 그대로 있었어요. 저는 키를 세워 그 칫솔을 꺼냈어요. 그리고 마구 달려갔습니다. 그 여자 뒤에 바짝 다가가서 그 여자의 치마를 잡아당겼습니다. 그때서야 그 여자는 돌아다봤습니다. 아, 그때 그 여자의 얼룩진 얼굴이라니. 눈물에 분이 밀려나서 그 여자 얼굴은 형편없었어요. 칫솔을 내밀자 그 여자는 웃을락 말락 했습니다. 그 여자는 내 손에 있는 칫솔을 가져가는 게 아니라, 손을 그대로 꼭 잡았습니다. 그러고선 제 손을 깊게 들여다봤어요.

나… 나처럼은… 되지 마.

그 여자는 한숨을 포옥 내쉬었습니다. 그러고선 곧 저를, 저를 떠밀었어요.

어서 가봐. 동생 잠 깨겠다아.

주인공은 애인이 지정한 그날, 약속 장소에 나가지 않는다. 그리고 며칠을 자리에 누워 죽음처럼 앓은 후에, 허깨비처럼 일어나 이제는 돌이킬 수 없는 절박함으로 남자의 집 전화번호를 돌려본다. 남자의 아내에게 그의 이름을 또박또박 대고 바꿔달라고 말해본다.

사랑의
역사

혼자 떠났을 남자를 생각하면서. 그러나 전화기 저편에서는 호수처럼 잔잔하고 평온한 가정 분위기가 느껴지고, 그의 아내가 명랑하고 행복한 목소리로 말하는 소리가 들린다.

"은선아아! 아빠한테 전화받으시라고 해라."

그 소리를 들으며 주인공은 조용히 수화기를 내려놓는다. 그리고 '은선'이라는 남자의 딸아이 이름을 입속으로 되뇌며 그 이름이 아득하게 잊힐 날을 헤아려본다.

아픈 사랑. 이 소설을 처음 읽었을 때 가슴이 쿵 하고 내려앉으며 떠오른 단어이다. 법률 용어로 말한다면 '불륜'이지만, 사랑이 아파서 우는 그녀의 숨죽인 울음소리에 그 단어는 어울리지 않았다.

누가 그녀에게 비정상적 사랑이라고 조롱하며 돌을 던질 수 있으랴. 남자도 사랑을 하고 있었을까? 그녀가 죽음처럼 앓던 그 봄날에 물결 하나 일지 않는 잔잔한 호수 같은 가정에 담겨 있던 그 남자도 사랑이었을까?

흔하디흔하고 결말까지 뻔한 스토리이지만, 내가 사랑이라고 말하고 싶은 이유는 여자의 사랑 때문이다. 아니, 여자의 용기 때문이다. 사랑하지만 사랑하지 않기로 용기를 낸 그 여자의 아픈 사랑 때문이다. 그것이 그녀 스스로 내린 결정인지, 어린 시절 집에 들어와 열흘간 머물다 간 풍금 같은 '그 여자'에게서 배운 학습 효과인지는 몰라도.

사랑은 꽃의 일생과 닮았다. 필 때는 찬란해도 질 때는 보기 싫은 것이. 특히 부적절한 관계에서 시작한 사랑은 더욱 그렇다. 그런데 신경숙의 《풍금이 있던 자리》에서 나는 질 때조차도 아름다운 사랑을 보았다. 목련같이 칙칙하게 지는 사랑이 아닌, 벚꽃처럼 애잔하게 지는 사랑을. 아버지의 '그 여자'가 대문 밖의 새로운 세상으로 나아갔듯이 그녀는 불륜이라는 질곡에서 벗어나 이제 새로운 삶을 설계할 것이다.

아름다운 인생을 위해서는 용기가 필요하다. 사랑할 용기만큼이나 사랑하지 않을 용기도 필요하다.

사랑은 메타포를 타고 온다

안토니오 스카르메타의 《네루다의 우편배달부》

그러니까 그 나이였어…….
시가 나를 찾아왔어. 몰라 그게 어디서 왔는지.
모르겠어. 겨울에서인지 강에서인지,
언제 어떻게 왔는지 모르겠어.
　－파블로 네루다, 〈시〉 중에서

〈시〉를 읽을 때마다 '시'라는 말에 '사랑'이라는 말을 대입하고 싶어진다. 시를 사랑으로 읽어놓고는 "뭐, 왜 안 돼?"하며 시치미를 뚝 뗀다.

　그런데 시와 사랑은 정말 닮은꼴이다. 어느 날 갑자기 찾아오는 것하며, 그것을 생각하면 갑자기 착한 마음이 샘물처럼 고이는 것하며, 매일 대하는 하늘과 저녁놀과 바람 소리가 특별한 의미를 갖는 것하며, 무뚝뚝하고 우악스러운 얼굴에도 미소가 피어오르게 하는 그 신비한 재주하며, 그것을 생각하면 갑자기 세상사가 시시해지는 것하며…… 시와 사랑은 참 많이도 닮아 있다. 그래서 사랑을 하면 누구나 시인이 되나 보다.

시와 사랑의 동질성을 소재로 인생의 가치에 대해 이야기하는 아름다운 소설이 있다. 칠레의 소설가 안토니오 스카르메타Antonio Skármeta가 1985년에 내놓은 《네루다의 우편배달부》이다.

이 소설은 파블로 네루다라는 실존 인물과 마리오 히메네스라는 가상의 우편배달부를 등장시켜 사실이 허구를, 허구가 사실을 교묘하게 물들인다. 그러니까 소설의 배경이 된 시대와 지명, 정치·사회적 사건은 사실이지만, 등장인물들 간의 대화나 그들 사이에 일어나는 자잘한 에피소드들은 모두 허구여서 독자는 현실과 상상 사이를 오가며 이야기에 빠져든다.

삼류 잡지사 취재 기자로 일하면서 소설가를 꿈꾸던 시절에 작가는 "네루다의 에로스 지형도를 취재하라"는 편집장의 명령을 받고, 네루다가 사는 칠레의 해안 마을 이슬라 네그라Isla Negra로 간다. 그러나 대 시인과 삼류 잡지사 가십 기자의 만남은 쉽지 않았다. 그래서 네루다의 집 근처를 기웃거리고, 그곳을 오가는 사람들을 기웃거리던 기자는 어느 날 시인에게 우편물을 배달하는 우체부를 알게 된다.

그래서 기자 스카르메타는 네루다의 연애 사건 기사는 쓰지 못했지만, 소설가 지망생 스카르메타는 아름다운 소설 한 편을 쓰게 된다. 길지 않은 소설 한 편을 위해 작가는 장장 15년을 바쳤다고 한다. 왜 그랬을까? 자신은 '게을러서'라고 말했지만, 비평가들은 말한다. "작가는 인간 네루다에게 주인공 마리오 히메네스만큼이나 반해 있었던 것 같다"고.

칠레의 산티아고에서 120km 떨어진 바닷가 마을 이슬라 네그라. 그곳에는 정치적 탄압을 피해 이사 온 세계적 시인 파블로 네루다가 있고, 대책 없는 몽상가인 열일곱 살의 마리오 히메네스도 있다. 1969년 6월, 고기잡이에 관심이 없다고 아버지에게 책망을 들은 어부의 아들 마리오는 시내를 어슬렁거리다가 우체국 창문에 붙어 있는 구인 광고를 보고 안으로 들어간다.

"자전거 있나?"
"네."
"글 읽을 수 있나?"

"네."

"그렇다면 오케이야."

그렇게 우체부로 취직한 마리오가 담당하는 수신인은 단 한 사람, 시인 파블로 네루다이다.

"수신인이 한 사람이라 수입은 형편없어. 영화표나 끊을 수 있을 정도지."

"괜찮아요, 제가 할게요."

이렇게 해서 네루다와 우편배달부의 만남이 시작된다.

처음에 마리오에게 네루다는 연애시나 쓰고, 여자들에게나 인기 있는 시시껄렁한 시인일 뿐이었다. 마리오가 극장에서 나오는 뉴스를 보니 수많은 여자가 네루다를 포옹하고 손수건을 흔들었기 때문이다. 그리고 우체부라는 직업상 위치에서 다시 보니 네루다에게 도착하는 편지의 80% 이상이 여자들에게서 오는 것이었다.

그래서 마리오는 마음속으로 은근히 계획을 하나 세운다. 첫 월급을 타면 네루다의 시집을 한 권 사서 시인에게 들이밀고는 사인을 받는 것이다. 그러고는 그 시집을 옆구리에 끼고 산티아고로 나가 소녀들에게 폼을 잡아볼 심산이었다.

그러던 어느 날 우편물을 배달하며 시집을 들이밀어 사인은 받았지만, 문구가 영 마음에 들지 않아 마리오는 낙심한다. '사랑하는 친구 마리오 히메네스에게. 친구 파블로 네루다'라고 써주기를 그렇게 바랐건만, 시인은 그냥 '파블로 네루다'라고만 쓴 것이다. 이것으로 무슨 효과가 있겠는가? 마리오는 다시 사인을 받기 위해 새로 시집을 사서 들고 다니며 기회를 엿보았다. 어느 날 편지를 넘겨주고 주춤거리는 그를 보고 네루다가 말한다.

"왜 전봇대처럼 서 있나?"

"창처럼 꽂혀 있다고요?"

"아니, 체스의 탑처럼 고요해."

"도자기 고양이보다 고요해요?"

시인은 말한다. "온갖 메타포로 나를 시험에 들게 하지 말라"고.

"메타포가 뭐죠?"

"대충 설명하면 한 사물을 다른 사물과 비교하며 말하는 방법이지."

"예를 하나만 들어주세요."

"좋아, 하늘이 울고 있다고 말하면 무슨 뜻일까?"

"참 쉽군요. 비가 온다는 거잖아요?"

"옳거니, 그게 메타포야."

메타포의 은밀한 맛을 알게 된 마리오는 시인이 되기로 결심한다. 그것은 순전히 네루다처럼 말을 잘하기 위해서였다. 네루다처럼 말을 잘할 수 있다면! 수줍음이 많아서 여자 앞에만 가면 벙어리가 되는 마리오에게 그보다 절박한 소망은 없었다.

어느 날 마리오는 산티아고의 주점에서 한 여자를 보고 첫눈에 반한다. 이제까지 마리오가 본 여자들 중에서 가장 아름다운 여인이었다. 마리오는 얼빠진 사람처럼 그녀를 쳐다보다가 네루다에게 달려간다.

"선생님, 저 사랑에 빠졌어요."

"별 심각한 일은 아니군. 다 치료법이 있으니까."

"치료법이라고요? 차라리 치료하지 않을래요. 계속 앓고 싶어요."

그러면서 마리오는 대시인에게 그 처녀를 위해 시 한 편을 써달라고 조른다. 네루다가 대상을 알지 못하고는 시를 쓸 수는 없다고 거절하자 마리오가 공격한다.

"선생님, 간단한 시 한 수에 그렇게 절절매면서 어떻게 노벨 문학상을 받으시겠어요?"

그래서 사람 좋은 민중 시인 네루다는 마리오를 앞세우고, 처녀 베아트리체를 만나보기 위해 그녀의 어머니가 운영하는 주점으로 간다. 그리고 베아트리체가 보는 앞에서 마리오와 나란히 앉아 와인을 시켜 마시고는 자신의 시집에 사인을 해서 마리오에게 주어 베아트리체를 놀라게 한다.

　그 후, 마리오는 메타포를 가지고 베아트리체에게 사랑의 공격을
시작한다. 그녀가 바닷가를 걸을 때면 뒤따라가서 "미소가 나비처
럼 번진다"고 속삭였다. 입만 열면 네루다의 연시에 나오는 아름다
운 메타포들이 마리오의 입에서 줄줄이 쏟아져 나와 베아트리체에
게 나비처럼 날아갔다. 이렇게 고급 메타포의 세례를 듬뿍 받은 베
아트리체는 그만 마리오에게 항복하고 만다.

　이에 현실적이고 잇속 빠른 과부인 베아트리체의 어머니가 네루
다를 찾아와 "가진 것이라곤 발가락의 무좀밖에 없는 그놈이 메타
포라는 것을 써서 딸의 정신을 빼먹었으니 책임져라"며 소란을 피
운다. 과부는 마리오가 딸에게 다시 접근하면 눈알을 빼겠다는 으
름장까지 놓고 돌아갔다. "이제 포기하는 것이 좋겠다"고 말하는 네
루다에게 마리오가 외친다.

　"시인 동무, 당신이 나를 이 소동에 빠뜨렸으니 책임지고 저를 구해
　주세요. 당신이 제게 시집에 사인을 해줬고, 우표를 붙이는 데만 쓰
　던 혀를 다른 데 사용하는 걸 가르쳐줬어요. 사랑에 빠진 건 당신 때
　문이에요."
　"천만에, 서명 두 번 했다고 내 시를 표절하라고 허락해준 줄 알아?

게다가 자네는 내가 아내 마틸드를 위해 쓴 시를 베아트리체에게 선물까지 했어."

"시는 쓰는 사람의 것이 아니라 읽는 사람의 것이에요!"

네루다의 시집을 몽땅 읽고 달달 외운 마리오는 더 이상 무식한 청년이 아니었다. 메타포 덕분에 대시인과의 대결에서도 밀리지 않았다. 아무것도 두려워하지 않게 된 청년은 베아트리체의 사랑을 얻고, 이미 갈 데까지 간 것을 눈치챈 현실적인 과부는 마침내 둘의 결혼을 허락한다.

네루다의 민중연합과 연합한 아예데가 칠레 대통령에 당선되자 네루다는 프랑스 대사가 되어 마을을 떠난다. 그러나 얼마 후 쿠데타가 일어나고 네루다는 조용히 이슬라 네그라로 돌아온다. 마리오가 달려갔지만 가택 연금된 네루다를 만날 수가 없었다.

마리오는 우체국으로 달려가서 그에게 온 전보와 편지들을 가지고 바닷가 바위굴에 숨어 그 내용을 몽땅 외워버린다. 그리고 어둠이 내린 뒤에 시인의 집으로 숨어든다. 밖에는 경찰차가 앵앵거리고 불도 없이 캄캄한 방 안. 침대에 누워 있던 대시인이 마리오에게 말한다

"나는 자네의 둘도 없는 벗이고, 뚜쟁이이고, 자네 아들의 대부

야. 펜을 놀려 얻은 이런 타이틀도 있고 하니 자네에게 요구하는 거야. 나를 창가까지 데려다 줘."

마리오가 부축해 창가로 데려가자 노시인은 검은 밤바다를 바라보며 말한다.

"이봐, 편안히 죽을 수 있게 절묘한 메타포나 하나 읊어줘."

그러나 마리오의 머리는 이제 아무런 메타포도 떠올리지 못한다. 그는 메타포 대신 외워 가지고 온 전보와 편지 내용을 들려준다.

"국민과 정부는 시인 네루다 씨에게 망명지 제공. 스웨덴. 다음. 멕시코 정부, 시인 네루다 씨와 가족에게 비행기 제공. 조속한 내왕 바람……." 마리오는 계속해서 암송했지만 이미 시인의 귀에는 들리지 않는 것이 분명했다. 마리오는 시인을 등 뒤에서 껴안고 울면서 말한다.

"선생님, 제발 죽지 마세요. 선생님!"

네루다는 군부에 의해 산티아고 병원으로 실려간 다음 날 사망한다. 그리고 그날 검정 안경을 쓴 군인들이 와서 마리오를 연행해 간 후로 소식이 끊긴다.

아마도 마리오는 총칼을 들이대는 군인들에게 두려움 없이 말했을 것이다.

"선생님이 옳아요. 그래 봤자 소용없어요! 나는 선생님 편이에요!"

대책 없고 무식한 젊은이가 대시인을 만나 메타포를 알고, 시를 알게 되면서 사랑을 얻고 인생이 달라지는 과정이 유머러스하면서도 가슴 아프게 펼쳐진다. 메타포로 티격태격하는 시인과 우편배달부의 말싸움, 죽어가면서도 유머를 잃지 않는 대시인, 네루다를 위해 목숨을 내놓고 전보와 편지를 암송해서 들려주는 마리오. 이 모든 것은 시를 통해 마리오가 얻은 새로운 인생이었다.

소설에서 정치적 사건은 배경으로만 작용할 뿐 큰 의미가 없다. 마리오에게 사랑이 어떻게 왔는지, 메타포가 그의 인생을 어떻게 변화시켰는지, 메타포가 그를 얼마나 용감하게 했는지, 시가 그를 어떻게 아름다운 영혼으로 만들었는지를 이 소설은 이야기하고 있다.

네루다는 '우리는 왜 시를 읽는가?'라는 글에서 말한 적이 있다.

"시는 우리에게 먹을 것을 주지는 못하지만 자존감을 줍니다."

그렇게 네루다를 찾아간 시, 그렇게 마리오에게 찾아간 시가 어느 날 문득 우리에게도 찾아올 것이다. 20대에 찾아온다면 행운이다. 그러나 30대, 40대에 찾아온다 해도 서러울 것은 없다.

용감한 여자만이
사랑을 얻는다
작자 미상의 《춘향전》

얼마 전에 제자가 은밀히 상의할 게 있다며 찾아왔다.

"선생님, 저를 따라다니는 남자하고 결혼하는 게 좋을까요, 제가 따라다니고 싶은 남자하고 결혼하는 게 좋을까요?"

나는 웃으며 대답했다.

"그야 따라다니고 싶은 남자와 결혼하면 네가 더 행복할 거고, 너

를 따라다니는 남자하고 결혼하면 그 남자가 더 행복하겠지."

그랬더니 제자가 헷갈리듯 걱정스러운 얼굴로 말한다.

"그런데 모두들 여자는 자기를 따라다니는 남자하고 결혼해야 행복하다고 해요."

제자는 아마 여러 날 고심한 끝에 자신을 따라다니는 남자하고 결혼하려고 마음먹었나 보다. 기억을 더듬어보니 나도 스물여덟 살 때 그런 기준으로 결혼 상대자를 고르던 게 생각나서 웃고 말았다.

사랑이나 결혼에서 남자가 주도권을 쥐고 여자는 마지못해 끌려가는 형상으로 진행되어야 행복해진다는 이 잠재적 교육과정은 언제, 어떻게 형성된 것일까? 더군다나 여성의 힘이 그 어느 때보다 강력하다는 21세기에도 그러한 전통이 여성들에게 고스란히 내면화되어 있는 것은 무슨 까닭인가. 정치나 전쟁처럼 여성 전공자가 적은 분야에서는 뒤따라가는 위치에 있다 하더라도 사랑과 결혼에서는 어차피 여성이 50%의 비중을 차지하는데, 끌려가는 위치에 있어야만 행복하다는 이 믿음만은 어찌하여 변하지 않는 걸까.

이런 믿음의 근원지로는 아무래도 전래 동화가 유력해 보인다. 전래 동화 속의 사랑과 결혼에서 여자는 선택권이 없다. 행복의 상징인 백설공주와 신데렐라는 우연히 이웃 나라 왕자의 눈에 띄어 그들의 선택을 받아 결혼한 여자들이다. 심청이와 콩쥐도 자신들의 선택이 아니라 왕과 왕자의 선택을 받고 결혼했다.

반면 여자기 선택한 사랑은 비극으로 끝난다. 그 대표적 예가 안데르센의 《인어공주》이다. 깊은 바닷속 용궁에 사는 인어공주는 뭍에 사는 왕자를 보고 한눈에 반한다. 그래서 부모 형제가 있는 용궁을 버리고 뭍으로 가기 위해 마녀에게 아름다운 목소리를 바치고 다리를 얻는다. 그러나 왕자는 말못하는 인어공주 대신 이웃 나라 공주와 결혼한다. 그러자 용궁의 언니들이 물 위로 떠올라 칼 한 자루를 주며 말한다.

"이것으로 왕자를 찔러 죽여라. 그러면 너는 다시 인어가 되어 용궁으로 돌아올 수 있어."

그러나 인어공주는 그 칼을 바닷물에 던지고 자신도 뛰어들어 한줌의 물거품이 된다.

이런 동화를 읽고 자란 여자아이들은 '사랑에서 여자는 수동적 위치에 서야만 행복해질 수 있다'는 것을 두뇌 속에 각인시켜두었다가, 결혼 적령기가 되었을 때 꺼내어 쓴다. 여기에 할머니와 어머니, 고모와 이모들은 한술 더 떠서 "여자 팔자 뒤웅박 팔자"라느니, "열 번 찍어 안 넘어가는 나무 없다"느니 하며 여성 선택권의 위험을 경고한다.

그런데 일찍이, 이렇게 견고하고 오랜 인류의 결혼 전통과 잠재적 교육과정에 도전한 이단아가 있었다. 17세기 중반인 1660년대 조선 숙종대왕 즉위 초를 배경으로 펼쳐지는 《춘향전》의 주인공 성춘향이다. 숙종 말부터 영조 초에 광대의 판소리에서 비롯하여 1754년경에 정착한 이후 현재까지 120여 종의 변종을 탄생시킨 《춘향전》은 주인공의 신분이나 결말이 조금씩 다를 뿐, 보편적 줄거리는 서로 비슷하다.

남원 부사의 아들 이몽룡과 퇴기 월매의 딸 성춘향이 서로 사랑하였으나, 이 부사가 왕의 부름을 받고 한양으로 올라가게 되어 두 사람은 이별한다. 그 후, 신임 부사 변학도가 춘향의 미모에 반해 수청을 강요하지만 춘향은 일부종사를 앞세워 거절하다가 옥에 갇혀 죽을 지경에 이른다. 이때 마침 과거에 급제하여 암행어사가 된 이몽룡이 남원으로 돌아와 변학도를 파직시키고 춘향을 구출해 정실부인으로 삼는다.

> 이리 가까이 오너라. 네 인물 네 태도는 천만고에 무상無雙 일다. 앉
> 거라, 보자. 서거라, 보자. 쌩긋 웃어라, 잇속을 보자. 아장아장 거닐
> 어서 백만 교태 다 부려라.

춘흥을 이기지 못해 책상을 물리고 광한루를 거닐던 부사의 아들
이몽룡이 퇴기의 딸 춘향을 찾아간 사건은 젊은 총각이 정중한 마
음으로 정숙한 처녀를 찾아간 것이 아니었다. 그는 양반에 대한 향
응의 의무가 있는 기녀를 찾아가 하룻밤 놀아볼 심사로 밤 나들이
를 한 것이다. 그러나 춘향은 첫날밤에 이몽룡에게서 '불망기不忘記'
라는 문서를 받아냄으로써 비록 천한 신분이지만 양반과의 관계에
서 소모적인 유희의 대상으로만 남지 않겠다는 뜻을 분명히 한다.

그리고 이몽룡이 부친을 따라 한양으로 떠난다는 소식을 전하자,
춘향은 자신을 데려갈 수 없는 사회 제도를 뻔히 알면서도 이를 뽀
드득 갈면서 치맛자락을 와드득 좌르륵 찢어버리고, 머리도 와드득
쥐어뜯어 싹싹 비벼 이몽룡 앞에 내던지며 "무엇이 어쩌고 어째
요?"하며 협박에 가까운 생떼를 부린다. 그것은 이별의 슬픔보다
자신의 존립 근거를 걱정하는 어린 짐승의 몸부림처럼 원색적이었
다. 그래서 우리는 춘향이 다홍빛 치맛자락을 펄럭이며 그네를 탄

순간부터 부사의 아들을 꼬이기 위한 작전이 아니었나 의심을 하게 된다.

그러나 그것이 비록 춘향의 작전이었다 할지라도 우리가 그녀를 욕할 수 있을까? 비천한 여성이 누추한 현실을 탈출할 수 있는 기회가 '양반 자제를 잡는 것'밖에 없던 사회에서 글을 읽고 총명해진 그녀가 할 수 있는 일은 그것밖에 없었을 테니. 그러나 그녀가 오랫동안 만백성의 사랑을 받아 마땅한 여인임은 그 다음에 밝혀진다.

> 소녀는 두 남편을 섬기지 않는 열녀의 마음을 따를 것이오니…… 죽으면 죽었지 분부 시행 못 하겠소. 정절은 양반 상놈이 없사오니 억지 말씀 마옵소서……. 이부불경二夫不敬의 내 마음, 양반 선비들의 이군불사二君不事와 무엇이 다르리까? 삼종지도三從之道 중한 법을 삼생에 버리리까?

변학도의 수청을 거부해 옥에 갇힌 춘향이 포박을 당한 채 관가 마당에 서서 머리 풀고 외치는 장면이다. 이 장면에서 눈물 흘리지 않을 이가 어디 있으랴. 아마 변학도도 가슴이 뜨끔했을 것이다. 이런 춘향에게서 우리는 꿋꿋한 사랑과 불의에 굴하지 않는 강인한 인간 정신을 만나게 된다.

춘향은 사랑과 결혼에서 남성에게 못 이기는 척 끌려가는 소극적 인생을 산 여인이 아니었다. 그녀는 당당하게 자기 인생을 경영했다. 동서양 문학의 역사에서도 춘향처럼 용감한 여인은 찾을 수가 없다. 원수 가문의 아들을 사랑한 줄리엣도 용감했지만, 춘향에 비하면 발끝에도 못 미친다. 줄리엣은 속임수를 써서 빠져나가려고 했지만, 춘향은 속임수 같은 건 쓰지도 않는다. 딱 부러지는 논리와 당당한 행동으로 생사 여탈권을 쥐고 있는 서슬 퍼런 사또와 맞섰다.

줄리엣에게는 신부라는 조력자도 있고, 연락할 수 있는 수단도 있었지만, 조력자도 통신수단도 없는 춘향은 혼자서 모든 고통을 감당했다. 줄리엣처럼 권세 있는 부모도 없고, 친하고 줏대 없는 어미뿐인 춘향의 그 기개와 용기가 우리로 하여금 그녀를 사랑하지 않을 수 없게 만든다.

그래서 처음에는 하룻밤 장난으로 춘향을 찾아간 열여섯 살 플레이보이 이몽룡도 그녀의 용기와 아름다운 정신을 확인한 후에는 진심으로 사랑하지 않을 수 없었으리. 그리하여 당시 사회에서는 언감생심 꿈도 꿀 수 없는 기생 딸을 정경부인으로 만들어낼 용기를 내었을 것이다.

세상에 방해와 장애물이 없는 사랑은 없다. 로미오와 줄리엣의 사랑이 그랬고, 젊은 베르테르의 사랑이 그러했다. 히스클리프도, 개츠비도, 테스도 그랬다. 이들은 모두 방해와 장애물을 피하고자 투쟁했지만 죽거나 실패자로 남았다. 방해와 장애물의 폭풍우를 이기고 행복한 결말을 이끌어낸 주인공은 오직 춘향뿐이다. 그녀의 행복은 누가 가져다준 것이 아니라, 스스로 싸워서 쟁취한 승리의 상징이다. 그래서 춘향을 보면 "용감한 여자만이 사랑을 얻는다"라고 말하고 싶다.

17세기 영국 시인 드라이든Dryden은 〈알렉산더의 향연Alexandor's Feast〉에서 "용감한 자만이 미인을 얻는다"라며 전쟁 영웅을 칭송했다. 그러나 17세기 극동의 조용한 나라 조선에서는 용감한 여자 춘향이 사랑의 영웅이 된다.

조선 시대의 유교 철학과 견고한 남성 중심 사회에서 탄생하여 인기를 얻은 《춘향전》. 시대적 굴레 속에서 감히 운명을 거스르며 사랑을 쟁취한 여자. 달리는 호랑이 등에 올라탄 연약한 여자가 호랑이 고삐를 휘어잡고 행복을 조종한 이야기. 이것이 춘향이 아름다운 이유이다. 이런 아름다운 춘향에게 세계의 독자들도 찬사를 보내고 있다.

1892년 《춘향전》은 한국 최초의 프랑스 유학생 홍종우와 프랑스 작가 J. H. 로니가 프랑스어로 번역해 《향기로운 봄春香, Printemps

Parfum'e》이라는 제목으로 파리에서 출간된다. 이 책 서문에서 로니는 "서양의 비극에는 주인공들이 죽는데, 《향기로운 봄》의 춘향만은 죽지 않고 사랑을 쟁취하는 것이 인상적이고 감동적이었다"라고 적었다.

그런데 21세기의 세계 10대 경제 대국, 5대 교육 대국인 대한민국의 춘향들은 17세기 조선의 춘향보다 훨씬 고루하고도 유약하다. 오늘의 춘향들은 사랑할 때 진심과 용기를 보이지 않는다. '간만 보기'와 '밀당하기', '먼저 차기', '아무렇지 않은 척 가장하기' 같은 잔머리만 굴린다. 용기의 상징인 조선의 춘향이 오늘의 잔머리 춘향들을 보면 무어라고 말할까.

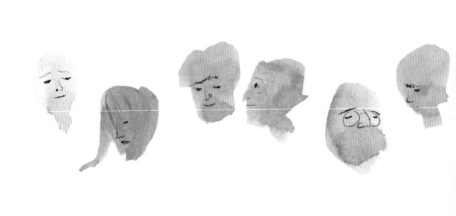

part 3

사랑과 성장

—

나로 하여

네가

아름다울 수

있다면

나로 하여
네가
아름다울 수
있다면

사랑은 결코 사라지지 않는다

마르그리트 뒤라스의 《연인》

"이 소설은 선생님 이야기입니까, 아니면 허구입니까?"

"아이고, 내 이야기도 다 못 쓰는 판에 남의 이야기까지 어떻게 써요?"

1960년대에 소설 《목마른 나무들》이 여성 잡지에 인기리에 연재되던 때, 기자와 인터뷰를 하던 소설가 정연희가 한 말이다. 그 당시 많은 작가가 작품을 내면서 혹시나 누가 작가의 이야기라고 할까 봐 지레 겁을 먹고는, "이 작품은 완전한 허구입니다"라고 적극적으로 밝히던 시절인데, 이 소설가는 스스로 자기 이야기라고 못을 박았다.

1980년대에 나는 도서관의 묵은 잡지 더미에서 오래된 그 기사를 읽으며 교수들이 가르쳐주지 않은 중요한 진실 하나를 배웠다. 작가의 경험은 특별한 것이며, 작가란 자신의 고통을 재료로 삼아 작품을 빚어내는 마법사라는 사실을.

프랑스 소설가 마르그리트 뒤라스Marguerite Duras의 《연인》을 읽을 때면 소설가 정연희의 그 말이 떠오른다. 《연인》도 작가의 성장 기록이기 때문이다. 소설은 유명 작가가 된 한 늙은 여인의 내레이션으로 시작된다.

내 생은 아주 일찍부터 늙어버렸다. 열여덟 살에 벌써 돌이킬 수 없이 늙어버렸다. 열여덟 살에 나는 이미 늙어버렸다.

열여덟 살에 늙어버린 소녀, 그녀에게는 어떤 일이 있었을까?

여름방학이 끝나가는 날. 메콩 강을 건너는 배 위에 얇은 생사 원피스에 금박 장식이 박힌 하이힐을 신고 남자용 펠트 모자를 쓴, 과

감하지만 가난한 티가 어쩔 수 없이 드러나는 옷차림의 백인 소녀가 강물에서 반사되는 레몬빛을 온몸으로 받으며 뱃전에 팔꿈치를 괴고 서 있다. 나룻배 위에는 리무진 한 대가 실려 있고, 차 안에서 유럽 스타일의 흰 양복을 입은 우아한 남자가 소녀를 바라본다. 그 남자가 리무진에서 내려 소녀를 향해 천천히 걸어온다. 소녀에게 말을 걸기 위해 금빛 담뱃갑을 내미는 길고 가는 손가락이 떨린다. 소녀가 거절하자 남자는 풀이 죽은 듯 말없이 강물만 바라본다.

"어디서 오신 분입니까?"

한참 만에 남자가 입을 열고, 소녀가 "사택에 사는 여선생 딸"이라고 대답하자 남자가 다시 말한다. 자기는 파리에서 공부하다 돌아왔으며, 아버지는 베트남의 개인 소유 식민지 땅을 장악하고 있는 중국계 부동산 회사를 운영하는 사람이며, 자기는 앞으로 아버지 사업을 물려받게 될 거라고.

"사이공에 있는 아가씨 집까지 데려다드리는 것을 허락해주겠소?"

소녀는 고개를 끄덕이고, 남자의 리무진 승용차 안으로 들어간다.

열다섯 살 반의 소녀는 검정 리무진을 타는 순간 알았다. 이 남자가 자신의 첫 남자가 될 것이며, 이제 자신은 영원히 예전의 그 아이로부터 멀어질 것이라는 사실을. 그날은 매우 빨리 왔다. 남자는 소녀의 기숙사로 와서 학교에 데려가고, 수업이 끝나면 기숙사로 데려다 주었다. 그리고 어느 날은 그의 독신자 아파트로 데리고 갔다. 소녀가 남자에게 말했다.

"당신이 날 사랑하지 않는다면 더 좋을 거예요."

"그게 당신이 바라는 거요?"

"당신이 독신자 아파트에 데려오는 다른 여자들에게 하듯 저에게 하시면 돼요."

소녀의 말에 그는 울었고, 소녀의 출혈을 보자 또 울었다. 서른두 살의 남자는 열다섯 살의 소녀를 사랑한 것이다.

어머니는 여자의 직감으로 이 사실을 알았지만 모른 척한다. 그 남자가 부자였기 때문에. 어머니에게는 돈이 필요했다. 남편은 죽고, 전 재산을 쏟아부은 개척지 땅은 수포로 돌아갔으며, 큰아들을 공부시키기 위해 파리로 보내야 하는데 돈이 없었다. 큰아들은 빈둥거리며 마약을 하고 어머니의 돈을 훔쳤다.

남자는 소녀에게 돈을 주고, 소녀는 그 돈을 어머니에게 준다. 소녀의 품행은 학교에 소문이 나고, 학교에 불려온 어머니는 호들갑을 떨며 교장에게 말한다.

"상관없어요. 그런 건 중요한 게 아니잖아요?"

어느 날 큰오빠가 프랑스로 떠난 뒤 어머니가 말한다. 그 남자가 큰오빠의 빚을 갚아주었고, 큰돈을 주어 오빠가 프랑스로 떠날 수 있었다고. 네가 큰일을 한 것이라고. 소녀는 어머니를 동정도 경멸도 하지 않는다. 자신은 이미 어머니에게서 떨어져 나온 별이며, 언젠가 소설을 쓰고 있을 자신을 상상하며 무표정한 얼굴을 한다.

남자는 고향으로 가서 아버지 앞에 무릎을 꿇고 백인 소녀와 결혼하게 해달라고 애원한다. 이런 감정은 생전 처음이며, 다시 생길 수 있는 것이 아니라고 눈물을 흘린다. 그러나 부동산 재벌인 아버지는 한마디로 잘라 말한다.

"네가 백인 여자와 사느니, 나는 차라리 네가 죽었다는 소리를 듣는 게 낫다."

그는 울면서 아버지의 말을 소녀에게 전한다. 그러나 그도 소녀도 이미 알고 있었다. 중국인 가운데서도 소문난 부자인 그의 아버지에게 그가 다시는 그녀 이야기를 꺼낼 수 없으리라는 것을. 그는 아버지가 10년 전부터 정해놓은 어느 재산가의 상속녀와 결혼해서 가문의 부를 늘려야 할 책임을 지고 있다는 것을. 그리고 그가 오랫동안 그 상속녀와 사랑을 나눌 수 없으리라는 것을.

열여덟 살이 된 소녀는 바칼로레아프랑스 대학 입시 시험을 치르고 사이공을 떠나 프랑스로 간다. 출발 시간이 가까워진 배가 길고 힘찬 기적 소리를 뿜어냈다. 소녀는 뱃전에 턱을 괴고 서서 저 멀리 외딴 공터에 서 있는 리무진을 본다. 그의 리무진은 풀이 죽어 있다. 자동차 뒷좌석에 보일 듯 말 듯 앉아 있는 그가 보인다. 그는 미동도 않고 그녀를 본다. 그녀도 그를 본다.

첫 번째 뱃고동이 울리고 배의 트랩이 올라가고, 배가 뭍에서 멀어지기 시작했을 때 소녀는 눈물을 보이지 않고 울었다. 그가 중국인이었기에, 이런 부류의 연인을 위해서는 눈물을 흘리지 않아야 하니까. 이제 그의 자동차조차 보이지 않았지만 여전히 그녀는 검은 리무진에 앉아 있는 그를 바라보고 있었다.

배가 항해를 계속하면서 대양으로 나왔을 때 쇼팽의 왈츠곡이 울려 나왔다. 수많은 밤과 밤 사이에 파묻혀버린 밤, 그녀는 망망한 바다 위에서 오열하며 통곡했다. 그녀가 "사랑하지 않는다면 더 좋을 거예요"라고 말했던 그 남자 때문에, 이제 모래 속으로 스며들어 사라져버리려는 그 남자와의 사랑 때문에, 만질 수 없는 희망과 닿을 수 없는 사랑 때문에.

1945년 제2차 세계대전이 끝나고 몇 해가 흐른 뒤, 그리고 책을 몇 권 출간했을 때 파리에 온 그 남자가 전화를 걸었다.

"나요."

그녀는 그 소리만으로도 벌써 그인 줄 알았다. 그는 말했다. 당신의 목소리가 듣고 싶었다고. 그녀가 말했다.

"저예요. 안녕하세요?"

그는 예전처럼 겁을 먹고 있었다. 그의 목소리가 갑자기 떨렸다. 그 떨리는 음성 속에서 그녀가 책을 쓰기 시작했다는 것을 알고 있었다고. 그러고는 잠깐 뜸을 들인 후에 말한다. 그의 사랑은 예전과 똑같다고. 그는 아직도 그녀를 사랑하고 있으며 영원히 그녀를 사랑할 수밖에 없으며, 또 죽는 순간까지 사랑할 것이라고.

소설은 이렇게 끝나지만 독자는 아직 소설을 끝내주지 못한다. 열다섯 살 소녀의 고통은 이름이 많았다. 가난, 파산, 가족, 큰오빠에 대한 어머니의 편애, 무관심, 욕망…… 이런 사막 같은 현실에서 소녀는 탈출구가 필요했다. 작가라는 탈출구는 아직 희미한 밤하늘의 별일 뿐이었다. 아마도 고통스러운 상황이 닥칠 때마다 소녀는 소설을 쓰고 있는 자신을 상상하며 견뎌냈을 것이다. 그러면서 몰려오는 고통 속으로 스스로 꾸역꾸역 걸어 들어갔는지도 모른다. 나는 작가가 될 것이니까.

소녀가 열다섯 살 반에 남자용 펠트 모자를 쓰고 건너던 메콩 강. 어머니도 오빠도 그 누구도 도움이 되지 못한 외톨이 소녀가 어른의 나라로 들어가기 위해 건너야 했던 강. 그 강에서 그 남자는 동행이 되어주었다. 어쩌면 아버지에게서 독립하지 못한 서른둘의 그 남자도 어른이 아니었는지 모른다. 그는 소녀를 통해 사랑을 알고, 비로소 어른이 되었을 것이다. 서른두 살의 남자와 열다섯 살 반의 여자는 서로 손을 잡고 어른의 나라로 들어갔는지도 모른다.

이 소설은 한 소녀의 고통스러운 성장 기록이면서 한 작가가 탄생하기까지의 성장 기록이다. 이 소설을 영화로 만들었을 때 마르그리트 뒤라스는 "영화가 원작의 의미를 곡해했다"며 대노했다고 한다. 소설은 한 소녀의 육체적, 정신적 성장을 다루고 있는데, 영화는 소녀의 아름다운 육체를 통해 에로틱한 장면만 열심히 보여준다고. 그래서 뒤라스는 그 후 다시는 이 소설의 영화화를 허락하지 않는다.

작가의 사랑이든, 이름 없는 사람의 사랑이든 사랑은 사라지지 않는다. 그것이 비난받는 사랑이든 칭송받는 사랑이든 사랑은 결코 사라지지 않는다. 역사가 남아서 교훈을 주듯이 사랑도 남아서 우리를 성장시킨다. 그래서 사랑이 끝났을 때 우리는 세상을 좀더 잘 이해하는 자신을 발견하게 된다.

실패한 사랑이 위대해질 때

프랜시스 스콧 피츠제럴드의 《위대한 개츠비》

한 남자가 총에 맞아 죽었다. 새벽 6시에 일어나 밤 9시 잠들 때까지 아령 연습, 전기학 공부, 일하기, 연설 자세 연습, 발명 공부 등 시간을 분 단위로 쪼개어 계획표를 짜며 미래를 설계하던 소년. 상류사회의 여인을 사랑했으나 가난하다는 이유로 배신당한 청년, 여자를 되찾기 위해 돈벌이의 노예가 되어야 했던 남자. 드디어 부자가 되어 애인 앞에 나타났지만, 애인 대신 총에 맞아 죽어야 한 30대 초반의 새파란 청춘.

미국의 소설가 프랜시스 스콧 피츠제럴드Francis Scort Fitzgerald의 《위대한 개츠비》이다. 소설의 줄거리만 보면 흔하디흔한 연애 이야기이다. 우리나라에도 지천으로 널려 있는 '군대 갔다 오니 애인이 고무신 거꾸로 신었더라'는 배신 스토리이다. 거기다가 '위대한'이라는 수식어가 붙은 주인공 개츠비는 범죄 조직과 손잡고 벼락부자가 된 졸부일 뿐이다.

결코 위대하다고 할 수 없는 이런 삼류 인간들의 삼류 연애 이야기이지만 이 소설은 미국의 중·고등학교와 대학 교재에 실려 있고, 일반 독자들에게도 융숭한 대접을 받고 있다. '20세기에 영어로 쓰여진 위대한 소설'에서 당당히 두 번째 자리를 차지한 이 소설은 '개츠비적Gatsby-esque'이라는 신조어까지 만들어내어 사전에 정식으로 등록시킬 만치 위력을 발휘하고 있다.

90년 전에 발표된 연애소설 한 편이 이렇게 융숭한 대접을 받으며 빛나는 행진을 하고 있는 이유는 무엇일까? 어떤 작품이 시대를 초월해 새로운 독자를 계속 만들어내고 있다면 거기에는 분명 그럴 만한 이유가 있다.

《위대한 개츠비》는 제1차 세계대전의 승리로 신흥 강대국이 된 1920년대 미국 사회를 배경으로 한다. 경제 호황으로 갑자기 돈이 많아진 미국의 상류사회는 환락과 도덕적 해이에 빠지고, 각종 부패가 독버섯처럼 만연한다. 그런 시대적 분위기 속에서 가난하고 배운 것 없는 청년이 사랑을 시작하고 죽기까지의 과정을 촘촘한 스토리와 회화적 문체로 버무려낸다.

소설은 서술자 닉 캐러웨이의 내레이션으로 시작된다.

> 내가 아직 어렸을 때 아버지는 나에게 말하셨다. 다른 사람을 비난하고 싶을 때에는 그가 그렇게 된 사정을 알아보고 비난해도 늦지 않다고.

미국 중서부 지방의 이름 있는 캐러웨이 가문의 자제 닉은 균형 잡힌 인간이 되고자 하는 예일 대학 출신의 청년이다. 그는 뉴욕으로 와서 당시에 가장 각광받던 뉴욕 증권회사에 취직하고, 신흥 부촌 웨스트에그에 작은 집을 빌린다. 그리고 며칠 후에 호수 건너편의 전통 부촌 이스트에그에 사는 팔촌 동생 데이지와 폴로 선수 출신의 톰 뷰캐넌 부부가 살고 있는 저택을 방문한다.

그날 닉은 데이지의 친구를 통해 자신의 집 옆에 있는 굉장한 저택의 주인이 개츠비라는 사실을 알게 된다. 그리고 톰에게는 자동차 정비소 주인의 아내인 머틀이라는 정부情婦가 있고, 데이지도 그 사실을 알지만 톰이 가진 재산 때문에 눈감아주고 있다는 사실도 듣는다. 균형 잡힌 인간을 지향하는 닉은 톰의 부패한 생활과 데이지의 가면 쓴 삶에 환멸을 느낀다.

이웃집의 독신남 개츠비는 주말마다 수백 명의 손님을 초대하고 성대한 파티를 벌인다. 어느 날, 정식으로 초대장을 받고 저택을 방문한 닉은 깜짝 놀란다. 개츠비가 40대의 중년 신사쯤 되리라 상상했는데, 30대 초반의 청년이었기 때문이다. 게다가 파티에 참석한 인물 중에는 이름만 대면 알 수 있을 정도의 명사가 많아 개츠비라는 인물에 대한 호기심은 더욱 고조된다.

파티에 온 사람들은 개츠비의 정체를 놓고 수군거렸다. 어떤 이는 그가 제1차 세계대전 당시 독일의 스파이였다 하고, 어떤 이는 독일 빌헬름 황제의 육촌뻘 된다고도 했다. 혹은 사람을 죽인 살인범일지 모른다고 하는 이도 있었다. 이러한 구구한 억측과 뜬소문으로 개츠비는 한층 더 신비에 싸여갔다.

몇 주가 흐르고 개츠비가 닉의 집을 방문하여 자신의 연애담을 고백한다. 가난한 육군 중위 개츠비가 사랑한 여인은 닉의 팔촌 동생 데이지였으며, 그가 데이지를 다시 만나기 위해 이곳에 집을 샀고,

사랑의
역사

주말마다 파티를 열며 그녀가 와주기를 기다리고 있다는 사실을. 그러면서 개츠비는 닉에게 데이지와 재회하게 해달라고 간곡하게 부탁한다.

닉은 그에게 동정심을 느껴 데이지를 자신의 집으로 초청한다. 그날 개츠비를 만난 데이지는 그 음악 소리 같은 목소리로 호들갑을 떨며 말한다.

"어머, 당신을 여기서 만나게 되다니 정말 반갑기 그지없군요!"

한참을 멍하게 있던 개츠비가 '당신이 희망하는 대로 당신을 이

해한다'는 느낌이 드는 그 특유의 미소를 지으며 대답한다.

"꼭 5년하고 3개월 2일 만입니다."

개츠비는 데이지를 자기 집으로 데리고 가서 자신의 부를 보여준다.

> 그는 영국제 고급 셔츠 더미를 끄집어내어 우리 앞에 하나하나 펼쳐 보여주었다. 얇은 리넨과 두꺼운 실크, 질 좋은 플란넬 셔츠들이 테이블 위로 던져져 다채로운 색깔로 뒤섞였다……. 순간 갑자기 데이지가 이상한 소리를 내며 얼굴을 셔츠 더미에 파묻고 격렬하게 울기 시작했다.
>
> "너무 너무 아름다운 셔츠들이야."
>
> 그녀가 흐느꼈다. 두터운 셔츠 더미에 파묻혀 그녀의 목소리가 띄엄띄엄 들려왔다.
>
> "너무 슬퍼. 한 번도 이렇게 아름다운 셔츠들을 본 적이 없어."

인간 개츠비보다 외제 셔츠에 더 감격해하는 데이지. 그녀는 이미 속물이었지만 사랑에 눈이 먼 개츠비에게는 그것이 보이지 않는다. 그들은 매일 개츠비의 저택에서 밀회를 즐겼고, 개츠비는 그녀와의 결혼을 원했다. 이를 본 닉이 개츠비에게 말한다.

"지나간 과거는 돌이킬 수 없어."

"왜 안 돼?" 개츠비는 믿을 수 없다는 듯이 외친다.

"모든 것을 예전 그대로 돌려놓고 말 기야."

그러나 개츠비의 순진무구한 사랑은 부패한 데이지에게 통하지 않는다. 개츠비가 그녀와의 결혼을 위해 남편 톰에게 데이지가 사랑하는 사람은 자신이라고 말해 언쟁이 벌어졌을 때, 개츠비가 가진 부의 기반이 생각보다 허술하다는 걸 눈치챈 데이지는 재빨리 남편에게로 돌아선다.

머리가 아프다며 밖으로 나온 데이지가 남편 차에 올라 핸들을 잡자 그녀를 보호하기 위해 개츠비가 함께 오른다. 데이지는 전속력으로 차를 몰고, 남편과 싸운 톰의 정부 머틀이 애인의 차가 오는 것을 보고 달려들지만, 머틀은 데이지가 모는 자동차에 부딪치며 쓰러진다. 그러나 데이지는 차를 멈추지 않는다.

잠시 후, 톰이 개츠비의 차를 타고 현장에 나타나 정부의 남편에게 자기 차를 몬 사람은 개츠비라고 말한다. 그리고 집으로 가서는 데이지와 함께 진실을 덮고 무사히 빠져나갈 방법을 모의한다.

돌아가는 상황을 눈치챈 닉이 개츠비에게 며칠 동안 피해 있으라고 말해주지만, 개츠비는 데이지를 두고 아무 데도 갈 수가 없다고 말한다. 그는 평소처럼 데이지의 전화를 기다리지만 전화는 오지 않는다. 그런 개츠비를 안타깝게 바라보다가 닉이 엄지손가락을 세워 보이며 외친다.

"그들은 모두 썩었어요. 그들 모두를 합친 것보다 당신이 최고예요!"

얼마 후, 머틀의 남편이 개츠비를 찾아와 수영장에 누워 태양을 바라보고 있는 개츠비를 쏘고 자신도 죽는다. 세 사람의 죽음으로 톰은 정부와의 관계가 알려지는 것을 피했고, 데이지는 살인자의 누명을 벗는다.

개츠비의 장례식엔 신문을 보고 고향에서 온 그의 늙은 아버지와 닉뿐이었다. 파티에서 북적이던 그 많던 손님과 호수 건너편에 사는 데이지는 보이지 않았다. 데이지는 꽃 한 송이, 조전弔電 한 장 보내지 않고, 장례식 전에 남편과 어디론가 여행을 떠났다. 균형 잡힌 인간을 추구하던 닉 캐러웨이는 개츠비의 꿈이 지나간 자리에 부유하는 먼지들을 떠나 동서부의 고향으로 돌아간다.

자신을 세 번씩이나 배신한 여자를 끝까지 포기하지 않은 개츠비, 절망 속에서도 꿈과 희망을 제조하는 탁월한 능력을 지닌 개츠비, 데이지라는 목표를 향해 자신까지도 돌직구로 던진 개츠비. 그는 그렇게 날아갔다. 그는 데이지라는 과녁을 명중시키지는 못했지만, 독자인 우리 가슴을 명중시킨 명사수였다.

90년 전에 발표된 이 소설을 읽다 보면 21세기, 지금 우리가 살고 있는 세상과 너무나 닮아 있음에 놀란다. 사랑보다 안락한 삶을 선택하는 데이지. 사람이 아니라 외제 명품을 더 사랑하는 데이지. 자기 노력과는 상관없이 저절로 이루어지는 부와 화려함을 선망하는 데이지. 사랑에 빠지고, 그 사랑을 무책임하게 버릴 수 있는 오늘날의 데이지들이 신문과 인터넷과 텔레비전을 장식하고, 지금도 우리 곁에서 숨 쉬고 웃으며 지나간다.

유리벽 속의 세상을 향해 전속력으로 날아가다가 머리가 부딪쳐 추락한 한 마리 새. 그 개츠비에게 우리는 '위대한'이라는 수식어를 서슴없이 붙여준다. 그 실패가 너무나 순수하고 장엄했기에, 절망 속에서도 희망을 제조한 그의 가슴이 나무나 뜨거웠기에. 그는 20세기가 창조해낸 사랑스러운 로맨티스트였다.

그러나 이 소설이 시대를 초월하여 융숭한 대접을 받고 있는 것은 개츠비가 우리에게 주는 가슴 저린 위로 때문이리라. 현대의 애늙은이들에게 개츠비는 말한다. "아프니까 청춘이 아니라, 청춘이니까 아파야 한다"고. 이보다 더 큰 위로가 어디 있으랴.

미녀와 야수는
어떻게 사랑했을까

샬럿 브론테의 《제인 에어》

마법에 걸려 야수가 된 왕자와 마음씨 착한 미녀의 사랑 이야기는 지난 천 년 동안 인류를 매혹시켰다. 아득한 옛날부터 전해 내려오는 이 민담을 1756년 프랑스 작가 보몽Beaumont 부인이 《미녀와 야수》라는 제목으로 정리한 이후, 수세기 동안 수많은 나라에서 다양한 그림동화, 애니메이션, 영화, 뮤지컬로 화려하게 재탄생되고 있다.

이렇게 온 세계의 어린이와 어른을 매료시키고 성장의 자양분이
된 이야기는 《개구리 왕자》《백조의 호수》《구렁덩덩 신선비》 같은
변신담의 일종이다. 철학에서 말하는 '현상과 본질, 외관과 실상은
다르다'는 딱딱한 진리에 사랑이라는 달콤한 시럽을 발라 먹기 좋게
만든 파이이기도 하다.

《미녀와 야수》의 변신 모티브는 오랫동안 세계 현대문학에 자양
분을 공급해왔다. 그중 가장 대표 작품을 꼽으라면 영국의 소설가
샬럿 브론테Charlotte Bronte가 1847년에 선보인 《제인 에어》라고 할
수 있다. 인생의 올가미에 걸려 포효하는 불행한 중년 남자와 가난
하고 강직한 열여덟 살 아가씨의 사랑 이야기는 동화 《미녀와 야수》
를 참 많이 닮았다.

주인공 제인 에어는 가난한 교구 목사의 딸로 태어나 한 살 때 전
염병으로 부모를 잃고 부유한 외삼촌 집에서 자란다. 그러나 일곱
살 때 외삼촌마저 죽자 냉정한 외숙모 리드 부인과 외사촌들의 구
박 속에서 살아간다.

하녀 취급을 받으며 외롭게 자란 제인은 자연스레 독서에 빠져든
다. 동화책은 물론 외삼촌의 서재에 있는 《걸리버 여행기》《영국 조

류사》《로마사》《알렉산더 대왕》 등 책이라면 닥치는 대로 읽어치웠다. 그래서 외사촌 오빠 존이 욕설을 퍼부으며 무자비하게 구타할 때면 "사악하고 잔인한 놈아! 노예 감독 같은 놈아! 로마 황제 같은 놈아!"라고 외치며 반란을 일으키는 노예처럼 반항했다.

총명한 머리, 독서를 통해 자기 자식들보다 더 많은 지식을 가진 죽은 남편의 피붙이, 고집 세고 할 말 다 하는 기가 센 계집아이…….이런 제인이 싫어서 리드 부인은 그녀를 50마일이나 떨어진 고아들을 위한 자선학교에 보내며 방학 때도 집으로 보내지 말아달라고 교장에게 부탁한다.

리드 부인의 저택을 떠나던 날, 열 살짜리 제인은 그간 외숙모에게 맺힌 한을 짧은 문장 속에 넣어 쏟아낸다.

외숙모가 내 친 핏줄이 아니라서 정말 기뻐요. 이제 내가 살아 있는 한 다시는 외숙모라고 부르지 않겠어요. 만약 누가 외숙모가 어떤 사람이냐고 물으면 "생각만 해도 속이 메스꺼워진다"고 말할 거예요!

로우드 자선학교는 최악의 학교였다. 사이비 성직자인 교장은 기부금을 착복하고 고아 소녀들을 굶주리게 했다. 그래서 전염병이 돌면 많은 학생이 죽어 나갔다. 이런 악명 높은 학교에서 제인은 6년 동안 공부하고, 2년 동안 교사로 근무했다. 열여덟 살 성인이 된 제인은 좀 더 넓은 세상으로 나가고자 신문에 가정교사 구직 광고를 낸다. 그리고 밀코트시에 있는 로체스터의 저택에 열 살짜리 소녀 아델의 가정교사로 들어간다.

로체스터는 잔뜩 찌푸려 가운데로 몰린 눈썹에 항상 심기가 불편해 보이는 표정을 한 30대 중반의 남자였다. 첫날 인사하러 간 제인에게 그는 피아노를 쳐보라고 명령하고는 무뚝뚝하게 말한다.

"좀 칠 줄 아는군. 영국의 여느 여학생들처럼 말이오. 하지만 잘 치는 건 아니군."

그러나 제인은 그 투박한 말씨나 얼굴과는 달리 악하지 않은 그의 본심과 다정한 마음씨를 발견한다. 미남은 아니지만 굵은 저음의 듣기 좋은 목소리를 가졌고, 음악을 좋아하고, 그림을 사랑하고, 독서를 즐기며, 하인을 공정하게 대하는 로체스터. 그가 어느 날 느닷없이 제인에게 묻는다.

"선생, 내가 미남이오?"

"그렇지 않습니다."

"우하하. 당신은 나에게 아부하지 않는군. 다른 여자들은 미남이라고 말하던데……. 젊은 숙녀 선생, 오늘 밤은 사람 같은 사람과 함께 있으면서 대화를 나누고 싶소."

그 후로 그는 미녀도 아니고 키도 작고 어린애처럼 왜소한 체격이지만 자기 앞에서 솔직하고 당당하게 말하는 여자, 아는 게 많고 자신의 생각을 짧은 문장 안에 담아 솔직하게 표현할 줄 아는 아가씨, 자신과 다르면서도 비슷한 점이 많은 가정교사 제인을 좋아하게 된다.

> 난 당신을 보면 이상한 기분을 느껴요. 내 왼쪽 늑골 밑의 어딘가에 실이 한 오라기 달려 있어서 그게 당신 작은 몸의 같은 곳에 똑같이 달려 있는 실과 풀리지 않게끔 단단히 묶여 있는 것 같은 생각이 들거든……. 그래서 당신이 먼 곳으로 떠나버리면 그 실이 끊어질 것이고, 그렇게 되면 내 체내에 큰 출혈이 일어날 것 같소.

이보다 강력한 사랑의 고백이 어디 있으랴. 그를 대할 때마다 가슴 한 켠이 아프던 제인은 그의 사랑을 받아들인다. 그러나 두 사람의 결혼식이 진행되는 성당으로 찾아온 불청객에 의해 행복은 처참하게 부서진다.

"이 결혼은 이루어져서는 안 됩니다. 로체스터 씨에게는 아내가 있습니다."

로체스터의 처남이라고 밝힌 그 남자의 말에 로체스터는 분노했지만, 곧 사실을 인정한다. 그러고는 결혼식에 참석한 사람들을 데리고 저택의 3층 골방으로 올라가 정신병으로 미쳐 날뛰는 한 여자를 보여준다.

"이게 내 아내라는 여인이오."

그곳에는 1857년 영국, 아직 이혼법이 존재하지 않던 시절의 비극이 적나라하게 펼쳐진다. 미친 여자는 맹수처럼 으르렁거리며 로체스터에게 달려들어 물어뜯기 시작했다. 하객들은 혼비백산해 돌아가고 로체스터는 제인에게 고백한다.

내 인생은 스물네 살에 이미 저주받았소. 부호인 아버지는 재산이 흩어지는 것을 싫어해서 장남인 형에게 모두 상속하고 가난뱅이가 된 나를 돈 많은 상인의 딸과 결혼시켰소. 그런데 그녀는 정신병을 앓는 여자였소⋯⋯. 이후 나는 쓰레기 같은 부잣집 자식들이 인생을 장식하기 일쑤인 그 형편없고 쩨쩨한 방탕의 길로 들어섰소. 아델은 그런 여자 중 하나인 프랑스 무희가 남기고 간 덩어리요. 그 후 아버지와 형님이 죽고 나는 그 재산까지 물려받았지만 이미 망가진 인생이었소⋯⋯. 제인, 나는 당신과 결혼해 남프랑스에 있는 하얀 울타리를 두른 나의 다른 저택에 가서 새로운 인생을 살려고 했소. 그리고 1년이 지난 후에는 당신에게 이 모든 것을 고백하려 했소.

그러나 강직한 기독교 신도인 제인은 "저도 당신을 사랑해요. 그러나 더 이상 죄를 지어서는 안 돼요"라고 말한다. 제인은 그날 밤 아무도 모르게 저택을 떠난다. 로체스터는 사람들을 동원해 그녀를 수소문했지만 행방을 찾을 수가 없다.

로체스터의 저택을 나온 제인은 작은 시골 학교에서 아이들을 가르친다. 3년이 지난 어느 날 밤에 그녀는 "제인, 제인, 제인" 하고 바람결에 들려오는 로체스터의 목소리를 듣는다. 그 목소리의 힘에 끌려 제인은 벌떡 일어나 "주인님, 내가 갈게요"라고 외치며 밀코트시 로체스터의 저택까지 달려간다.

3년 만에 찾은 그 집에서 그녀가 발견한 것은 불에 탄 저택과 눈이 멀고 한쪽 팔이 없어진 초라한 로체스터의 모습이었다. 제인은 가정부에게서 "어느 날 밤에 3층에 갇힌 정신병자가 집에 불을 질렀고, 그 사건으로 정신병자는 죽고 로체스터는 불구가 되었다"는 사연을 듣는다. 이야기를 들은 제인은 로체스터의 손을 붙잡고 단호하게 말한다.

"이제는 당신 곁을 절대로 떠나지 않겠어요."
"불쌍한 장님, 손을 잡고 데리고 다녀야 하는 사내하고?"
"네."

"불구자인 데다 당신보다 스무 살이나 많은 남자, 당신이 평생 시중 들어줘야 할 파산한 남자하고?"

"네."

《미녀와 야수》에서 야수를 사랑하게 된 미녀가 "당신은 미남은 아니지만 듬직하고 진실해 보여요"라고 말한 것처럼, 제인은 로체스터를 있는 그대로 사랑했다. '성격이 좀 부드러우면 좋을 텐데, 키가 좀 컸으면 좋을 텐데……' 하는 생각을 해본 적이 없다. 건강할 때는 건강한 대로, 불구가 되었을 때는 불구인 대로 그를 사랑했다.

실패한 사랑의 대부분은 잘못과 허물이 자신보다는 상대방에게 있다고 믿고, 그를 변화시킴으로써 행복해질 수 있다는 착각 때문에 일어난다. 샬럿 브론테는 이 작품에서 제인을 통해 '있는 그대로 사랑하기'의 아름다움을 보여준다.

'사랑한다면 있는 그대로를 사랑하세요. 그 사람을 바꾸려고 노력하는 사랑은 진짜 사랑이 아닙니다. 가짜입니다. 사랑은 즐거움만 나누는 것이 아니라 괴로움도 함께 나누는 것입니다.'

외모와 학벌과 재산을 따져 사랑하고 결혼했다가 그런 것들이 사라지면 가차 없이 떠나는 이들을 부끄럽게 하는 사랑의 방정식이다.

'자서전'이라는 부제가 달린 《제인 에어》는 견고한 신분 제도, 부의 편중, 여성 차별, 종교의 횡포가 페스트균처럼 만연하던 1840년대 영국 사회를 배경으로 하고 있다. 그러나 이러한 사회 조건은 가난하고 외로운 한 여성의 정신적 성장과 사랑의 심리를 추적하는 배경으로만 사용될 뿐이다. 작가는 이 작품에서 연애나 결혼을 가문의 에피소드 정도로만 그리는 기존의 소설들과 달리, 사랑을 개인적이고 심리적 사건으로 다룸으로써 본격적인 연애소설의 속살을 보여준다.

1840년대의 영국 사회는 여성의 작품을 인정하지 않았다. 그래서 샬럿 브론테와 그의 자매인 에밀리 브론테, 앤 브론테는 각각 커러 벨, 엘리스 벨, 액턴 벨이라는 남성적 가명으로 작품을 발표할 수밖에 없었다. 1847년 10월 '커러 벨'이라는 저자명을 달고 출간한 《제인 에어》는 삽시간에 선풍을 일으키며 영국의 독서계를 휩쓸고, 그해 12월에 2판, 다음 해 4월에 3판을 찍는다. 이에 용기를 얻어 세 자매는 1848년 7월에 런던에 있는 출판사를 방문해 자신들의 성별과 본명을 당당하게 밝힌다. 그러나 병약하던 그들 자매 중 에밀리는 1848년에, 앤은 1849년에, 그리고 1855년에는 샬럿마저 폐병으로 사망한다.

당시 수많은 언론의 논평 중에 이런 글이 눈에
띈다.

"이 작가는 자신이 생각하고 느끼는 대로 쓸
수 있는 재능을 가진 사람이다."

작가로서 이보다 더 영광스러운 찬사가 있겠
는가? 시골 구석, 교구 목사의 딸이라는 가정환
경과 폐병을 앓기 때문에 제대로 된 교육을 받을
수 없었던 그녀. 독서에만 의존해 성장한 서른
한 살 여인에게 이 얼마나 대단한 찬사인가? 글
쓰기에 대한 어떤 비법을 귀뜸해 주는 신의 음성
을 담은 문장 같기도 한 말이다.

사랑은 어떻게 시가 되는가

보리스 파스테르나크의 《닥터 지바고》

1960년대의 어느 날, 우리나라 일간지들이 일제히 호들갑을 떨며 보도한 기사가 있다. '한국인이 미국 다음으로 우호적으로 생각하는 나라가 소련'이라는 내용이었다. 그 기사는 어느 대학의 설문조사 결과를 토대로 하는데, 신문들은 '공산주의의 종주국이며, 한국전쟁과 분단의 원흉인 나라, 북한을 물심양면으로 지원하는 소련에 대해 우호적 감정을 갖게 된 이유는 '순전히 소련의 전신인 러시아 문학 때문일 것'이라는 친절한 해석도 실려 있었다.

대학생이 되어 허기진 아이처럼 허겁지겁 문학작품을 읽던 나는 그 기사를 보는 순간 '문학이란 무엇인가?'라는 꽤 철학적 질문에 압도당했다. 그러고는 국문학과에 들어갔다는 내 진학 소식을 듣고 "그 비싼 학비 내며 왜 하필이면 언문과에 들어갔느냐?"고 꾸중하시던 시골 할아버지들의 말씀에 앞으로 멋진 답을 할 수 있을 것이라는 행복한 예감이 들었다.

'러시아 문학' 하면 거대한 산맥이 떠오른다. 이름도 알 수 없는 광석들이 무궁무진하게 묻혀 있을 것만 같은 산맥. 이미 푸슈킨, 고골, 투르게네프, 도스토옙스키, 톨스토이, 파스테르나크라는 산봉우리들이 우뚝우뚝 모습을 드러내긴 했지만, 아직도 그 깊이와 높이와 폭을 가늠할 수 없을 만큼 무궁무진한 문학의 저장고! 그 문학에 존경을 표하고, 한편으로는 그런 작가를 배출시킨 민족에 감사하며 열심히 러시아 문학을 읽었다.

1957년에 출간된 보리스 파스테르나크Boris Pasternark의《닥터 지바고》는 제1차 세계대전과 러시아 공산혁명이라는 격동의 시대를 살다 간 네 젊은이의 사랑 이야기를 담은 작품이다. 그러나 그들의 사랑은 영미 문학처럼 달달한 사랑이 아니라, 그 민족이 직면한 정치적·역사적 문제를 배경으로 혁명의 소용돌이에서 상처 나고 찢긴 쓰디 쓴 사랑이다.

역사의 강물이 꼬리를 물고 흘러가는 것처럼 문학의 강물도 꼬리를 물고 흘러간다. 고골은 《외투》, 도스토옙스키는 《가난한 사람들》을 통해 귀족이 아닌 서민의 가난한 삶을 보여줌으로써 혁명의 당위성을, 톨스토이는 《안나 카레니나》를 통해 제정러시아 상류사회의 허위에 찬 삶의 모습을 보여줌으로써 혁명의 꿈을 심어주었다면, 파스테르나크는 《닥터 지바고》를 통해 혁명의 소용돌이에 희생된 젊은이들의 비참한 모습을 보여준다. 그러니까 《닥터 지바고》는 문학의 역사에 날랑 혼자서 나타난 산봉우리가 아니라, 러시아 문학이라는 거대한 산맥에 톨스토이와 도스토옙스키라는 작가의 뒤를 이어 나타난 또 하나의 봉우리인 셈이다.

러시아혁명의 실체와 좌절을 생생하게 기록한 《닥터 지바고》는 당시 소련의 흐루쇼프 정권의 검열을 통과하지 못해 출판이 불가능한 상태였다. 좌절하는 작가에게 외국 출판사의 손길이 닿고 마침내 1957년 이탈리아판의 출간을 시작으로 영어권 국가에서 출간이 이루어진다. 미국과 영국의 정보 기관이 소련 정부를 망신 주기 위해 이 책을 노벨상위원회에 추천했다는 소문이 은밀하게 떠도는 가운데, 파스테르나크는 1958년 노벨 문학상 수상자로 선정된다.

그러자 소련의 언론들은 일제히 그를 배신자라며 공격하고 나섰다. 곧 파스테르나크가 스웨덴 노벨상위원회에 수상 거부 의사를 통보했지만 공격은 멈추지 않았다. "배신자 파스테르나크를 국외로 추방하라"는 여론이 들끓었다. 이에 작가는 수상 흐루쇼프에게 "저와 조국은 한 몸입니다. 조국을 떠난다는 것은 죽음과 같습니다"란 눈물겨운 탄원서를 제출하고 국외 추방을 면한다.

그러나 이때의 충격으로 그는 2년 후인 1960년에 폐암으로 사망하고 만다. 《닥터 지바고》라는 위대한 작품을 쓴 죄로 파스테르나크는 그렇게 갔다. 정치는 그를 받아들이지 않았지만, 국민들은 묵묵히 그의 무덤에 꽃을 바치고 갔다.

《닥터 지바고》는 의사이며 시인인 유리 안드레예비치 지바고와 그의 아내 토냐안토니나 알렉산드로브나, 그의 연인 라라라리사 표도로브나 기샤르와 라라의 남편 파샤파벨 파블로비치 안치포프, 이렇게 네 사람의 삶과 사랑과 죽음이 중심을 이룬다.

어린 시절에 부모를 잃은 유리 안드레예비치 지바고. 이름난 부호였으나 얼굴을 본 적 없는 아버지와 젊고 아름다운 예술가인 어머니라는 전설 같은 추억밖에 없는 어린 지바고는 외삼촌의 친구인 대학교수 그로메코 교수 댁에서 자란다. 사색을 좋아하는 지바고는 시인의 길을 걷고 싶었지만, 안정된 생활을 위해 의학을 전공한다. 합리적이고 지적인 그는 현실적 삶을 위해서는 의사의 길을, 이상적 꿈을 위해서는 시인의 삶을 선택한 것이다. 성실하고 이성적 의사이며 감성과 꿈을 가진 시인, 이것이 유리 안드레예비치 지바고의 캐릭터이다.

그로메코 교수의 딸 토냐는 지바고와 동갑이며 순결한 영혼을 가진 수수한 외모의 소녀이다. 지바고와 토냐는 어린 시절부터 청년 시절까지 한집에서 자라면서 자연스럽게 사랑하는 사이가 되었고, 주위 사람들의 축복을 받으며 결혼한다. 그들에게 서로는 가슴 설레는 이성이라기보다 사춘기에 가장 가까운 곳에 있었던 편안한 이성이었다.

시베리아 유형수인 아버지와 의상실을 운영하는 어머니 밑에서 자라난 라라는 잿빛 눈동자의 우아한 미인. 그녀는 장학금, 설거지, 심부름 따위의 단어로 상징되는 근면한 처녀이며, 졸업하면 애인 파샤와 함께 시골 중학교 교사가 되기를 꿈꾸는 여대생이다. 그러나 어느 날 어머니의 정부인 변호사 코마롭스키에게 강간을 당하고, 그의 손아귀에 들어간다. 강인한 성격의 그녀는 코마롭스키와의 관계를 청산하기 위해 크리스마스 파티장으로 찾아가 그에게 권총을 쏜다. 그러나 코마롭스키는 부상만 당하고 그녀는 애인 파샤에게 이 모든 사실을 털어놓는다. 파샤는 라라를 용서하고, 둘은 결혼을 한다.

투옥된 철도 노동자의 아들인 파샤. 그는 아버지를 따라 볼셰비키 당원이 되어 전단을 돌리고 적극적으로 시위에 가담하는 청년이다. 라라는 시위만 하는 그에게 공부할 것을 요구하고, 라라를 사랑하는 파샤는 그녀의 말대로 공부해 중학교 교사가 된다. 그러나 파샤는 교사로 만족할 수가 없었다.

"이제 개인의 삶은 죽었소. 역사가 죽였소. 진정한 사내라면 행동해야 하오."

혁명의 피가 끓어오르는 그는 아내와 딸을 남겨두고 군에 자원해 시베리아 최전방으로 떠난다. 그는 개인적 삶보다는 국가적 삶이 더 중요한 혁명의 아들이었다.

《닥터 지바고》는 네 명의 젊은이가 러시아 공산혁명 속에서 어떻게 살고, 어떻게 사랑했으며, 어떻게 죽어갔는지에 대한 생생한 문학적 기록이다. 1914년 제1차 세계대전이 발발하자 지바고는 군의관이 되어 전선으로 파견되고, 시베리아 최전선으로 간 남편이 실

《닥터 지바고》 안에서는 선과 악, 도덕과 불륜, 우익과 좌익 같은 서슬 퍼런 언어들이 빛을 잃는다. 지바고의 영혼 앞에서 이런 이분법적 언어들은 자신이 가진 의미를 더 이상 주장할 수 없게 된다. 더 이상 진리를 재는 자가 아니라는 것을 깨닫는다. 이 남자 안에서 분출되어 나오는 사랑은 이런 이름들을 모두 덮고도 남는다. 그 이름은 진실한 사랑! 진실은 힘이 세다는 것을 알게 해준다.

종되었다는 소식을 들은 라라는 남편을 찾기 위해 간호사가 되어 지바고가 있는 최전선 야전 병원에 배치된다. 두 사람은 그렇게 전쟁터에서 운명적으로 만나 서로 의지하고 사랑하게 된다.

그러나 이들을 기다리고 있는 것은 처참한 최후였다. 끝까지 라라를 포기하지 않는 교활한 코마롭스키는 지바고와 라라가 숨어 있는 곳까지 찾아와 파샤의 아내인 라라를 총살부대가 찾고 있으니 자기와 함께 만주로 피신해야 한다며 위협한다. 라라를 데려갈 욕심에 지바고도 함께 가자고 말한다.

"지바고, 당신은 그곳으로 가면 다른 나라 어디든 갈 수 있소."

코마롭스키를 따라가면 만주에서 파리로 가서 추방당해 파리로 갔다는 아내 토냐와 아들을 만날 수도 있겠다는 생각에 지바고는 갈등한다. 그러나 라라를 살리기 위해 그녀에게 말한다. "곧 다른 썰매로 뒤따라갈 테니 아이를 데리고 먼저 코마롭스키와 떠나라"고. 라라는 파샤의 딸과 배속에 든 지바고의 아이를 위해 코마롭스키의 썰매를 탄다.

그러나 지바고는 따라가지 않는다. 그는 조국을 떠날 수 없었다. 그도 혁명가 파샤만큼 조국을 사랑하는 러시아의 남자였던 것이다. 라라가 떠난 다음 날, 혁명 세력에게 배신당한 파샤는 마지막으로 아내와 딸을 만나러 지바고와 라라가 있던 은신처로 찾아온다. 파샤가 지바고에게 묻는다. 라라가 자신에 대해 어떻게 말하더냐고. 지바고는 라라에게 들은 대로 전한다.

"라라는 당신을 세상에서 가장 순결한 영혼을 가진 남자라고 말했소."

파샤는 행복하게 미소 지으며 조용히 밖으로 나가 눈 덮인 평원에서 권총으로 자살한다. 이렇게 모두 떠나간 다음, 닥터 지바고는 모스크바로 돌아온다. 그리고 어느 날 길거리에서 라라와 비슷한 여인을 발견하고는 이름을 부르며 달려가다 길 위에 쓰러져 죽는다.

작가는 소설 속에 몇 개의 상징을 묻어두었다. 지바고가 사랑한 두 여인. 하나는 남매처럼 자라난 현실적인 여자 토냐, 다른 하나는 몸과 마음이 아름다운 꿈같은 라라였다. 의사이며 시인이던 지바고, 현실과 이상을 모두 갖기를 원한 지바고의 가슴속에는 그렇게 아내와 연인이 살게 된다. 한 남자의 가슴에 살고 있는 두 여자. 그것은 현실과 이상의 다른 이름인지도 모른다.

라라가 사랑한 두 남자. 혁명과 이념과 행동하는 남자인 남편 파샤와 사색하는 휴머니스트인 연인 지바고. 라라는 두 사람을 모두 사랑했다. 삶과 사랑을 혁명으로 표현한 남편과는 고통 같은 사랑을 나누었고, 삶과 사랑을 시로 표현한 연인 지바고와는 꿈같은 사랑을 나누었다.

이렇게 다른 두 남자의 길은 아마도 당시 러시아 청년들의 삶을 대변하는 것이리라. 고뇌하는 젊은이와 행동하는 젊은이는 어느 시대, 어느 나라에나 있는 젊은이의 유형이고 상징일 것이다.

《닥터 지바고》 안에서는 선과 악, 도덕과 불륜, 우익과 좌익 같은 서슬 퍼런 언어들이 빛을 잃는다. 지바고의 영혼 앞에서 이런 이분법적 언어들은 자신이 가진 의미를 더 이상 주장할 수 없게 된다. 더 이상 진리를 재는 자가 아니라는 것을 깨닫는다. 이 남자 안에서 분출되어 나오는 사랑은 이런 이름들을 모두 덮고도 남는다. 그 이름은 진실한 사랑! 진실은 힘이 세다는 것을 알게 해준다.

사랑은 어떻게 시가 되는가? 작가는 말한다. "진실이 담기면 사랑이 시가 된다"고. 사랑은 그것이 혁명에 담기든 시 속에 담기든 진실과 함께일 때는 시가 된다고. 사랑을 시로 만들지 못한 사람들에게 부끄러움을 가르쳐주는 말이다.

사랑의
역사

가벼운 사랑과 무거운 영혼

밀란 쿤데라의 《참을 수 없는 존재의 가벼움》

오스카 와일드Oscar Wilde의 동화 《행복한 왕자》는 존재와 가치에 대한 이야기이다. 하나님이 천사에게 "세상에 내려가서 가장 가치 있고 고귀한 것을 두 개만 가지고 오라"고 명한다. 이에 천사가 가져온 것은 쓰레기통 속에서 주운 '죽은 제비 한 마리와 행복한 왕자의 심장'이었다. 가난한 사람들을 위해 보석과 금박을 떼어주고

흉물스러운 모습으로 변한 왕자의 심장과 그런 왕자를 돕다가 얼어 죽은 착한 제비의 시체.

모든 이들이 숭배하는 보석과 폐기 처분된 쓰레기의 가치에 대한 신랄한 비교. 이런 비교를 통해《행복한 왕자》는 1888년에 발표된 이후 130여 년 동안 전 세계 어린이에게 존재와 가치를 가르쳐주는 교과서 역할을 하고 있다.

존재에 대해 '가치 있음'과 '가치 없음'으로 평가하는 것에서 나아가 존재를 '무게'로 접근한 작가가 있다. 체코의 소설가 밀란 쿤데라 Milan Kundera이다. 그는 1984년 소설《참을 수 없는 존재의 가벼움》을 통해 우리에게 '존재'를 보는 새로운 프리즘을 제시한다. 그는 존재의 가치가 무거우냐, 가벼우냐를 말하기 위해 사랑이라는 은유를 사용한다. 무거운 사랑과 가벼운 사랑, 가벼운 영혼과 무거운 영혼의 이야기를.

소설은 프라하의 바람둥이 외과 의사 토마스의 인생을 중심으로 전개된다. 토마스의 애인 여류 화가 사비나와 레스토랑 여종업원 데레사, 사비나를 사랑하는 대학교수 프란츠가 등장해 우리에게 존재의 무거움과 가벼움을 보여준다.

"인생은 가벼운 거야. 섹스는 운동 경기와 같아."

이렇게 말하는 토마스의 삶은 그지없이 무겁다. 축제와 같은 이혼, 자기 아들과의 접견을 포기한 토마스, 며느리 편이 되어 아들에게 의절을 선언한 부모, 러시아 침공에 처참하게 무너져 내리는 조국, 의사로서 자존감마저 지킬 수 없는 무능한 국가의 뇌 수술 권위자. 항상 위에 통증을 느끼고, 웃음기 없는 얼굴, 검은색 셔츠와 오버코트, 말할 때마다 삐딱하게 올라가는 윗입술, 시니컬한 말투, 그 말투에 담긴 "그렇게 할 수밖에"라는 체념 어린 언어. 이런 것들이 토마스의 무거운 인생을 말해준다.

그래서 그는 이런 모든 것으로부터 도피하기 위해 또는 정복하기 위해 수술대 위에 누워 있는 육체를 해부하듯 여자들과의 섹스 속으로 숨어든다. 여자의 외모가 모두 다른 만큼 섹스의 느낌도 다르다는 논리 아래 이골 난 바람둥이 토마스는 스물다섯 살에 시작해 25년 동안 200여 명의 여자와 관계했다고 말한다. 섹스는 있지만 사랑은 없는 삶, 섹스는 있지만 결혼과 자식은 없는 삶을 추구하는 토마스.

이런 토마스의 아파트에 어느 날 밤, 테레사라는 처녀가 《안나 카레니나》를 겨드랑이에 끼고 큰 가방을 끌며 찾아온다. 토마스는 그녀를 초대한 적이 없다. 2주 전에 우연히 과장 대신 수술하러 간 시골 병원에서 시간이 남아 잠깐 담소를 나눈 레스토랑 종업원일 뿐이다. 헤어지면서 그가 "우연히 프라하에 들를 일이 있을 때……" 라며 명함을 건넨 여자다.

프라하에서 200km 떨어진 시골에서 가난한 어머니와 의부, 그리고 이복동생들과 살고 있는 데레사. 그녀는 암담한 환경 속에서 신분 상승을 꿈꾸며 늘 책을 끼고 다녔다. 그녀가 그곳 사람들과 자신을 차별화할 수 있는 상징물은 책밖에 없기 때문이다. 그날도 데레사는 토마스의 세계로 들어가는 입장권이나 되는 양 두꺼운 《안나 카레니나》를 겨드랑이에 끼고 아파트 문을 두드렸다.

데레사에게 토마스는 우연의 새들과 함께 날아왔다. 레스토랑에서 책을 읽고 있는 토마스를 우연히 발견한 데레사. 주문한 코냑을 들고 갔을 때 우연히 그녀가 좋아하는 베토벤의 음악이 흘러나왔고, 그는 6호실 손님이고, 그녀의 퇴근 시간은 6시이며, 그녀가 앉아 책을 읽는 노란 벤치에 그가 우연히 앉아 있었고, 그녀가 벤치로 가서 그의 옆자리에 앉자 우연히 교회에서 6시를 알리는 종이 울렸다. 데레사는 이 여섯 가지 우연에 의지해 어머니에게 한마디 말도 없이 짐을 싸 들고 무작정 프라하로 토마스를 찾아온 것이다.

밤중에 찾아와 섹스를 하고 자신의 침대에서 잠이 든 스무 살의 그녀를 보며 토마스는 생각한다. 검정 콜타르를 칠한 바구니에 넣어 누군가가 강물에 떠워 보낸 아기의 신화를. 얼마나 많은 신화가 버려진 바구니의 아기를 건지는 것으로 시작되었던가. 토마스는 이집트의 공주라도 된 양 동정심으로 아기 바구니를 건져 한방에 묵게 한다. 데레사는 토마스의 삶 속으로 그렇게 쳐들어왔다.

그녀는 약하고, 조용하고, 느리고, 눈물 많고, 우아했다. 그녀의 이런 약한 면이 토마스의 두뇌 속에서 사랑을 만드는 시적 기억을 자극하고 동정심과 공감 능력을 이끌어내기 시작했다.

자기 침대에서 여자들을 한 번도 잠들게 하지 않던 토마스는 데레사와 매일 한 침대에서 잠들었고, 토마스와 언제 어디서나 섹스를 벌일 가능성이 있는 여자들 때문에 질투의 고통 속에서 헤매는 그녀를 위해 결혼식까지 올려주었다. 200명의 여자가 자극하지 못한 토마스의 시적 기억을 가장 지적이지 않고, 유약한 데레사가 자극한 것이다. 그러나 토마스의 '사랑 경기'는 멈추지 않는다.

이런 토마스를 가장 잘 이해하는 여자는 서른 살의 여류 화가 사비나이다. 그녀는 섹스는 하되 결혼과 아이는 없는 토마스의 사랑 원칙에 찬성하는 자유주의자이다. 그녀도 오직 자유롭게 사는 가벼운 사랑을 추구했다. 그녀는 죽을 때 "땅속에 묻지 말고 재로 만들어 바람에 날려달라"고 유언할 작정이다.

스위스인 대학교수 프란츠는 자유로운 영혼의 소유자 사비나를 좋아해서 사랑 없는 아내와 이혼하고 사비나를 찾아온다. "누군가에게 거짓말을 할 수 없어서 이혼했다"고 하는 프란츠의 순진하고 깨끗한 영혼 앞에서 사비나는 펑펑 눈물을 흘리며 감격하지만, 다음 날 그를 피해 다른 곳으로 떠난다. 그녀의 사랑은 가벼운 드라마인데, 프란츠의 무거운 사랑을 감당할 수 없기 때문이다. 그러나 '프란츠는 좋은 남자였다'는 것을 그녀의 두뇌 속 어떤 부위는 명확하게 기억했다.

사비나가 떠나고 프란츠는 반전 운동에 가담한다. 사비나의 조국 체코를 생각하며 전쟁이 발발한 아시아의 구석으로 달려간다. 유럽의 의사, 기자, 지식인 470명과 함께 "유럽은 행진한다!"를 외치며 캄보디아로 간 몽상가 프란츠. 그는 그곳에서 테러에 희생된다.

잘나가는 뇌 전문 의사 토마스, 200명 여자의 애인이던 토마스의 사랑은 가벼웠고 영혼은 무거웠다. 그러나 소련의 침공으로 조국이 붕괴되어 더 이상 물러날 곳이 없을 때 자연과 시골에서 그의 영혼은 안정을 찾는다. 더 이상 낮아질 수 없는 낡은 트럭 운전수로 일하면서 그의 영혼은 한없이 가벼워졌다. 토마스는 자주 웃었고, 검은색 옷을 벗고 밝은 옷을 입었으며, 춤을 추고 발장단을 맞추었다. 그리고 다른 여자들을 잊고 데레사를 사랑했다. 그의 사랑이 무거워졌을 때 반대로 영혼은 깃털처럼 가벼워졌다.

《이솝 우화》에서 나그네의 두꺼운 외투를 벗긴 것은 강한 바람이 아니라 따뜻한 햇빛인 것처럼, 토마스의 저 깊은 곳에서 겁먹고 떨며 웅크리고 있던 눈이 큰 아이 같은 사랑을 밝은 곳으로 이끌어낸 이는 강한 사비나도 200명의 여자도 아니었다. 토마스의 상처 난 영혼을 치료한 것은 따뜻하고 연약한 보잘것없는 데레사였다.

어느 날, 외국에 살고 있는 사비나에게 편지 한 통이 도착한다. 토마스의 아들이라는 청년이 쓴 편지에는 "시골에서 트럭 운전수로 일하며 가끔 시내 호텔에서 식사를 하고 투숙하던 토마스 부부가 비 오는 날 새벽에 집으로 돌아가다가 브레이크 고장으로 둘이 함께 죽었다"라는 내용이 적혀 있었다. 사비나는 그 편지 어느 구석에서도 '그들이 행복하지 않았다는 느낌을 발견할 수 없어서' 미소 짓는다. 깃털처럼 가벼운 토마스의 영혼이 느껴졌기 때문이다.

작가는 비정상적 사랑, 저속한 세계의 흉측하기까지 한 사랑 속에서 더없이 아름다운 사랑을 찾아내어 우리에게 보여준다. 흡사 쓰레기통 속에서 왕자의 심장을 찾아낸 천사처럼. 그리고 말한다.

토마스는 1980년대의 프라하에만 있는 인간 군상이 아니라고. 언제어디서나 존재하는 '참을 수 없이 가벼운 사랑'에 탐닉하며 '무거운 삶'을 살아가는 사람들 속에 있다고.

지금 우리는 어떠한가? 참을 수 없이 가벼운 사랑을 하며, 무거운 삶을 살아가고 있지는 않은가? 돈이 기준이 되는 결혼과 사랑의 조건. 취직, 성공, 부의 축적을 위하여 밤낮없이 뛰어야 하는 우리의 삶은 그 무게에 짓눌려 압사 직전이다. 그러느라 우리의 존재와 영혼은 회색빛이다. 무거운 회색빛이다. 프라하의 봄을 이끌어 낸 밀란 쿤데라가 우리에게 말한다.

"당신의 사랑은 가벼운가요? 그러면 사랑에 진실을 넣으세요. 당신의 영혼은 무거운가요? 그러면 진실한 사랑에 빠져보세요."

그는 아프리카에서
나를 기다리고 있었다
카렌 블릭센의 《아웃 오브 아프리카》

내가 그의 이름을 불러주기 전에
그는 다만
하나의 몸짓에 지나지 않았다.

내가 그의 이름을 불러주었을 때
그는 나에게로 와서
꽃이 되었다.
   – 김춘수, 〈꽃〉 중에서

이 시를 처음 읽었을 때 나는 서른다섯 살이었다. 밥하고, 빨래하
고, 손에서 김치 국물 냄새 나는 아줌마. 이 시를 처음 읽은 건 고등
학생 때였지만, 이 시가 가슴속으로 쳐들어온 것은 서른다섯 아줌
마가 되었을 때였다.

나는 은행의 고객 의자에 앉아서 순번을 기다리고 있었다. 오른

손에는 번호표를 들고, 왼손에는 장바구니를 들고, 눈으로는 누가 읽다가 의자에 펼쳐놓고 간 여성지의 한 페이지를 내려다보면서. 그때 거기서 이 시를 발견했다.

"내가 그의 이름을 불러주기 전에/ 그는 다만/ 하나의 몸짓에 지나지 않았다." 그 첫 연이 나를 춥게 했다. 나는 숨을 멈추고 다음 연을 읽었다. "내가 그의 이름을 불러주었을 때/ 그는 나에게로 와서/ 꽃이 되었다." 문자가 의미로 바뀌면서 머릿속으로 들어왔을 때 나는 햇빛 쏟아지는 벌판에 혼자 남겨진 한 마리 고양이였다.

그곳은 낯선 세상이었다. 조금 슬펐다. 나는 이름이 없었으며 하나의 몸짓이었다. 누구의 아내이고, 누구의 엄마이고, 누구의 며느리이고, 옆집 아줌마였다. 다음 연을 읽었다. "내가 그의 이름을 불러준 것처럼/ 나의 이 빛깔과 향기에 알맞은/ 누가 나의 이름을 불러다오."

그날 내가 그 시를 끝까지 읽었는지는 기억나지 않는다. '나의 빛깔과 향기에 알맞은 이름'을 생각하며 은행 문을 나서던 내 모습이 기억날 뿐이다. 5월의 햇살을 정수리에 받으며 고개를 숙이고 걸어가던 젊은 여인이.

그렇다. 우리는 누구나 꽃이 되고 싶다. 살아 있는 생명, 아름다운 한 송이 꽃이 되고 싶다. "동지섣달 꽃 본 듯이 날 좀 보소."라고 노래한 선조들의 민요도 이름을 불러달라는 절절한 호소였으리.

1937년에 덴마크 작가 카렌 블릭센Karen Bilxen이 발표한《아웃오브 아프리카》는 서로를 꽃으로 만들어 주었던 연인들의 이야기이다. 소설은 1985년에 시드니 폴락 감독이 로버트 레드퍼드와 메릴 스트립을 주연으로 영화를 만들면서 더욱 유명해졌다. 이 작품은 작가가 17년간 아프리카 케냐에서 커피 농장을 운영하며 겪은 모험과 우정과 사랑을 기록한 자전적 소설이다. 그러나 영화는 소설에서 간단히 상징적으로 처리한 사랑의 실 뭉치 속에서 구체적 이야기를 풀어내어 아름다운 비단으로 짜내었다.

이야기는 작가가 된 주인공 카렌의 회상으로 시작된다.

나는 아프리카 은공 언덕에 농장을 가지고 있었다. 신의 눈으로 바라본 세계, 이제야 알 것 같다. 신의 의도를…. 그는 아프리카에서 나를 기다리고 있었다.

결혼에 쫓기고 있는 스물아홉 살의 노처녀 카렌은 빈털터리이지만 남작 칭호를 가진 젊은 블릭센 피네거와 약혼하고 아프리카로

간다. 그곳에는 부모에게 물려받은 광활한 그녀의 토지가 있었다. 그녀는 값비싼 도자기와 유리그릇과 고급 가구들을 가지고 아프리카로 갔다. 그녀가 지향하는 삶은 정착과 안정, 문명이라는 이름의 삶이었다.

젊은 블릭센 남작에게 그녀는 애초부터 버거운 존재였다. 사랑 없이 재산 있는 노처녀와 결혼한 그는 밖으로만 나돌았다. 농장과 아내에 관심이 없는 블릭센은 결혼식 다음 날부터 아내에게는 한마디 말도 없이 보름씩 걸리는 사냥 여행을 떠났고, 돌아와서는 마을에 가서 다른 여자들과 놀았다. 아프리카 외딴 농장에 그렇게 홀로 버려진 외로운 여자는 60만 헥타르에 이르는 땅에 커피나무를 심고 거기에 매달린다.

이런 그녀 앞에 데니스라는 남자가 나타난다. 밤이면 성주의 성처럼 불을 밝힌 카렌의 저택은 아프리카에서 탐험 여행을 하는 유럽의 방랑자에게는 오아시스 같은 곳이었다. 상아나 표범 가죽을 찾아 사방을 떠돌며 텐트 생활을 하던 방랑자들은 별의 궤도처럼 고정된 농장의 진입로로 들어서며 캠핑에서 돌아오는 소년들처럼 기뻐했다. 외로운 카렌은 그들을 맞아 좋은 식사를 대접하고 휴식할 장소를 제공했다. 데니스도 그들 중 한 사람이었다.

데니스는 처음에 그의 친구 로버트와 함께 왔다. 그들은 첫날 카렌에게 물었다.

"노래할 줄 알아요?"
"아뇨."
"이야기할 줄 알아요?"
"이야기라면 자신 있어요."
"그럼 믿어볼게요."

어려서부터 이야기 짓기를 좋아한 그녀는 자신이 지은 이야기를 그들에게 들려주었고, 그들은 노래로 답례했다. 사파리에서 돌아온 그들도, 원주민에게 둘러싸여 살고 있는 그녀도 이야기에 굶주려 있었기에 그들은 새벽이 밝아올 때까지 식탁에 둘러앉아 생각해낼 수 있는 모든 것에 대해 실컷 이야기하고 떠들었다.

데니스는 이야기 듣는 걸 좋아했다. 저녁을 먹고 아프리카에 밤이 찾아오면 그들은 생활에 필요한 사소한 이야기는 하지 않았다. 카렌은 인도의 성자처럼 가부좌를 틀고 앉아서 이야기를 읊고, 데니스는 소년처럼 맑고 커다란 눈을 뜨고 이야기를 들었다. 여자의 이야기에 남자는 황홀했고, 여자는 행복했다. 그들의 사랑은 그렇게 이야기와 함께 시작되었다.

데니스는 영국 이튼 스쿨에서 인기 있는 스포츠
맨이자, 음악가이며, 예술 애호가였고, 지금은 훌
륭한 코끼리 사냥꾼이었다. 수렵 여행을 떠날 때
축음기와 총 세 자루와 한 달 치 식량 그리고 모차
르트의 음악과 책을 가져가는 남자. 맹수가 나타나면
총을 쏘지 않고 그들이 지나가기를 기다려주는 사냥꾼.

그의 영국 친구들은 그가 돌아오기를 기다렸지만 아프리카는 그
를 놓아주지 않았다. 그는 자유로운 영혼이었고, 자기가 싫은 일은
절대로 하지 않는 고집쟁이였으며, 마음에 없는 말은 입에 담지 않
는 고지식한 신사였다.

데니스가 탐험 여행에서 돌아올 때면 농장은 자신이 지닌 매력을 발
산하기 시작했다. 우기에 비가 내리기 시작하면 커피 플랜테이션이
자욱한 분필 가루 같은 꽃을 피우고, 빗방울 떨어지는 소리로 이야기
하듯 농장도 말을 했다. 나는 데니스가 도착하기를 기다리고 있을

때, 그의 차가 진입로를 달려오는 소리가 들릴 때 농장의 모든 것이 일제히 자신의 목소리를 내는 것을 듣곤 했다. 그가 지닌 겸허함을 세상은 몰랐지만 농장은 알고 있었다.

두 사람은 사랑했지만 결혼은 하지 않는다. 자유로운 영혼인 데니스는 한 곳에 머무는 문명의 삶에 동의하지 않았고, 안정과 정착을 원하는 카렌은 떠돌이의 삶에 동의하지 않았다. 그러나 데니스는 순결한 땅 아프리카를 그녀에게 조금이라도 더 보여주려고 안달했다. 아름다운 풍경을 발견하면 달려와서 그녀를 자동차에 태우고 아프리카를 누볐으며, 비행기를 빌려 그녀를 태우고 하늘로 올라가 아프리카 평원과 강과 홍학들의 군무를 보여주었다.

밤이 되면 그들은 이야기 놀이를 하고 모차르트 음악을 틀어놓고 춤을 추었다. 남편 블릭센을 믿고 아프리카에 온 카렌은 데니스를 만나 행복했다. 카렌은 데니스를 만나 불완전한 자신이 완전해지는 것을 느꼈다. 상처 난 영혼이 온전히 복원되는 느낌, 시든 꽃이 맑은 물을 먹고 피어나는 기쁨. 그러나 카렌은 데니스를 붙잡을 수 없었다. 카렌이 결혼 의사를 밝히면 그가 말했다.

"잘된 결혼을 본 적이 있어요? 난 본 적이 없어요."

"그렇지만 결혼하면 자기 사람을 가질 수 있어요."

"노! 가질 수 없어요. 절대로. 그까짓 증서 한 장이 사람을 행복하게 할 수 있다고 믿어요?"

머물기를 원하는 카렌과 머물지 않으려는 데니스. 그러나 커피 농장이 불타고 카렌이 무일푼이 되어 살림살이까지 팔아야 했을 때 데니스가 말한다.

"당신이 나를 흔들어놓았소. 이제 혼자 지내기가 싫어졌소."

그러나 이번에는 카렌이 떠나기로 한다. 무일푼인 그녀가 정착하기 위해서는 고향이 필요했다. 금요일에 떠난다는 그녀에게 그가 말한다.

"목요일에 와서 당신이 배를 타는 몸바사까지 데려다주겠소."

그러나 그것이 마지막이었다. 돌아가던 그의 비행기가 불타면서 추락했다. 카렌은 그를 아프리카 평원이 내려다보이는 은공 언덕에 묻고 고향으로 돌아온다.

덴마크로 돌아온 카렌에게 아프리카 친구에게서 편지가 도착한다. 언덕 위에 있는 데니스의 무덤 옆에 아침저녁으로 수사자 한 마리와 암사자 한 마리가 찾아와 서 있거나 누워 있다가 간다고. 아프리카를 사랑한 데니스의 무덤은 그렇게 아프리카 사자들의 쉼터가 되었다고.

　외로운 여자 카렌을 아프리카에서 기다리고 있던 남자. 자유
로운 방랑자 데니스를 사랑하기 위해 덴마크에서 아프리카까지
날아간 카렌. 서로를 만나기 전에 그들은 몸짓에 불과했다. 떠돌이
사냥꾼과 외로운 여인네. 그러나 두 사람이 만났을 때 그들은 이름
을 얻었다. 화자와 청자, 이야기꾼과 관객, 작가와 비평가, 남자와
여자. 그리고 그들은 서로의 꽃이 되었다.

　"꽃을 사랑한다면서 물 한 모금 주지 않는 사람의 사랑을 믿지 마
세요. 사랑한다면서 예의를 지키지 않는 사람의 사랑을 믿지 마세
요. 사랑한다면서 존경 없이 대하는 무심한 사랑을 사랑이라 부르
지 마세요."
　카렌이 나에게 일러준 말이다.

part 4

사랑과 이별

–

어긋난 너와 나는

실패한

사랑일까

어긋난

너와 나는

실패한

사랑일까

누군들 찌질한 사랑을
하고 싶으랴

알랭 드 보통의 《우리는 사랑일까》

　모든 사랑은 이야기이다. 누가 누구와 좋아해서 어찌어찌 사랑하다가 어떻게 되었다는 기승전결이 있는 이야기이다. 모든 이야기가 그렇듯이 사랑에도 아름다운 이야기, 슬픈 이야기, 위대한 이야기가 있다. 그리고 찌질한 이야기도 있다.

　그러나 사랑이 진행되는 동안에는 도파민이라는 호르몬이 우리

두뇌를 지배하고 있기 때문에 모든 것이 아름답게만 보인다 . 그래서 사랑이 끝나고 나서야 비로소 자신들의 사랑을 객관적으로 보게 되고, 그게 어떤 사랑이었는지 이름을 붙일 수 있게 된다. 누군들 찌질한 사랑을 하고 싶었으랴.

　알랭 드 보통Alain de Botton이 2005년에 발표한 《우리는 사랑일까》는 한 남자와 여자가 열심히 사랑했지만 어쩔 수 없이 찌질한 사랑이었음을 자각하는 이야기이다. 보통은 스물다섯 살인 1993년에 쓴 첫 소설 《왜 나는 너를 사랑하는가》 이후에 《우리는 사랑일까》 《너를 사랑한다는 건》에 이르기까지 세 편의 본격 연애소설을 썼다.

　그는 사랑의 탐구자이며 현재 세계에서 가장 인기 있는 연애소설 작가 중 한 명이다. 그러나 그는 사랑을 줄거리로만 다루지 않는다. 연애를 하면서 겪는 소소한 심리적 갈등이나 연애관을 성장 배경, 교육, 정체성, 쇼핑, 의상, 독서, 실내장식 등 로맨스와 관계없어 보이는 항목들을 내세워 분석하고 정의한다. 그래서 이 작가의 소설을 읽으면 우리는 어쩔 수 없이, 자신도 알지 못한 자신의 사랑을 분석적인 눈으로 바라보게 된다. 그래서 그랬을까? 알랭 드 보통은 비평가들에게 '닥터 러브'라는 별명을 얻었다. 나는 그를 '매우 지적인 연애소설가'라고 부르고 싶다.

《우리는 사랑일까》의 줄거리는 매우 간단하다. 런던에 사는 광고 회사 여직원 앨리스가 파티에서 만난 은행원 에릭과 사랑하고 이별하는 이야기이다. 몽상적인 앨리스는 에릭이 환상적이며 자신에게 꼭 맞는 남자라고 생각하며 사랑에 빠진다. 그러나 정작 사귀고 보니 그는 환상적인 남자도 아니고, 자신에게 꼭 맞는 남자도 아니었다. 그녀는 '남자를 사랑한 것이 아니라 사랑을 사랑했던 것이다.

자신에게 꼭 맞는 사람인 줄 알고 만났더니 아니더라는 이야기는 모든 실패한 사랑의 공식이다. 그러나 보통은 두 사람의 다름을 항목별로 나누어 조목조목 분석해보임으로써 독자에게 실패한 사랑의 원인을 투명하게 보여준다.

앨리스와 에릭은 자라난 환경이 다르다. 앨리스는 다국적 기업을 관리하는 아버지 때문에 세계를 떠돌며 자랐다. 그래서 고향이나 조국이라는 말에 아무런 감정을 느끼지 못한다. 반면 에릭은 런던에서만 5대째 살고 있는 가문의 자손이고, 부모는 아직도 에릭이 자라던 집에서 살고 있다. 이런 에릭에게 런던과 영국은 특별한 의미가 있다.

독서 취향도 달랐다. 광고 회사 홍보 담당자 앨리스는 신간 잡지

속을 헤매며 유행하는 옷과 구두를 구경하고, 감탄하고, 꿈꾸면서 《자신과 상대를 읽는 법》《친밀감 배우기》같은 자기 계발서를 탐독한다. 반면 은행원 에릭은 정치·경제서를 읽고《코만도 작전》같은 모험책을 즐겨 본다. 앨리스는 세상을 알기 위해 책을 읽고, 에릭은 세상과 부대끼는 것을 피하기 위해 책을 읽었다.

실내장식에 대한 취향도 달랐다. 삶을 감상적으로 바라보는 앨리스는 물건을 버리지 않고 방에 쌓아두는 걸 즐겼다. 그래서 어릴 때 선물 받은 인형이나 쿠션이 장롱 위에 빼곡히 쌓여 있다. 반면에 삶을 기능성으로 생각하는 에릭은 필요 없는 것은 버리고 필요한 것만 질서 정연하게 진열해 아파트를 간결하고 직선적으로 연출한다. 그래서 앨리스는 에릭의 집에 가면 호텔을 떠올리고, 에릭은 앨리스의 집에서 어지러움을 느꼈다.

사랑하는 방식도 달랐다. 앨리스는 상대방의 기분에 맞춰 자신을 맞추어가는 타입이다. 남자가 짜증을 내면 과로 때문이라고 받아들이고, 말이 없으면 고단하거나 배가 고프기 때문이라고 생각했다. 앨리스는 가끔 '읽기 힘든 책일수록 더 진리에 가깝다'는 도서관의 표어를 생각하며 자신을 위로하곤 했다.

그러나 에릭은 여자의 기분보다 자신의 기분을 중요시했다. 에릭은 종종 앨리스 앞에서 그녀의 이상형 노릇을 하는 것이 힘겨웠다. 그녀가 "나를 처음 봤을 때 어땠어요?" 하고 달착지근한 말을 해오면 입에 맞지 않는 음식을 씹을 때처럼 거북해서 대답을 피하며 딴청을 부렸다. 경제 전문가인 에릭은 홍보 전문가의 감성이 부담스러웠다. 남자는 무방비적으로 사랑하려는 그녀의 사랑이 두려웠다.

어느 날, 앨리스는 상대에게 하고 싶은 말보다는 상대가 듣고 싶어 하는 말을 하고 있는 자신을 발견하고 놀란다. 에릭 앞에서 자신의 개성을 뚜렷이 표현해본 적이 있는지 반문해보았다. 에릭과 함께 있으면 자신이 항상 가치 없는 사람이 된 듯한 기분이 들고, 돈을 함부로 쓰고, 지성적이지 않고, 감정적인 것에 매달리고, 타인을 귀찮게 하는 의타심 때문에 고생하는 사람처럼 느껴졌다.

앨리스는 두 사람의 이런 차이를 에릭이 교묘하게 그녀 탓으로 돌린다고 생각했다. 자신은 표준이고, 그녀는 변종이라는 식으로. 이는 에릭이 강요한 것은 아니지만 자연스럽게 형성된 그들의 관계였다. 그래서 그와 함께 있으면 그녀는 자신의 본질로부터 점점 멀어지는 것을 느껴야 했다.

내 사랑은 그 남자와 함께 자리 잡았지만 그것이 그 남자에 대한 사랑이었을까? 아니야, 내가 진짜로 그리워한 건 그 사람이 아

사랑을 하면 달랑 몸만 오는 게 아니다. 국가와 민족과 지역과 기후가 따라오고 정체성이 따라온다. 그들은 정체성이 완전히 다른 두 사람이었다. 첫눈에 반했지만 도파민이 사라진 후에 보니 서로 다른 방향을 향하는 두 개의 선이 교차점에서 짧게 만난 것일 뿐이었다.

니라 사랑이야.

집에 돌아온 앨리스는 에릭에게 "우리 사이는 끝났다"고 선언한다. 그러자 에릭은 "사랑한다. 앞으로 잘하겠다"고 앨리스를 달랜다. 그러나 앨리스에게는 그 고백이 '앞으로 혼자 밤을 보내야 하고 또 신경질 부릴 대상이 없어진다는 걸 깨달은 남자의 반사 작용'일 뿐이라는 생각만 든다. 앨리스가 가슴 아프게 깨달은 것은 이 사랑이 찌질한 사랑이었다는 사실이다.

사랑을 하면 달랑 몸만 오는 게 아니다. 국가와 민족과 지역과 기후가 따라오고 정체성이 따라온다. 그들은 정체성이 완전히 다른 두 사람이었다. 그래서 둘은 첫눈에 반했지만 도파민이 사라진 후에 보니 서로 다른 방향을 향하는 두 개의 선이 교차점에서 짧게 만난 것일 뿐이었다. 서로 다른 두 사람이 한동안 합치된 것은 넓고 갈림길이 많은 복잡한 길 위에서 일어난 우연한 사건이었다.

작가 보통이 제목에서부터 '우리는 사랑일까?'라고 반문한 이 질문은 책장을 덮는 순간 독자인 우리에게 향한다. 앨리스와 에릭은 사랑이었을까? 사랑이 엄청난 대사건이며 일생에 단 한 번의 운명적 사건이라고 믿는 사람에게는 사랑이 아닐 것이다. 장난일 뿐이다. 그러나 사랑이란 남자와 여자가 스쳐 지나가는 느낌이라고 소박하게 생각하는 사람에게는 사랑일 것이다.

사랑인지 아닌지는 중요하지 않다. 모든 사랑은 유산을 남긴다. 그것이 비록 찌질한 사랑이었다 하더라도. 만약 당신이 사랑이 남기고 간 유산을 챙기지 못하고 빈 깡통인양 뻥 차버린다면 당신은 항상 찌질한 사랑밖에 할 수 없을 것이다.

그들은 다섯 번째 남친과
네 번째 여친으로 만났다

정이현의 《사랑의 기초: 연인들》

'사랑에 빠지지 않고서도 사랑할 수 있다!'

프랑스에서 성업 중인 한 만남 알선 사이트가 내건 슬로건이다. 안전한 울타리와 조건 안에서 사랑하고 싶어 하는 현대 젊은이들의 심리를 정확하게 꿰뚫은 전략적 문구이다.

사랑은 원래 위험한 것인지도 모른다. 사랑학의 고전《사랑의 기

사랑의
역사

술》에서 에리히 프롬은 "사랑처럼 엄청난 희망과 기대로 시작해서 반드시 실패로 끝나고 마는 사업도 없다"고 이미 1956년에 갈파한 바 있다.

그러나 희망으로 시작했다가 절망으로 끝난다는 것을 뻔히 알면서도 우리는 수시로 사랑에 빠진다. 사랑 때문에 눈물짓고, 사랑 때문에 가슴 아파하고, 사랑 때문에 목숨까지 버리게 된다 해도 그것을 피할 수 없는 것이 인간의 운명이다. 사랑은 맹수처럼 급습했다가 전쟁처럼 잔인하게 우리를 내동댕이친다. 그러니 사랑에 깊이 빠지지 않고 사랑할 수 있다면! 넘어지거나 고꾸라져도 툭툭 털고 일어나 다시 뚜벅뚜벅 걸어갈 수 있는 사랑이 있다면! 프랑스의 만남 알선 사이트가 성업 중인 이유를 알겠다.

정이현이 2012년에 발표한 소설 《사랑의 기초: 연인들》은 사랑에 빠지지 않고 사랑하려는 젊은 연인들의 이야기이다. 그러니까 신문 기사나 텔레비전 드라마에는 절대로 나오지 않을 평범하고도 보편적인 2000년대 대한민국의 연애 풍경인 셈이다.

소설은 주인공 이준호와 박민아가 각각 네 번째 여자 친구와 다섯 번째 남자 친구를 만나러 가는 장면에서 시작된다. 여자를 처음 만나는 자리에 어떤 옷을 입고 나가는가 하는 문제는 한 남자의 세계관을 우회적으로 드러낸다. 준호는 옷장을 열고 마지막 여자 친구가 선물한 하늘색 바탕에 가느다란 흰색 스트라이프가 있는 셔츠를 골랐다가 내려놓는다. 그러곤 평범한 흰색 셔츠를 입고 친구가 너에게 잘 맞을 거라며 소개해준 여자를 만나러 간다.

새로운 남자를 만나러 가는 여자의 헤어스타일에는 한 여자의 내면세계가 드러난다. 머리를 감으려고 샴푸를 눌렀다가 빈 용기임을 발견한 민아는 아직도 가족과 함께 살고 있는 스물여덟 살의 자신에 대해 미간을 찌푸린다. 그녀는 헤어 숍으로 가서 대학 시절 이래로 고수해오던, 어깨선에서 찰랑이는 긴 머리에 살짝 웨이브를 넣고는 소개팅 장소로 간다. 그녀보다 조금 늦게 나온 남자는 사진보다 어리고 어쩐지 추워 보였다.

2~3분 탐색의 순간이 끝나자 그들은 20여 년 넘게 행정구역상 같은 동에 살고 있으며, 서로의 집도 버스로 두 정거장 거리에 있다는 사실을 알게 된다. 그러자 말이 쏟아져 나온다.

국민은행 뒤쪽 잘 알아요. 어머 정말 신기하다. 맞다. 거기 분식집 김치 만두 유명하지요. 맞아요. 몇 번 먹어봤는데 맛있더라고요……. 그들은 빨리 공통의 화제를 찾았다는 데 안도했다. 최소한 서로가 완전한 남은 아니라는 것에 안심하려 했다.

어머, 사람을 안 쳐다보는 것 저와 비슷하네요. 전철에서는 어떤 음악을 들으세요? '언니네 이발관'요. 어, 나도 좋아하는데……. 좋아하는 곡에 또 한 번 기적적인 일치를 보자 그들을 달뜨기 시작했다.

그러자 평범해 보이던 여자가 예쁘장하며 순수해 보이고, 추워 보이던 남자는 반듯하고 단정해 보였다.

준호는 머릿속으로 민아와 그동안 만난 여자들을 비교한다. 교회 친구이던 첫 여자 소라, 학교 후배이던 유경, 거래처 직원 지선. 특히 "안락하고 깨끗한 서울 시내의 아파트와 중형급 자동차, 웬만한 사고로는 위태로워지지 않을 통장 잔고를 보유한 사람"을 원한다는 지선을 떠나보낼 수밖에 없었던 기억이 그를 움찔하게 했다.

그는 호기심을 품고 관찰하던 초기 단계에서 여자도 자신을 특별한 눈으로 바라보고 있음을 알면, 긴가민가했던 감정에 화락 불이 붙곤 했다. 반대로 아무리 괜찮은 여자라도 상대방 쪽에서 자신에게 별로 관심이 없어 보이면 풍선에 바람이 빠지듯 감정이 사그라들었다. 준호에게는 또 다치고 싶지 않다는 마음이 중요했다.

민아도 머릿속으로 준호와 다른 남자들을 비교한다. 그녀는 지나간 애인들의 문제점을 떠올렸다. 몇 차례의 실패한 연애가 남겨준 습관이었다. 비교적 허술한 경제, 비교적 불안정한 직장, 비교적 이해심 없는 성품, 비교적 의심스러운 바람기……. 그녀의 네 번째 남자 친구 지훈을 '지금은 사귀고 있지만 언젠가는 헤어져야 할 사람'으로 분류하던 기준이었다.

그들 사이에 말이 흘러넘쳤다. 그들은 말하고 또 말했다. 사랑할 사람을 찾아 헤매는 유일한 이유가 마치 자기 말을 들어줄 사람이 없어서였다는 듯이. 그들은 둘만이 사용하는 이메일 계정을 만들고, 두 사람 이름을 넣어 감미롭거나 간지러운 아이디를 만들었다. 그러고는 밤마다 설렘과 갈망으로 편지를 썼다. '이제야 너를 만나게 되다니!', '조금만 더 빨리 만났더라면' 하는 아쉬움을 토로했다. 그들은 각자 친한 친구를 소개했고, 상대가 좋아하는 커피의 온도를 알게 됐고, 맥주를 도합 3만cc쯤 마셨고, 키스를 했고, 사랑한다고 말하고, 잤다.

연애 초반부가 두 사람이 얼마나 똑같은지에 대해 열심히 감탄하며 보내는 시간이라면, 중반부는 그것이 얼마나 큰 착각이었는지를 야금야금 깨달아가는 시간일 것이다. 급하게 불어닥친 태풍은 어느새 그치고, 그 후에는 폭풍우가 휩쓸고 간 해변을 서서히 수습해야 하는 시간이 온다. 그들에게도 어김없이 그런 과정이 왔다.

서른이라는 나이가 성큼 코앞으로 다가오자 민아에게 변화가 일어났다. 민아는 '시공일과 완공일이 새겨진 대리석 현판을 단 벽돌 건물'처럼 자신의 인생이 좀 더 단단하고 구체적이기를 바랐다. 능력 있는 남자를 잡았다는 친구, 외국 출장 때 샤넬 백을 사 오는 애인을 두었다는 친구, 결혼하고 함께 미국 가서 공부할 거라는 친구……. 그런데 준호는 계획을 말하지 않았다. 민아의 가슴에 미래에 대한 회의가 스멀스멀 덮쳐왔다.

반면 서른이 넘은 준호는 변화가 두려웠다. 바람 같은 아버지 대신 보험 외판원 등 수십 가지 직업을 전전하며 두 형제를 키운 어머니, 결혼한 이후 뼈빠지게 일하고도 자기 손으로 번 1만 원짜리 한 장을 맘 편히 쓰지 못하는 형을 생각하면, 그 휘몰아치는 결혼이라는 소용돌이 속으로 뛰어들 용기가 나지 않았다.

변화를 원하는 민아가 직장을 그만두고 영국으로 어학연수를 떠나겠다고 선언했을 때 준호는 그녀를 붙잡지 않는다. 그들은 서로의 사랑을 보증금처럼 걸었지만 어떤 서류에도 자필 서명하지 않았고, 어떤 사유재산도 공유하지 않았으므로 결국 타인에 불과했다. 아니 자유인이었다. 그들은 서로 치명적 상처를 입지 않은 것처럼 행동했다.

그들은 사랑을 지속하는 데 실패했으나 어쨌건 이별을 위한 연착

류에는 실패하지 않아야 했다. 흡사 기장과 부기장처럼 잘 협조해서 그 사랑을 연착륙시키는 데 성공해야 했다. 인생을 뒤바꿀 사건은 그들에게 쉽게 일어나지 않았다.

> 다른 곳에서 발생해 잠시 겹쳐졌던 두 개의 포물선은 이제 다시 제각각의 완만한 곡선을 그려갈 것이다. 그렇다고 허공에서 포개졌던 한 순간이 기적이 아니었다고는 말할 수 없을 것이다.
> "안녕."
> 준호의 목소리가 밤하늘에 평평하게 울려 퍼졌다.
> "응, 안녕."
> 민아도 조그맣게 읊조렸다.

이렇게 끝나는 이 소설은 요즘 젊은이들 방식으로, 젊은이들이 할 수 있는 보편적 사랑의 풍경을 섬세하게 그려낸 풍속화이다. 뜨거운 사랑의 열기나 치명적 파국은 없지만, 우리가 미처 의식하지 못한 섬세하고 모호한 연애 감정들을 가느다란 펜으로 세밀화처럼 그려낸다. 누구나 한 번쯤 해봤음 직한 심심하고 보편적 연애. 첫사랑도 마지막 사랑도 아닌, 바로 현재의 사랑. 문자 메시지처럼 가볍게 오간 사랑.

사랑의
역사

그러나 잠시 겹쳐졌다가 다시 각각의 곡선을 그리며 멀어져가는 민아와 준호의 사랑은 어디로 갈 것인가. 그들이 즐거워하고, 편안해하고, 위로받으며 꿈꾸던 사랑은 인공위성의 잔해처럼 대기 중에 흩어지며 검은 재로 산화할 것인가. 그들이 이제 여섯 번째 남자 친구와 다섯 번째 여자 친구를 만나 사랑의 꽃을 피우게 될 때 한 줌의 자양분이 되어줄 것인가. 어쩌면 우리가 만났던 연인들은 모두 한권의 책이었는지도 모른다.

속달우편으로 도착한 사랑

프랑수아즈 사강의 《브람스를 좋아하세요…》

"브람스의 자장가는 1년에 세 번 이상 듣지 마시오. 너무나 달콤
해서 뼈가 녹을 염려가 있습니다."

세상에서 가장 아름답다는 '브람스의 자장가'에 대한 비유적 찬
사이다. 이 자장가는 브람스가 함부르크 여성 합창단을 지휘할 때,
그를 존경하던 베르타 포버라는 단원이 결혼해 아기를 낳았다는 소

식을 듣고 작곡해 선물한 곡이라고 한다.

이렇게 따뜻한 마음의 소유자이던 브람스는 지고지순한 러브 스토리의 주인공이기도 하다. 그는 스승인 슈만의 아내이자 열네 살 연상인 피아니스트 클라라 슈만을 사랑했다. 슈만은 정신병으로 일찍 죽었지만 브람스는 평생을 독신으로 살며 클라라를 도왔고, 클라라가 뇌졸중으로 쓰러지자 그녀의 딸에게 편지를 보낸다.

"최악의 사태를 각오해야 할 때가 되면 나에게 바로 알려주세요. 어머니가 가고 나면 내 안의 많은 부분도 끝날 테니까요."

클라라가 위독해지자 그녀의 딸이 브람스에게 전보를 쳤다. 그는 연주 여행 중이던 이슐에서 프랑크푸르트를 거쳐 본으로 달려갔지만, 관 속에 누운 연인의 마지막 얼굴밖에 볼 수 없었다. 그녀가 죽은 이듬해에 브람스의 생명도 스러졌다. 이런 브람스를 프랑수아즈 사강Françoise Sagan은 왜 이 소설에 초대한 것일까?

실내장식가인 주인공 폴은 서른아홉 살의 이혼녀이다. 그녀에겐 몇 년째 만나고 있는 로제라는 40대 사업가인 애인이 있다. 폴은 그에게 완전히 익숙해져 앞으로 다른 사람을 사랑할 수 없을 거라고 생각한다. 그러나 이혼 경력이 있는 로제는 한 여자에게 종속되는 것이 싫고, 책임으로부터 자유로운 남자가 되고 싶어 결혼이라는 말을 꺼내지 않는다. 그래서 친절하고 착하고 교양 있는 폴은 밤마다 로제를 기다리며 암담한 행복을 느낀다.

이런 폴에게 "브람스를 좋아하세요?"라고 적힌 속달우편과 함께 새로운 사랑이 찾아온다. 부유한 고객의 아들인 시몽은 스물다섯 살의 수습 변호사이다. 시몽은 문화적이고 시적이며 상상력이 넘치는, 눈에 띄게 잘생긴 미남. 그 시몽이 연상의 여인 폴에게 끌린 것이다.

상상력이 풍부한 시몽은 브람스를 들으러 가자고 초대함으로써 역시 열네 살 연상의 클라라 슈만을 사랑한 브람스를 연상시키는 작전을 편다. 브람스를 내세워 은유적으로 사랑을 고백하는 시몽.

"브람스를 좋아하세요?"라는 그 짧은 의문문이 서른아홉 살의 이혼녀 폴의 마음을 뒤흔들어놓는다. 현실 저 너머에 있는 희망을 가리고 있던 칙칙한 커튼 자락을 활짝 열어젖히는 것처럼.

"나는 시몽을 만나러 가는 것이 아니야. 음악을 만나러 가는 거야."

그녀는 편지를 손에 들고 창가에 서서 눈부신 햇살을 온몸에 받으며 중얼거렸다.

사랑을 그대로 지나치게 한 죄, 행복해질 의무를 소홀히 한 죄, 핑계와 편법과 체념으로 살아온 당신을 고발합니다. 당신은 사형에 처해야 마땅하지만 특별히 당신에게 고독에 처하는 선고를 합니다.

수습 변호사 시몽은 머뭇거리는 폴에게 장난스러운 말투로 판결문을 읽듯이 사랑을 고백한다. 그런 시몽 앞에서 폴은 장미 덤불을 헤치고 들어온 이웃 나라 왕자를 만난, 100년 동안 잠자던 숲 속의 공주처럼 행복했다.

전혀 다른 두 사랑 앞에서 방황하는 폴. 이를 눈치챈 오래된 연인 로제는 위기감을 느끼며 "미래를 함께하자"고 말한다. 폴은 시몽을 사랑하지만 10년 후에도 '우리'라고 말하게 될 사람은 아마도 로제일 것이라고 시몽에게 말한다. 시몽이 자기 짐을 가지고 폴의 아파트를 떠나던 날, 폴은 창문 난간 너머로 몸을 길게 내밀고 시몽에게 외친다.

"시몽, 시몽……. 난 이제 늙었어, 늙은 것 같아……."

젊고 순수한 청년 시몽으로 인해 폴은 행복했지만, 그녀가 한 번의 이혼과 그동안의 세월을 통해 깨달은 감정의 덧없음은 그 사랑을 떠나보내기로 한다. 지금의 이 찬란한 사랑의 기쁨이 사라질 수도 있다는 가정법을 두려워하면서, 방치된 채 외롭지만 버려지지는 않을 것 같은 로제라는 차선책을 선택한 것이다. 사랑에 대한 그녀식의 예의일까, 그녀식의 방정식일까? 아니면 피해 의식에서 비롯된 소심함일까?

　예부터 지금까지 많은 독자가 사랑의 영원성을 그린 작품에 열광했다.《로미오와 줄리엣》,《젊은 베르테르의 슬픔》,《위대한 개츠비》,《춘향전》처럼 사랑의 영원성을 다룬 작품은 언제나 환영받았다.

　그러나 1959년의 독자들은 사랑의 덧없음을 그린《브람스를 좋아하세요…》에도 열광을 보내주었다. 영원성과 덧없음이 사랑의 두 얼굴이라는 것을 현대의 독자들은 알고 있기 때문이다.《로미오와 줄리엣》의 사랑이 우리의 꿈이라면,《브람스를 좋아하세요…》의 사랑은 우리의 현실일지도 모른다.

　"사랑을 믿으세요?"

　1959년《브람스를 좋아하세요…》를 출간했을 때 한 인터뷰 기자의 질문에 사강은 이렇게 대답했다.

"농담하세요? 제가 믿는 것은 열정이에요. 그 외에 아무것도 믿지 않아요. 사랑은 2년 이상 안 갑니다. 좋아요, 3년이라고 해두죠."

사랑의 덧없음을 통해 사랑의 아름다움을 보여주려 한 작가. 열여덟 살에 《슬픔이여 안녕》이라는 소설로 슬픔을 '굿 바이'가 아니라 '굿 모닝'으로 받아들인 작가. '천재 소녀' 또는 '작은 괴물'로 불려지던 눈망울이 크고 영롱한 그녀가 우리에게 주인공 폴의 선택에 대해 생각해보라고 말하는 것만 같다.

"내일 배고프지 않기 위해 오늘을 굶는 것은 정말 현명한 일일까요? 10년 후에 버려지지 않기 위해 오늘의 사랑을 포기하는 것은 정말 현명한 일일까요?"

가지 않은 길, 가지 않은 사랑

안나 가발다의 《나는 그녀를 사랑했네》

단풍이 물든 노란 숲 속에
두 갈래 길이 있었습니다.
나는 몸이 하나라 두 길을 다 가지 못하는 것을
안타깝게 생각하면서
오랫동안 서서 멀리까지 바라다보았습니다.
그리고 똑같이 아름다운 다른 길을 택했습니다.

먼 훗날에 나는 어디선가
한숨 쉬며 이야기할 것입니다.
숲 속에 두 갈래 길이 있었다고
그리고 그것 때문에 모든 것이 달라졌다고.
— 프로스트, 〈가지 않은 길〉 중에서

이 시가 가슴 아프게 다가오는 나이는 언제쯤일까? 지금 인생의
두 갈래 길 앞에 서 있는 젊은이들은 모르리. 먼 훗날, 삶의 무게가
버거워서 나무 그루터기에 앉아 쉬고 있을 중년이 되어서야 시의

의미에 가슴 아파올 것이다. 누군들 가지 않은 길이 없으랴, 가지 않은 사랑 없으랴.

가지 않은 사랑과 가지 않은 인생에 대해 이야기하는 아름다운 소설이 있다. 프랑스 작가 안나 가발다Anna Gavalda가 2002년에 발표한 《나는 그녀를 사랑했네》이다.

파리에 살고 있는 주인공 클로에는 두 딸의 엄마인데, 남편이 다른 여자와 눈이 맞아 집을 떠났다. 슬픔에 잠겨 있는 며느리에게 시아버지가 말한다. 시골집에 가서 좀 쉬었다 오자고.

그동안 시아버지는 시어머니를 비롯해 가족들에게 근엄하고, 딱딱하고, 쌀쌀맞고, 퉁명스러운 독재자여서 가족의 일원이긴 하지만 진정으로 함께 살지 않는 것 같은 존재였다. 그래서 며느리는 시아버지를 "디펠 씨 가문에 잘못 들어온 화성인 같다"고 말하곤 했다. "이 밤중에 자는 애들을 데리고 꼭 가야 하느냐?"며 시어머니가 말렸지만, 시아버지는 가타부타 대꾸도 없이 자리에서 일어나 며느리와 손녀딸들을 데리고 시골집으로 향한다.

시골집에 도착한 후 시아버지는 벽난로에 불을 지피고 "아들 아드리앵이 떠난 것은 차라리 잘된 일인지도 모른다"고 말한다. 그러고는 한술 더 떠서 "지금 가장 불행한 사람은 아드리앵"이라고 한다. 그러자 발끈한 며느리가 퍼붓는다.

"잘되다니요? 그걸 말씀이라고 하세요? 그리고 그 사람이 왜 불행해요? 지금 행복해 죽겠을 텐데!"

며느리는 분해서 대들지만, 그 뒤에 시아버지 피에르 디펠이 들려주는 사랑 이야기를 들으며 그의 인생 속으로 빠져든다.

피에르 디펠은 마흔두 살에 서른 살 처녀 마틸드와 불같은 사랑에 빠졌다. 놀라운 것은 무뚝뚝하기로 소문난 피에르가 그녀를 만나면서 수다스러워졌다는 사실이다. 흡사 42년 동안의 침묵을 만회하려는 듯 그녀 앞에만 가면 이야기가 쏟아져 나와 이런 연인은 그에게 수다쟁이라는 별명을 붙여줄 정도였다.

"마틸드를 만나기 전에 나는 나 자신을 사랑하지 않았어. 마틸드와 헤어진 뒤로는 나 자신을 더욱 사랑하지 않게 되었고……. 아마도 그래서 내가 무뚝뚝한 사람으로 보이는 걸 거야."

시아버지는 회한에 차서 이야기를 이어가고, 며느리는 사랑 앞에서 수다쟁이가 되었다던 근엄하고 퉁명스러운 남자를 말없이 바라본다.

마틸드가 바라는 것은 일상의 삶을 함께하는 것이었다. 그러나 이 건실한 도덕의 수호자는 자신에게 그런 권리를 부여하지 못했다. 이 남자는 가정도 지키고 짜릿한 사랑도 연장하면서 그 사랑을 하루하루 끌고 갈 수밖에 없었다. 마틸드가 일상의 행복에 대해 이야기할 때마다 "나중에", "변함없이 사랑할 거야"라는 말만 되풀이하면서 어두운 밤거리의 데이트와 외국의 호텔 방을 전전했다.

어느 날 약속한 호텔 방에 좀 늦게 도착해보니 여자는 무언가를 쓰고 있었다. 그녀는 여섯 장이나 되는 종이를 남자에게 주며 '당신과 함께 하고 싶은 것들'이라고 했다.

소풍 가기, 강가에서 낮잠 자기, 낚시로 잡은 물고기 구워 먹기, 수영하기, 춤추기, 당신이 골라주는 구두와 속옷과 향수 사기, 가게 진열장 한참 들여다보기, 지하철 타기, 둘이 앉는 자리를 당신이 다 차지하고 있다고 투덜대며 옆으로 떠밀기, 빨래 널기, 시장 보러 가기, 슈퍼마켓 가기, 바비큐 해 먹기, 당신이 깜빡 숯을 안 가져왔다고 볼멘소리 하기, 잔디 깎기, 당신 어깨너머로 신문 읽기, 당신이 코를 골며 잘 때 시끄럽다고 투덜대며 쿡쿡 찌르기, 동물원과 벼룩시장 가기, 당신에게 노래 불러주기, 당신에게 손톱 깎으라고 요구하기, 그릇 사기, 사람들 바라보기, 심심하다고 투정 부리기, 변덕 부리기, 뾰로퉁한 얼굴로 있다가 깔깔거리며 웃기, 천장에 페인트칠하기, 커튼 꿰매기, 당신 머리 깎아주기, 세차하기, 뜨개질 배워서 당신에게 목도리 떠주기, 그랬다가 보기 흉하다고 다시 풀어버리기, 쓰레기통 비우기,

이웃집 여자와 수다 떨기…….

결혼해서 일상을 함께하지 않으면 결코 할 수 없는 것들의 목록이었다. 그녀는 임신했던 것이다. 그러나 피에르는 가정을 버릴 용기가 없어 우물쭈물했고, 그녀는 결국 떠나갔다.

"나는 그 여자를 누구보다 사랑했어. 이 세상의 그 무엇보다. 나는 사람이 다른 사람을 그렇게까지 사랑할 수 있다는 걸 몰랐어."

"어머님은 몰랐나요?"

"나중에 알았지. 이혼 수속을 밟기 위해 변호사를 만났다고 하더군. 그래서 나도 '좋아, 얼마나 줄까?'라며 수표책을 꺼내 들었지. 그런데 네 시어머니가 눈물을 철철 흘리며 단골 치즈 가게와 정육점을 두고 다른 데로 갈 수 없다는 거야. 그래서 내가 손수건을 건네주었고, 그녀는 코를 풀고 커피를 마시며, 레스토랑의 세련되지 못한 실내장식과 주인의 콧수염에 관해 이러쿵저러쿵 평까지 해가며 이야기를 끝내더군. 우리는 상처투성이였지만 오랜 친구 같았어."

"그러고 보면 사랑은 바보 같은 짓이죠. 그렇죠? 제대로 되는 법이 없잖아요."

"왜 제대로 되기도 하지. 노력을 해야지."

"어떻게 노력을 해요?"

"애를 써야지. 자기 자신이 될 용기를 가져야 하고, 행복하게 살겠다고 결심해야 하지."

그러나 시아버지는 결국 며느리에게 탄식하듯 말한다.

"얘야, 때로는 에움길로 돌아가고, 상황에 맞춰 적당히 사는 게 인생인 것 같구나. 우리 안에는 약간의 비열함이 있어. 그 비열함은 애완동물과 같아. 그것을 쓰다듬어주고 기르면서…… 그게 인생이야. 용감한 사람이 있는가 하면, 나처럼 적당히 타협하는 사람도 있어. 그런데 타협하며 사는 게 덜 피곤한지도 몰라."

자리에서 일어난 시아버지는 생각에 잠겨 벽난로 앞에 앉아 있는 며느리에게 한마디 툭 던진다.

"우리 아이들도 좀 더 행복한 아빠랑 살기를 바라지 않았을까?"

시아버지의 사랑 이야기를 들으며 클로에는 무슨 생각을 했을까? 그녀도 독자들처럼 삶에 대한 날카로운 통찰 하나를 얻었으리라. 우리 앞에는 항상 두 갈래 길이 있고, 우리는 그중 한 길을 선택해 걸어왔으며, 그리고 가끔씩 가지 않은 그 길을 생각하며 한숨 쉬며 슬퍼한다는 것을. 그게 인생이라는 것을.

어느 시대, 어느 나라, 어느 마을에서나 있을 법한 유부남과 젊은 아가씨의 뻔한 연애 스토리. 어릴 때 내 친구 정란이 아버지와 인숙이 아버지도 그랬고, 지금도 텔레비전만 틀면 나오는 드라마의 단골 소재이다. 그러나 이 소설의 가볍고 뻔한 스토리가 수다스럽지도, 치사스럽지도 않게 우리에게 들려주는 진실은 무겁다.

돈 버는 기계인 가장, 슈퍼맨이기를 강요당하며 슈퍼맨 흉내를 내야 하는 아버지라는 존재. 가슴속 사랑을 이끌어내주기보다 남편을 편리한 가전제품쯤으로 생각하는 아내. 그래서 전장에 나가는 을지문덕 장군처럼 항상 갑옷을 입고 사노라 가슴속의 속살을 보여줄 기회가 없는 남자의 삶. 그 퉁명스럽고, 뚱하고, 독재자 같은 남자가 사랑하는 여자 앞에서는 어린애처럼 조잘조잘 수다쟁이가 되었다니!

사랑은 무엇이란 말인가?
우리의 딱딱한 껍데기 안에 말랑말랑한 동심이 여전히 존재한다는 것을 가르쳐주려는 천사의 눈짓인가. 그래서 나는 아직 참 괜찮은 인간임을 깨닫고, 내가 나의 주인임을 잊지 않도록 확인시켜주는 신의 프로그램인가. 힘들 때마다 꺼내어 되돌려 볼 수 있는 추억의 영화인가.

사랑의
역사

소설을 읽고 나서 나는 놀랐다. 세상에! 이 소설을 쓴 작가는 이제 서른두 살의 젊은 여성이었다. 그녀의 전 재산이란 꽃가게 점원, 영화관 좌석 안내원, 연애 편지, 이별 편지 대필해주는 사람, 그리고 아이 둘과 한 번의 이혼 경력뿐. 이 젊은 여성에게 인생을 입체적으로 볼 줄 아는 조망 능력을 길러준 것은 과연 무엇이란 말인가. 작가의 경험은 작가와 독자를 성장시키는 영양소임이 분명하다 .

두 번째 사랑이 더 아름답다

윌리엄 서머싯 몸의 《인생의 베일》

"사랑은 더 사랑하는 사람이 지는 게임이다"라는 영국 속담이 있다. 연애를 시작할 때 둘이서 똑같은 순간에 똑같은 강도로 사랑에 빠지면 좋으련만, 그렇게 되는 사랑은 없다. 어느 한쪽이 먼저, 어느 한쪽이 더 깊이 빠지게 마련이다. 그래서 사랑에도 칼자루를 쥔 쪽과 칼날을 쥔 쪽이 생기는데, 이 같은 사랑의 속성이 이런 속담을 만들었나 보다.

덜 사랑하는 쪽은 배짱을 튕기고, 더 사랑하는 쪽이 매달리는 관계. 이런 사랑의 시소 게임에 반기를 든 소설이 있다. 영국 작가 윌리엄 서머싯 몸William Somerset Maugham의 《인생의 베일The Painted Veil》이다. 이 소설은 '사랑은 더 사랑하는 사람이 이기는 게임'이라고 말한다.

소설 속에는 1920년대 영국 상류사회의 결혼 풍속도가 고스란히 담겨 있다. 변호사의 딸 키티 가스틴은 아름다운 외모를 자랑하며 자란 공주파 여성이다. 그녀의 어머니 가스틴 부인은 남편이 대법관이나 왕실의 고문 변호사가 되어 무도회장에 들어갈 때 다른 부인들보다 앞장서서 입장하기를 꿈꾸는 귀부인이다. 자신의 꿈을 위해 힘 있는 변호사나 판사, 그 부인들의 비위를 맞추며 스스로 내조의 여왕임을 자처했으나, 가망이 없어 보이자 딸들에게로 인생의 키를 돌린다. 가스틴 부인은 딸들을 통해 보란 듯이 자신의 성공을 만방에 자랑할 계획이었다.

가스틴 부인은 큰딸 키티가 열여덟 살이 되자 사교계에 입문시켜 열심히 뒷바라지를 한다. 부인이 바라는 결혼은 그럭저럭 괜찮은 결혼이 아니었다. 눈부신 결혼이었다. 첫해에 몇몇 남자가 키티 주위에 모여들었지만 눈에 차는 적임자는 없었다. 키티가 스무살이 되자 이제 곧 딸의 아름다움이 바래 결혼 시장에서 값이 떨어질 것이라는 두려움이 그녀를 엄습했다. 몸이 단 부인은 부유한 아버지를 둔 젊은 남자, 귀족 작위를 이을 후계자를 수소문해 뻔질나게 파티를 열었지만 화려한 가문과 재산을 가진 남자의 청혼은 들어오지 않았다.

스물다섯 살이 된 키티는 열여덟 살이 되어 사교계에 나온 동생이 싱싱한 젊음을 무기로 준準남작의 작위를 물려받을 남자의 청혼을 받자 충격에 빠진다. 키티는 동생보다 빨리 결혼해서 동생 결혼식의 들러리가 되는 것만은 피하고 싶었다. 그래서 자기 주위를 맴돌고 있는 상하이 주재 정부 연구소의 세균학자 월터 페인의 청혼을 받아들인다.

"성급한 감은 있지만 만약 내가 당신과 결혼하겠다고 하면 바로 결혼할 수 있나요?"

"네, 당장 다음 달에라도."

그녀는 손을 내밀었다.

"저도 당신을 좋아하는 것 같아요."

"그럼 승낙하시는 겁니까?"

"그런 것 같아요."

키티는 그렇게 도피성 결혼을 하고 상하이로 갔다. 월터는 친절하고 예의 바른 남편이었지만 그녀는 지루하고 하품만 났다. 예쁜 옷을 입고 파티에서 춤추기, 피아노 치며 노래 부르기, 카드놀이하는 것이 오랫동안 그녀 삶의 전부였다. 그러나 남편은 직장에서 돌아오면, 혼자 카드놀이를 하고 있는 그녀를 흘긋 쳐다보고는 조용히 책을 읽는 것이 전부였다. 그들 부부에겐 공통점이 없었다.

어느 날 파티에서 키티는 상하이 부영사 찰스 타운센트를 만난다. 그는 남편과는 반대 타입의 남자였다. 키가 크고, 외모도 수려하고, 옷맵시도 뛰어났다. 첫눈에 봐도 군살이라고는 손톱만치도 없이 쭉 빠진 몸매, 쉴 새 없이 쏟아져 나오는 사교적 언어, 깊고 풍부한 목소리의 감미로운 울림.

"오늘 누가 나에게 귀띔이라도 해줬으면 좋을 걸 그랬습니다. 이렇게 눈부신 미인이 파티에 참석한다고 말입니다."

평생 칭찬에만 길들어 있던 키티는 그의 찬사를 듣자 고향 집에 돌아온 느낌이었다. 상대방을 치켜세우고 재미있는 농담으로 대화를 이끌어가는 찰스 타운센트의 말솜씨에 그녀는 황홀했다.

그들은 곧 연인이 되었다. 키티는 한 번도 사랑에 빠져본 적이 없었기에 모든 것이 경이롭기만 했다. 이를테면 그녀에게 찰스 타운센트는 첫사랑이었다. 찰스를 애인으로 얻고 어찌나 행복했던지 키티는 찰스를 만날 수 있는 기회를 만들어준 남편에게 감사한 마음마저 들 지경이었다.

그렇게 1년이 달콤하게 흘러가던 어느 날, 그들의 밀회는 들통이 난다. 대낮에 키티의 침실에서 둘이 정사를 벌이는 모습을 월터가 목격한 것이다. 하루를 냉정한 침묵으로 보낸 후, 월터가 키티에게 말한다. "콜레라가 창궐하고 있는 중국의 오지 메이탄푸의 방역 책임자로 자원했으니 같이 가야겠다"라고. 키티가 펄쩍 뛰며 거절하자, 월터는 차갑게 말한다.

"그러면 할 수 없지. 고소장을 제출해야겠군. 모든 증거는 가지고 있어."

이에 발끈한 키티는 찰스와의 관계가 자랑스럽다는 듯 월터의 가슴에 비수 같은 말들을 꽂는다.

우린 1년 동안 연인이었고, 난 그게 자랑스러워요. 그는 내게 이 세상 전부를 의미해요. 결국 당신이 알게 되어 다행이군요. 내가 당신과 결혼한 건 실수였어요. 그래서는 안 되는 거였는데, 내가 바보였어. 난 당신을 사랑한 적이 없어. 우리는 공통점이 하나도 없잖아? 난 당신이 좋아하는 것을 좋아하지 않을뿐더러, 당신이 관심 있는 것들이 지루하기만 해. 이제 끝나서 얼마나 감사한지 몰라.

키티의 적반하장에 월터가 괴롭게 고백한다. "당신이 어리석고 경박한 데다 머리가 텅 비어 있다는 걸 알고 있었지만 당신을 사랑했고, 당신의 목적과 이상이 진부하다는 것은 알고 있었지만 당신을 사랑했고, 당신이 이류라는 것도 알고 있었지만 당신을 사랑했고, 그래서 내가 무지하지 않다는 걸, 천박하지 않다는 걸, 남의 험담을 일삼지 않는다는 걸, 그리고 멍청하지 않다는 걸 당신에게 숨기기 위해 얼마나 애썼는지 모른다"고.

키티는 "그러니 빨리 이혼해달라"고 외쳤지만, 월터는 "타운센트 부인이 남편과 이혼하고, 그 남편이 당신과 결혼하겠다는 확약을 내게 주어야 당신과 이혼할 수 있다"고 잘라 말한다.

키티가 남편의 이혼 조건을 찰스에게 전하자, 그는 냉정하게 대답한다. 아내에게 그 사실을 알리고 싶지 않고, 이혼으로 사회적 불이익을 당할 수는 없다고. 월터가 좋은 제안을 한 것 같으니 당신이 남편을 따라 메이탄푸로 가는 것이 좋겠다고. 사랑하는 여자의 안위 따위는 안중에도 없이 오직 자신만 생각하는 남자. 애인의 배신에 경악한 키티, 선택의 여지가 없어진 키티는 남편에게 항복하고 메이탄푸로 간다.

그렇게 메이탄푸로 간 두 사람은 고양이처럼 서로를 할퀴었다. 월터는 키티에게 무관심과 냉대로 대하고, 키티는 비웃음과 조롱으로 응수한다. 무료한 키티는 답답한 현실을 모면해보려고 수녀원 원장에게 고아원에서 아이들에게 노래와 춤을 가르치고 싶다고 간청한다. 난생처음으로 노동이란 것을 하게 된 키티는 그곳에서 월터의 참모습을 발견한다. 콜레라 방역에 온 힘을 쏟는 전문가의 모습과 그곳 주민들에게 슈바이처 박사처럼 존경받고 있는 모습을. 월터도 아이들에게 노래와 춤을 가르치는 키티의 모습을 보며 그녀를 새로운 눈으로 바라본다.

결국 파티도 없고, 피아노도 없고, 화려함도 없고, 죽음만이 가까이 있는 절망의 바닥에서 그들은 상대방의 새로운 모습과 자신들의 문제를 발견한다. 아무런 공통점도 없는 사람끼리 결혼한 것이 불행의 시초였다는 것을, 두 사람 다 피해자라는 사실을. 그 발견으로 화해의 모티브가 생기고 그들은 대화를 재개한다.

그리고 얼마 후 그녀가 과로로 쓰러지던 날, 나이 든 수녀원장이 키티에게 임신 사실을 알려준다. 그 소식을 듣고 달려온 월터가 기뻐서 묻는다.

"내가 아이 아버진가?"

그러나 키티는 거짓말을 할 수 없어서 괴롭고 슬픈 얼굴로 대답한다.

"모르겠어요."

실망한 월터. 그는 며칠 후 콜레라에 감염된다. 접근하지 말라는 주위의 만류를 뿌리치고 키티는 월터를 정성을 다해 간호한다. 죽어가는 월터를 부둥켜안고 키티가 절규한다.

"당신을 그토록 괴롭혀서 미안해요. 나를 용서해주세요. 당신을 사랑해요."

월터를 잃고 영국으로 돌아온 키티는 아버지에게 말한다.

"아버지, 저는 바보였고 사악했으며 가증스러운 여자였어요. 그리고 끔찍한 형벌을 경험했어요. 저는 뱃속의 아이가 딸이기를 원해요. 이 애가 스스로 중심을 잡고 서서 독립된 인격체로 자라게 하겠어요."

키티는 이제 독립적 여성이 되어 있었다. 어머니 가스틴 부인이 남성 의존적 삶 속에서 한없이 허기진 인생을 산 것에 비해, 키티는 자기 발로 홀로 설 줄 아는 여성이 되었다. 그 힘은 어디에서 온 것일까?

지난 5년 동안 키티는 두 가지 사랑을 경험했다. 타운센트에게서 경험한 첫 번째 사랑은 욕망의 명령에 따르는 생물학적 사랑이었다. 보자마자 눈에서 불꽃이 튀고 육체의 환희에 탐닉한 욕망의 사랑. 욕망으로 시작된 모든 사랑의 결말처럼, 그 사랑은 절망으로 끝났다.

두 번째 사랑은 죽음의 땅 메이탄푸에서 남편 월터와의 사이에 움튼 사랑이다. 그를 이해하고 존경하는 마음을 바탕으로 이성의 기쁨이 만들어준 인격적 사랑. 타운센트로부터 느낀 사랑이 성의 기쁨을 가르쳐주었다면, 월터에게 느낀 사랑은 자존감의 기쁨을 알게 해주었다.

《인생의 베일》의 주인공 키티 페인은 불행했지만 행운의 여인이다. 서른 살에 인격적 사랑까지 경험한 인물은 소설 속에서도 그리 흔하지가 않다. 젊은 날 인격적 사랑을 경험한 사람의 인생은 이제 얼마나 탄탄할 것인가.

사랑의
역사

그 많은 세월을 거쳐
마침내 당신에게 왔소

로버트 제임스 월러의 《매디슨 카운티의 다리》

나 하늘로 돌아가리라
아름다운 이 세상 소풍 끝내는 날,
가서, 아름다웠더라고 말하리라…….
　－ 천상병, 〈귀천〉 중에서

〈귀천歸天〉의 마지막 연을 읽노라면 숨 막히는 순간이 있다. "소풍 끝내는 날 가서 아름다웠더라"고 말할 수 있는 사람은 누구인가? 그 사람이 될 수 없어서 탄식하는 이들의 숨 막힘은 슬프다. 어쩌면 행복이라는 단어 속에 너무 많은 것을 포함시키지만 않는다면 행복이란 그리 어려운 게 아닐지도 모른다. 행복이라는 단어 속에 많은 것을 넣어놓고 우리는 그것이 이루어지지 않아 불행해한다.

삶은 소풍이고, 가서 아름다웠다고 말할 수 있는 인생이 되기 위해 가장 필요한 것은 무엇일까. 모든 것을 다 가진 삶이라 해도 사랑이 없었다면 "가서 아름다웠다"고 말할 수 없을 것이다.

많은 사랑이 우연의 날개를 타고 시작된다. 부산행 기차에서 우연히 옆자리에 앉은 대학생과 사랑하고 결혼까지 한 내 친구 정숙이, 도서관에서 우연히 같은 책을 놓고 먼저 빌리려고 신경전을 벌이다가 사랑하게 되었다는 후배 인화, 친구 결혼식에서 만난 신랑 친구와 우연히 미국행 비행기에서 다시 만나 결혼했다는 제자 수영이. 많은 연인이 사랑은 우연으로부터 시작되었다고 증언한다. 밀란 쿤데라는 소설 《농담》에서 "사랑이 운명이 되기 위해서는 우연이 세 번 내려앉아야 한다"고 세 번씩이나 말한다.

그런데 이런 사랑의 우연성을 정면으로 부인하는 소설이 있다. 인간과 인간의 만남, 사랑과 사랑의 만남은 우연이 아니라, '우주 먼 곳에서부터 마침내 당도한 고향' 같은 필연이라고 말한다. "우리 만남은 우연이 아니야. 그것은 우리의 바람이었소……"라는 가사로 1990년대 한국인을 가슴 설레게 한 노래. 박신 가사에 최대석이 곡을 붙이고, 노사연이 노래한 〈만남〉처럼 사랑의 우연성을 거부하는 소설, 《매디슨 카운티의 다리》이다.

나는 머나먼 시간 동안, 어딘가 높고 위대한 곳에서부터 이곳으로 떨어져 왔소. 내가 이 생을 산 것보다도 훨씬 더 오랜 기간 동안, 그리하여 그 많은 세월을 거쳐 마침내 당신에게로 온 거요.

이렇게 사랑을 고백한 남자가 있다. 인간의 사랑을 별들의 운행 스케줄로 이해하고 사랑이라는 감정에 우주적 필연성을 부여하는 남자. 앙투안 생텍쥐페리의 《어린 왕자》와 알퐁스 도데의 《별》에서 빌려온 '별들의 사랑'이라는 환상적 모티브를 찐한 연애소설에 대입시킨 소설. 그러나 전혀 엉뚱해 보이지도 비현실적이지도 않게 우리의 가슴을 고동치게 하는 이야기.

로버트 제임스 월러Robert James Waller의 《매디슨 카운티의 다리》는 1992년 미국에서 발표되자마자 〈뉴욕 타임스〉 베스트셀러 1위에 연속 37주나 올랐고, 1990년대에 우리나라에서도 120만 부가 팔린 대형 베스트셀러이다. 이 작품이 독자에게 준 것은 무엇일까. 아니, 세계의 독자들은 이 이야기 속에서 무엇을 발견했기에 그리도 야단스럽게 환영했을까.

쉰두 살의 프리랜서 사진작가 로버트 킨케이드와 아이오와주 매디슨 카운티에 사는 마흔다섯 살 농부의 아내 프란체스카 존슨. 그들의 나흘간 만남과 22년 동안의 그리움에 대한 이야기이다.

1965년 8월의 무덥고 건조한 월요일 오후. 남편과 아이들이 일리노이주 숫송아지 품평회에 참석하기 위해 닷새간의 여행을 떠난 날, 오랜만에 혼자가 된 프란체스카는 현관 앞 그네에 앉아 아이스티를 마시며 초록색 픽업트럭이 먼지를 일으키며 그녀의 집 드라이브 웨이로 들어서는 것을 바라보고 있었다. 청바지에 맨발, 물 빠진 청 재킷 소매를 둘둘 말아 올린 그녀는 검은 머리를 핀으로 묶으며 트럭에서 내리는 남자를 바라본다.

군대 스타일의 낡은 셔츠가 땀에 젖어 등에 짝 달라붙고, 겨드랑이에는 둥그렇고 큰 얼룩이 보이며, 오렌지색 멜빵바지를 입은 남자가 미소 지으며 말한다.

"이쪽 어디엔가 있다는 지붕 덮인 다리를 찾고 있는데요, 쉽지가 않군요."

그의 눈길이 그녀에게 닿자 그녀 속에서 뭔가가 끓어올랐다. 눈매, 목소리, 얼굴, 은발의 머리카락, 유연한 걸음걸이. 미남은 아니었다. 그렇다고 못생긴 얼굴도 아니었다. 그런 일반적 기준은 그에게는 적합하지 않았다. 하지만 뭔가가 있었다. 세월에 약간 시달린 듯한 눈빛에서 풍겨 나오는 고집스러운 분위기…… 지성인가, 열정인가. 딱 달라붙은 청바지 속에서 표범처럼 강인한 육체가 유연하고 자연스럽게 움직이는 모습이 아름다웠다. 힘들여 일하고 자신을 돌볼 줄 아는 남자에게서만 볼 수 있는 근육으로 빚어진 몸매.

대다수 문학작품은 여체의 아름다움에 찬사를 보내지만 이 소설은 남자의 육체가 얼마나 아름다운가에 대해 이야기한다. 20년 전 나폴리에 살았고, 지금은 아이오와주 매디슨 카운티에 살고 있는 농부의 아내 프란체스카의 눈을 통해서.

"원하신다면 제가 다리까지 안내해드릴 수 있어요."

결혼 생활 20년차의 프란체스카는 나폴리 소녀처럼 말하고 있는 자신의 목소리에 놀랐다. 나폴리의 카페에 앉아 터뜨리곤 하던 웃음기 묻은 목소리였다.

오늘 아침, 로버트 킨케이드는 워싱턴주 벨링햄에 있는 낡은 아파트 3층에서 팔굽혀펴기를 50번 하고, 카메라를 아령 삼아 보건체조를 하고, 아파트 주위에서 40분간 조깅한 후 촬영 장비가 실린 털털거리는 낡은 픽업트럭을 타고 아이오와주 매디슨 카운티로 왔다. 〈내셔널 지오그래픽〉으로부터 의뢰받은 지붕 있는 다리를 촬영하이 거대한 우주에서 서로에게 빛을 던지며 만난 우리는 모두가 별이다. 별들이 각자 자신의 궤도를 따라 우주 속을 날듯 우리도 이제 잠시 서로의 곁을 가볍게 스치면서 광활한 우주로 날아갈 것이다. 사랑은 어쩌면 별들이 스치듯 부딪칠 때 일어나는 아픈 섬광인지도 모른다.

기 위하여. 그러나 찾을 수가 없어서 길을 물으려고 앞에 보이는 농가의 마당으로 들어선 것이다.

블루blue라는 단어의 발음과 의미를 좋아하던 소년. 열여덟 살에 먹고살기 위해 군대에 자원했고, 거기서 사진 기술을 배워 사진 기자가 된 청년. 남태평양에서 어깨와 등에 카메라를 둘러 메고 상륙 작전을 하는 군인들의 모습을 찍던 종군기자. 하늘 색깔이 변하는 걸 바라보기 좋아하는 남자. 시를 약간 쓰지만 소설은 쓰지 못하는 사람. 기타는 치지만 노래는 밥 딜런의 〈북방에서 온 소녀〉 하나밖에 부를 줄 모르는 사람. 가끔 여자들과 데이트를 했지만 사랑하지 못했고, 사랑하게 될 것 같지 않아 헤어진 남자.

킨케이드가 길을 물어보기 위해 농가 마당에 들어서자 현관 앞 그네에 한 여자가 앉아 있었다. 그곳은 시원해 보였고, 여자는 그보다 더 시원해 보이는 뭔가를 마시고 있었다. 그는 트럭에서 내려 그녀를 바라보았다. 잠시, 오랫동안. 아름다웠다. 적어도 예전에는 아름다웠을 얼굴이고, 다시 아름다워질 수 있는 얼굴이었다.

그는 예전부터 끌리는 여자를 만날 때면 늘 겪는 주체하기 힘든 감정을 느꼈다. 무언가 끌어당기는 힘이 그녀에게서 나오고 있었다. 젊은 아가씨에게서는 결코 느낄 수 없는 것이었다. 그것이 무엇인지 명확히 알 수 없지만 킨케이드는 여자에게 빨려들었고, 그 감정과 싸우고 있었다. 그때 그녀가 말했다.

"원하신다면 제가 다리까지 안내해드릴 수 있어요."

여자의 말에 그는 주춤 뒤로 물러섰다. 그러나 곧 마음을 수습하고 말했다.

"그래 주신다면 고맙겠습니다."

그가 표범 같은 걸음걸이로 운전석으로 성큼 뛰어올랐고, 그녀는 조수석에 앉아 지붕 달린 로즈먼 다리를 향해 출발했다. 프란체스카와 킨케이드의 사랑은 그렇게 시작되었다.

"사진은 찍는 게 아니라 만드는 겁니다. 사물을 주어진 대로 찍지 않고 정신이 반영된 사진을 만들려고 노력하죠. 사진은 이미지에서 시를 찾는 작업입니다."

남자는 여자에게 사진에 대해 말했고, 예술로 먹고사는 이야기를 했으며, 예술과 시장과 구독자에 대해 말했다. 로버트 킨케이드에게는 일상적 대화였지만 프란체스카에게는 문화적 대화였다.

"어릴 적 내가 꿈꾸던 생활은 아니에요."

그의 이야기를 듣던 그녀가 문득 말했다. 오랜 세월 묵혀두기만 하고 차마 꺼내지 못한 말이지만, 정말 하고 싶은 말이기도 했다.

프란체스카는 지금 초록색 픽업트럭을 타고 워싱턴주 벨링햄에서 온 낯선 남자에게 자신의 심정을 고백한 것이다.

"부인의 기분을 저도 조금은 알 것 같군요."

프란체스카는 킨케이드가 유성의 꼬리에 매달려 떠다니다 그녀의 집 앞에 떨어진 별이라고 생각했다. 그가 사진을 찍을 때 카메라가 든 가방을 들고 그의 등 뒤에 서면 행복했다. 그가 웅크리고 앉아 장비를 맞추는 모습을 내려다보노라면 온몸이 나른해졌다.

그들은 저녁을 해서 같이 먹고, 부엌에 촛불을 켜고 느릿느릿 춤을 추었다. 그리고 목욕을 하고 향수를 뿌리고 잤다. 오래전 나폴리에서 살다가 미국 군인을 따라 왔고, 지금은 매디슨 카운티에 사는 프란체스카는 처음 만난 사진작가 킨케이드로 인해 다시 여자가 되었다. 느릿느릿 끈기 있게 그녀는 고향으로 돌아가고 있었다. 한 번도 가본 적 없는 고향으로, 있지만 없는 것처럼 감추고 살아온 고향. 그것은 까르르 웃던 소녀 시절의 웃음 속에 있었고, 카페에 앉아 나폴리 바다를 바라보던 눈짓 속에 있었다. 그녀는 킨케이드를 만나 잊어버린 고향으로 돌아가고 있었다.

남편 존슨은 변화를 싫어했다. 특히 에로티시즘 같은 것은 위험하다고 생각하는 남자였다. 향수니, 면도니, 그런 것에는 관심이 없었다. 그래서 그녀도 적당히 얼버무리며 살았다. 남편은 동업자였다. 때로는 그녀도 어떤 면에서 그것을 감사하게 여겼다. 하지만 이제는 그녀 마음속에 숨어 있던 또 하나의 '나'가 살랑거리며 목소리를 냈다. 목욕을 하고 향수를 뿌리고 싶어 하는 여자가……

"애매함으로 둘러싸인 이 우주에서 이런 확실한 감정은 단 한 번만 오는 거요. 몇 번을 다시 살더라도 다시는 오지 않을 거요……. 내가 지금 이 혹성에 살고 있는 이유가 뭔 줄 아오, 프란체스카? 여행하기 위해서도, 사진을 찍기 위해서도 아니오. 당신을 사랑하기 위해서 이 혹성에 살고 있는 거요. 이제 그걸 알았소……. 우리는 우주를 떠도는 두 개의 먼지처럼 서로에게 빛을 던진 것 같소."

킨케이드에게 사랑은 육체의 차원이 아니었다. 그의 사랑은 영혼의 차원에 속하는 것처럼 보였다. 그날부터 그녀는 두 개의 '나'가 된다. 남편에게 보이는 나는 일상의 나이고, 또 다른 나는 상상 속에서 킨케이드에게 날아갔다. 그러나 두 사람은 나흘간 사랑하고, 죽을 때까지 단 한 번도 만나지 않는다. 우둔하지만 선량한 남편과 앞길이 창창한 아들과 딸에게 상처를 줄 수 없기 때문이었다.

14년 후 남편이 죽자 쉰아홉 살의 프란체스카는 〈내셔널 지오그래픽〉으로 전화를 건다. 그러나 킨케이드는 거기에 없었다. 벨링햄에도 없었다. 그리고 3년 뒤 그녀는 킨케이드의 변호사로부터 그의 카메라들과 '프란체스카'라는 글씨가 새겨진 은 목걸이를 받는다. 변호사는 킨케이드의 유언에 따라 그의 유해를 로즈먼 다리 옆에 뿌렸다고 했다. 7년 후 그녀도 죽는다. 그녀의 유해도 로즈먼 다리 옆에 뿌려진다.

길가의 코스모스 꽃밭에서, 먼지 이는 시골길에서 피어나는 노래들이 있다. 킨케이드와 프란체스카의 사랑은 그런 노래 중 하나이다. 그들은 관공서에 쌓인 어떤 서류도 증명해줄 수 없는 관계였지만, 두 사람 가슴속의 사랑은 우주보다도 컸다.

이 소설의 마지막 장을 덮고 나면 '단어란 국어사전에 나오는 의미만으로 충분하지 않다'는 사실을 깨닫는다. '불륜'이라는 단어 속에는 불륜만 들어 있는 것이 아니라 코스모스도 들어 있고, 푸른 하늘도 들어 있고, 산들바람도 들어 있다는 것을 어쩔 수 없이 깨닫게 된다. 그래서 불륜과 사랑의 경계선은 사라지고, '사랑이냐, 아니냐'만 남는다.

누군들 별이 아니겠는가. 이 거대한 우주에서 서로에게 빛을 던지며 만난 우리는 모두가 별이다. 별들이 각자 자신의 궤도를 따라 우주 속을 날듯 우리도 이제 잠시 서로의 곁을 가볍게 스치면서 광활한 우주로 날아갈 것이다. 언제, 어디서 다시 만날 것을 기약하지 못한 채 막막한 우주 속에서 자신의 궤도를 따라 날게 될 것이다. 사랑은 어쩌면 별들이 스치듯 부딪칠 때 일어나는 아픈 섬광인지도 모른다.

인간의 사랑을 별들의 사랑으로 그려낸 윌러가 독자에게 최면을 건다. 당신은 별이라고, 우리는 누구나 별이라고! 그래서 우리의 사랑도 별들의 사랑처럼 거대한 의미로 남을 수 있다고 속삭인다.

part 5

사랑과 도덕

—

인정받지 못한

사랑이

세상에 던지는

질문

인정받지

못한

사랑이

세상에

던지는

질문

나를 버리고
그를 갖고 싶었다

레프 톨스토이의 《안나 카레니나》

　20대에 《안나 카레니나》를 처음 읽었을 때 나는 안나 대신 부끄러워했다. 가정에 충실한 남편과 어린 자식을 두고 젊은 남자와 바람이 나서 집을 나간 부도덕한 여자에 대해 무슨 변명을 할 수 있을까. 기말 리포트를 쓰기 위해 《안나 카레니나》를 읽던 나는 표지를 가리기 위해 겉장을 씌웠다.

그런데 마흔 살이 되어 다시 읽었을 때는 안나가 불쌍해서 가슴이 아팠다. 안나와 브론스키의 불륜은 지나가는 한때의 '바람'이 아니라 목숨 걸고 뛰어든 '베르테르식 사랑'이다.

그런데 이번에 다시 읽은 이 소설은 또 다른 얼굴을 보여준다. 안나와 브론스키의 사랑 이야기 속에 숨어 있는 '톨스토이식 사랑'이다. 브론스키가 안나에게 사랑을 고백하는 장면에서 톨스토이는 이렇게 썼다.

"그가 한 말은 그녀의 감성이 듣고 싶어 하는 말이었고, 그녀의 이성이 두려워하는 말이었다."

40대의 레프 톨스토이Lev Tolstoy가 1870년부터 1878년까지 9년에 걸쳐 쓴 이 소설에는 당시 사회에서 채취한 생생한 소재들이 담겨 있다. 파티에서 만난 푸슈킨의 딸에게서 안나의 외모적 분위기를, 톨스토이가 사는 야스나야 폴랴나 인근 마을에서 일어난 '달리는 열차에 뛰어들어 자살한 여인의 사건'에서 안나의 비극적 최후를, 그리고 당시 러시아의 유능한 정치가이던 모스크바 궁정 시종의 가정 파탄 이야기에서 안나의 남편인 카레닌의 원형을 빌려온다.

발표 당시 비평가들이 "불행한 가정과 행복한 가정의 현상학적 연구"라고 평했을 만큼 이 소설은 가정의 모습을 집중적으로 탐구한다. 탐구의 방법론은 '사랑과 결혼'이며, 소재는 '다양한 사랑과 결혼의 양상'이다. 평소 "내가 죽고 20년 후까지 내 작품을 읽으며 위로받는 사람이 있다면 나는 죽어서도 여한이 없겠다"고 말했다는 톨스토이. 그러나 그가 죽고 100년이 지났지만, 그의 작품은 지금도 세계 곳곳에서 식을 줄 모르는 사랑을 받고 있다.

또 《안나 카레니나》는 수많은 작가에게 창작론 교과서가 되었고, 그들의 작품 속에서 주인공 손에 들려주기를 좋아한 책이기도 하다. 쿤데라는 《참을 수 없는 존재의 가벼움》에서 무작정 상경한 식당 여종업원 데레사가 외과 의사 토마스의 집으로 갈 때, 상류사회로 진입하는 티켓인 양 이 소설을 옆구리에 끼고 들어가게 했다. 무라카미 하루키는 "초콜릿을 먹으며 《안나 카레니나》를 읽으면 캄캄한 우주를 들여다보는 것처럼 신비하다"고 멋을 부리며 말했는데, 실제 생활에서도 이 책을 수시로 읽는다고 한다. 그들은 이 소설에서 무엇을 보았을까.

1870년대 제정러시아의 상류사회가 배경인 이 소설에는 서로 다른 세 가정과 두 종류의 사랑이 등장한다. 세 가정은 안나와 카레닌의 가정, 레빈과 키티의 가정 그리고 오블론스키와 돌리의 가정이고, 두 종류의 사랑은 안나와 브론스키 백작의 사랑과 레빈과 키티의 사랑이다.

주인공 안나는 20대 초에 자기보다 스무 살이나 많은 총각 주지사 카레닌과 결혼해 세인의 부러움을 한 몸에 받는, 신도시 페테르부르크 사교계의 귀부인이다. 사랑 없이 조건으로만 결혼한 이 가정은 처음 4년 동안은 평범하게 굴러갔다. 안나에게는 부와 지위가 보장되었고, 카레닌은 성공한 남자만이 누릴 수 있는 아름답고 어린 '트로피 와이프'를 소유할 수 있었기 때문이다.

특히 부모를 잃고 숙부 밑에서 성장했지만, 근면과 성실로 성공한 카레닌에게 젊고 아름다운 안나는 자랑스러운 트로피 그 자체였다. 그러나 안나 앞에 브론스키 백작이라는 젊고 매력적인 청년 장교가 나타나자 사랑이라는 접착제가 없는 이 가정은 하루아침에 모래성이 된다.

브론스키를 만난 뒤 안나는 남편의 외모에 대해 "저이의 귀는 왜 저렇게 불쑥 튀어나온 것일까?"라고 독백한다. 4년 동안이나 보이지 않던 남편의 단점이 갑자기 눈에 들어오기 시작한 것이다. 남편의 '비웃는 듯 입술을 삐뚤어지게 짓는 미소'와 '손가락을 딱딱 꺾는 습관'과 '생각하는 듯한 차가운 눈빛'이 소름 돋을 만큼 싫어진 그녀는 절규한다.

"아, 나는 그를 한 번도 사랑한 적이 없어! 그는 인간이 아닌 차가운 기계야!"

브론스키 또한 결혼을 염두에 두고 만나던 키티라는 공작의 딸이 있었지만, 안나를 만난 뒤로는 햇빛 아래 그림자처럼 기억에서 사라진다. 이렇게 강렬한 끌림으로 시작된 두 사람의 사랑은 사회적으로는 불륜, 심리적으로는 첫사랑이었다.

어린 트로피 아내의 불륜과 마주친 자수성가한 고관대작 카레닌. 그는 "브론스키를 사랑하고 그의 아이를 임신했으니 이혼해달라"는 아내의 고백에 오히려 침착해진다. 결투를 할까, 이혼을 할까, 별거를 할까? 그러나 그는 세 가지 방식 모두 자신의 명예와 지위에 손상을 입힐 것이라는 계산 아래 모든 것을 비밀에 부치기로 한다.

"당신은 카레닌 부인의 지위를 유지하면서 이 집을 지켜야 하오. 이혼이란 없소."

이 말은 안나가 브론스키와 법적으로 결혼할 수 없다는 것과 브론스키의 딸이 법적으로 카레닌의 딸이 될 수밖에 없다는 것을 의미했다. 고통 속에서 지내던 안나와 브론스키는 어린 딸을 데리고 외국으로 도피한다.

사랑의 도피는 처음에는 행복했다. 그러나 한 해 두 해 길어지자 두 사람에게 각각의 고통이 생겨난다. 안나는 남편 집에 두고 온 아들을 그리워했고, 브론스키 백작은 출세가 보장되었던 예전의 삶을 그리워했다. 정식으로 결혼하지 못한 두 사람이 설 땅은 세상에 없었다.

'나를 버리고 너를 갖고 싶었던' 두 사람이지만, 시간이 흐르면서 그 단단한 사랑에 균열이 생기기 시작한다. 그러던 어느 날, 브론스키가 어머니의 부름을 받고 집에 다녀오자 안나는 "어머니가 당신을 다른 처녀와 결혼시키려 한다"며 화를 낸다.

"나는 이제 당신밖에 없어요. 제발 나를 버리지 마세요."

도도한 아름다움과 자존심의 대명사이던 안나, 시공의 모든 제약

에서 벗어난 완전한 사랑을 원한 안나 카레니나. 흠결 없는 사랑, 시들지 않는 사랑, 사랑 하나만을 위해 달려온 그녀에게 남은 것은 절망뿐이었다. 격렬하던 불꽃은 꺼질 때도 갑자기 사라지는 법. 그녀는 브론스키가 처음으로 사랑을 고백한 그린 역으로 가서 달려오는 기차에 뛰어든다. 사랑이 식어가는 것처럼 보이는 브론스키에 대한 분노와 꿈쩍도 하지 않는 세상과 남편을 향한 복수였을까. 어쩌면 사회학자 지그문트 바우만Zygmunt Bauman의 말처럼 안나는 죽은 것이 아니라 '죽음을 당한 것'일지도 모른다.

반면 진보주의 농촌 운동가 레빈과 그의 아내 키티는 순리를 따르는 삶을 산다. 미남 청년 브론스키를 사랑한 키티는 그를 안나에게 빼앗기자 예전부터 자기를 사랑해온 레빈에게 돌아간다. 레빈은 돌아온 연인을 행복한 마음으로 맞이한다. 이들의 사랑은 안나와 브론스키처럼 불꽃이 튀지 않았기에 오히려 편안하게 서서히 타올랐다. 그리고 안나와 카레닌처럼 계산된 결혼이 아니었기에 갑자기 식어버릴 염려도 없었다. 두 사람의 사랑은 우윳빛이었고, 결혼 생활은 하얀 홑이불처럼 정갈했다.

또 하나의 가정은 안나의 오빠 오블론스키와 키티의 언니 돌리의 가정이다. 오블론스키는 '이제는 여자다움도 없고 사랑스러움도 없어진 아내를 사랑할 수 없는 것은 당연하다'고 생각하며 다른 여자들에게 한눈팔지만, 이혼 같은 것은 꿈도 꾸지 않는다. 그의 아내 돌리는 이런 남편에게 실망하지만 남편을 떠날 용기도 없는 자신을 역겨워한다. 사랑이 없는 이들의 가정은 항상 지지고 볶으며 잡동사니가 가득 찬 크고 공허한 창고 같다.

작가는 작품 속에서 이렇게 서로 다른 세 가정의 모습과 두 가지 빛깔의 사랑을 보여준다. 그러나 그들의 사랑을 예찬하지도 비판하지도 않는다. '이렇게 사랑해야 한다'가 아니라, '이렇게 사랑한 사람도 있었다'고 담담히 보여줄 뿐이다.

문학적 상상력을 가진 우리는 어쩔 수 없이 안나의 비참한 최후가 아닌 행복한 최후를 상상해보게 된다. 안나는 자살하지 않았어야 했다. 브론스키와의 관계에 불화가 생기면서 안나는 자신의 방을 가졌다. 그 방에서 그녀는 전문 서적이나 소설을 읽고 동화를 썼다. 그러나 그녀는 곧 그것을 포기하고 다시 브론스키에게만 매달렸다. 만약 그때 안나가 그 방에서 자기만의 세계를 만들 수 있었다면 그녀는 홀로 설 수 있었을 것이다.

홀로 선 사람은 괴로움의 시간을 행복하게 지내는 법을 안다. 그런 안나에게 브론스키는 부담감 대신 존경을 보냈을 것이다. 카레닌의 마음이 변할 수도 있고, 이혼법이 개정되어 여자도 이혼을 제기할 수 있는 시대가 올 수도 있고…….

흘러가는 강물이 어제의 강물이 아니듯 사랑도 흘러간다. 모든 사랑은 변하고, 세상도 변한다. 계절은 춘하추동이라는 마디가 있고, 모든 생물은 생로병사라는 마디가 있다. 세상에 고정불변이란 없다. 안나의 상상력이 조금만 더 높았어도 그녀는 좀 더 현명하게 자기 인생을 경영했을 것이다.

"원수 갚는 것은 내가 할 일이니, 내가 갚아주겠다."

작품 머리에 뜬금없이 나오는 이 성경구절의 의미가 마지막에야 서서히 그 의미를 드러낸다. 사랑이 시들어가는 브론스키, 자신의 발목을 잡고 놓아주지 않는 카레닌, 그리고 자신을 손가락질 하는 세상에게 원수를 갚겠다고 죽음을 택한 안나에게 톨스토이가 하는 말이다. 죽음으로는 원수를 갚을 수 없다고. 원수는 신이 갚아주는 것이라고. 사랑에도 마디가 있음을 몰랐던 그녀는 너무나 큰 복수의 비용을 지불했다.

날개를 달기 위해
당신이 필요했어요

존 파울스의 《프랑스 중위의 여자》

　프랑스의 신데렐라, 한국의 콩쥐, 독일의 아센푸텔, 중국의 섭한, 베트남의 할록……. 이들은 나라마다 존재하는 신데렐라 이야기의 주인공이다. 이들의 공통점은 가난하고 외롭지만 아름다운 외모와 착한 마음으로 백마 탄 왕자를 만나 한 방에 행복해진 행운의 아가씨라는 점이다. 이들이 나오는 이야기의 결말은 모두 '두 사람은 결혼해서 행복하게 살았습니다'로 끝을 맺는다. 신데렐라 스토리에는 어디에도 결혼식 다음 이야기가 나오지 않는다.

신데렐라는 정말 행복하게 살았을까? 성장 과정이 전혀 다른 두 사람이 만나 서로를 이해하고 사랑할 수 있었을까? 아름다운 외모에 반한 왕자가 몇 달 살아보고는 촌스럽다, 대화가 통하지 않는다고 싫증을 내지는 않았을까? 다른 공주들은 신데렐라가 알아듣지 못하는 외국어로 저희들끼리 말하면서 그녀를 따돌리지는 않았을까? 왕비가 된 신데렐라는 궁중의 숨 막히는 격식과 호화로운 파티, 신분 낮은 그녀를 향한 왕족들의 멸시 속에서 자존감을 잃고 "누에는 뽕잎을 먹어야 한다"며 한숨짓지 않았을까?

아마도 그랬을 것이다. 그래서 어떤 신데렐라도 오래오래 행복할 수는 없었을 것이다. 인간이란 화려한 집, 맛있는 음식, 아름다운 의상, 번쩍이는 보석으로만 행복할 수 있는 존재가 아니니까. 사람이란 자기 정체성을 지킬 수 있어야 행복한 법이니까.

여성들의 오랜 꿈인 '신데렐라 바라기'를 정면으로 거부한 소설이 있다. 1969년 영국 소설가 존 파울스John Fowles가 발표한 《프랑스 중위의 여자》이다. 파울스는 1963년 첫 작품 《콜렉터》로 주목을 받았고, 그로부터 6년 후에 내놓은 세 번째 작품 《프랑스 중위의 여자》로 '20세기 100대 영문 소설 작가'로 선정되는 영예를 얻는다.

소설은 20세기인 1969년에 발표되었지만, 작품 배경은 19세기인 1860년대 영국 빅토리아 시대이다. 19세기 영국 여성이라면 누구나 지체 높고 돈 많은 남편, 건강한 아들과 예쁜 딸, 평화로운 가정이 인생 최대의 목표였다. 그러나 그러지 않은 여자가 있었다. '프랑스 중위의 여자'라고 불리우는 사라 우드러프이다.

가난한 농부의 딸인 그녀는 근근이 시골 엑서터의 삼류 여학교를 졸업했지만, 부모가 파산하고 사망하는 바람에 무일푼이 되어 라임의 부호인 탤벗가의 가정교사로 들어간다. 예쁘지도 않은 얼굴에 슬픔을 머금은 몽롱한 눈동자는 항상 불안하게 흔들렸고, 다른 사람들과 어울리는 법도 없이 밤에는 촛불 아래서 자신의 얼굴을 그리는 데만 몰두했다. 그리고 일주일에 두 번 허락되는 반나절 휴식 시간에는 숙녀라면 아무도 가지 않는 숲 속으로 들어가 절벽 위 공터에 앉아 하염없이 바다를 내려다보며 앉아 있곤 했다.

소도시 라임의 사람들은 이런 그녀를 '미쳤다'고 수군거리며, '청승' 혹은 '프랑스 중위의 여자'라고 불렀다. 그녀의 별명 일부가 된 '프랑스 중위'는 라임의 해변에서 난파한 프랑스 함정의 선원이었다. 상처가 아물어 고국으로 돌아갈 때 사라 우드러프는 그를 따라

가기 위해 짐까지 싸 들고 항구의 여관으로 쫓아갔다가 웬일인지 되돌아왔다.

이러한 사라 우드러프 앞에 찰스 스미스선이라는 귀족 청년이 나타난다. 그녀가 위험한 절벽 끝에 서서 파도치는 바다를 바라보고 있을 때, 화석을 채취하던 그가 다가와 위험하다고 손을 내밀었다. 그녀는 고개를 돌려 그를 2~3초 동안 바라보다 다시 고개를 돌렸지만, 그 순간 사라는 그 남자의 눈 속에서 따뜻한 동정의 빛을 보았다.
'나는 한 가지 무기밖에 없어. 동정심, 찰스라는 남자에게 불러일으킨 바로 그것. 그를 붙잡기 위해 나는 그의 동정심을 유발해야 해.'

화석 연구가이자 다윈 신봉자이며 진보적 생각을 가진 서른두 살의 지식인 청년. 앞으로 백작 칭호를 가진 백부의 상속자가 될 귀족 청년. 상인 계급이지만 직물업의 거부 프리먼의 예쁘고 귀여운 무남독녀인 스무 살 어니스티나 프리먼의 약혼자. 창창한 앞날과 세속적인 행복이 기다리고 있는 찰스는 벼랑 끝에 서 있던 그 여자의 절망적인, 그러나 호소하는 듯한 강렬한 눈빛에서 알 수 없는 전율을 느낀다. 10년 전에 읽은 '마담 보바리의 눈이 저랬을까' 하는 생각을 하면서.

화석을 찾아 숲 속으로 간 찰스 앞에 다시 나타난 사라. 그녀는 먼저 말을 걸지는 않았지만, 찰스의 눈에 띄는 곳이면 어디에나 한 벌뿐인 그 우중충한 드레스를 입고 나타난다. 마음이 따스한 찰스는 동정심을 가지고 사라에게 다가가 "당신 같은 학력이라면 라임을 떠나 런던 같은 곳으로 가서 가정교사를 할 수 있다"고 말해준다.

"혹시 그 프랑스 중위라는 사람을 기다립니까?"

"아네요, 프랑스 중위는 유부남이기 때문에 결코 돌아오지 않을 거예요."

약혼녀가 있는 귀족 청년과 가정교사의 이런 만남은 비밀이어야 한다. 그러나 사라는 자신의 인생 이야기를 들려주고 싶다며 찰스에게 계속 접근하고, 분별 있는 찰스는 그녀를 피한다. 다음 날 가정교사 집을 나온 사라는 어디론가 자취를 감추고, 그녀가 절벽에서 자살할 것이라는 소문이 무성한 가운데 찰스에게 쪽지 편지가 도착한다.

"저는 숲 속 오두막에 있어요. 마지막으로 한 번만 만나주세요."

찰스는 그녀의 자살을 막기 위해 숲 속 오두막으로 달려간다. 그리고 찰스는 현기증을 일으키며 쓰러지려는 사라를 부축하려다 매달리는 그녀와 포옹하게 된다. 찰스는 그녀에게 지갑까지 몽땅 주

사랑의
역사

며 그녀가 공부한 도시 엑서터로 가서 호텔을 잡고 있으면, 가정교사 자리를 알아봐주겠으니 죽지 말라고 말한다.

찰스가 준 돈으로 라임을 떠나 엑서터에 도착한 사라. 그녀는 "할 이야기가 있으니 호텔로 와달라"는 내용의 편지를 찰스에게 보낸다. 찰스는 두려웠지만 그녀를 찾아가고, 젊은 두 남녀는 그날 밤 선을 넘는다. 그런데 그녀는 처녀였다. 프랑스 중위에게 순결을 바쳤다고 한 사라의 말은 거짓이었다.

"당신은 왜 나를 속였소?" 따지는 찰스에게 사라가 말한다.

"남자들은 처녀가 아닌 여자에게 쉽게 접근한다는 것을 알고 있었어요. 당신을 처음 본 순간부터 당신을 사랑했어요. 그래서 어쩔 수 없었어요……. 그러나 당신에게 아무것도 원하지 않아요. 나에 대한 당신의 감정이 진실이라는 것을 알게 된 후, 저는 살아갈 힘이 생겼어요."

귀족 신사 찰스도 그녀를 처음 본 순간부터 마음이 움직였음을 고백한다.

"약혼을 파기하고 법적 문제를 알아본 다음에 다시 올 테니 여기서 이틀만 머물고 있어요."

그러나 찰스가 약혼녀에게 가서 약혼 파기라는 혹독하고 엄청난 전쟁을 치르고 왔을 때, 사라는 쪽지 한 장 남기지 않고 어디론지 사라져버렸다.

그때부터 책임감 강한 귀족 신사 찰스는 어니스티나의 아버지 프리먼의 법적 대응에 시달리면서도 사라의 행방을 찾아 헤맨다. 신문 광고를 내고 변호사와 탐정을 고용해 2년 동안 찾았지만 그녀는 어느 곳에도 없었다. 실의에 빠진 찰스가 세계를 떠돌다 미국에 머물고 있을 때, 영국에서 그녀를 찾았다는 전보가 도착한다.

그가 미국에서 영국까지 달려와 찾아갔을 때 사라는 화려한 최신 유행의 미국식 의상을 입고 유명한 화가의 집에서 이름을 '리프우느'라고 바꾼 채 살고 있었다. 미국 여성처럼 도전적 태도와 솔직해 보이는 얼굴로 그녀가 말했다.

"당신에게 용서를 구하고 싶어서 연락했어요. 그때는 어쩔 수 없었어요. 당신의 신뢰와 친절을 악용한 건 사실이에요. 당신에게 약혼자가 있다는 걸 알면서도 몸을 던졌고, 나를 억지로 떠맡겼죠. 광기였어요. 저는 그런 여자였어요……. 이제 새로운 애정을 찾았어요. 그것은 나의 일이에요."

찰스가 자기와 결혼해 행복하게 살 수도 있었는데 왜 도망갔느냐고 묻자 사라가 말한다.

당신을 사랑했지만 결혼이나 가정보다는 나의 길을 찾는 것이 더 중요했어요. 전 결혼하고 싶지 않아요. 고독에 길들여졌기 때문에. 전 고독을 소중히 여겨요. 아무리 친절한 남편, 아무리 너그러운 남편이라도 결혼 생활에서는 제가 아내로서 적당한 여자가 되기를 원할 거예요. 전 그렇게 되고 싶지 않아요……. 저는 지금 충분히 행복해요. 예술가들이 마음에 안 드는 자기 작품을 때려부수고 다시 만드는 것처럼, 저도 제 인생을 때려부수고 다시 만들었어요……. 당신이 저를 사람대접해주고 사랑한다는 것을 알고부터 저는 구렁텅이 같은 삶에서 빠져나갈 수 있다는 희망을 가졌죠. 그것이 그 깊은 절망으로부터 저를 끌어내주었어요……. 저는 지금 저를 구렁텅이에서 끌어내준 그분에게 이해해달라고 간청하고 있는 거예요.

사라의 어휘와 말투는 우아하게 다듬어졌고, 직관은 솔직하고 담백했다. 찰스는 그녀의 이야기를 들으며 자신의 인생을 생각해보았다. 비극은 무대에 올려졌을 때는 아름답지만 현실에서는 참혹했다. 그의 가슴에 기댄 사라의 어깨가 흔들릴 때 그 다갈색 머리에 입을 맞추며 찰스는 쓸쓸히 말한다.

"비유로 가득 찬 당신의 우화를 내가 과연 이해할 수 있을까?"

'사랑이란 무엇인가?'

소설은 처음부터 끝까지 독자에게 질문을 던진다.

부유한 상인의 딸 어니스티나가 생각하는 사랑, 시대에 저항하는 진보적 과학자 찰스가 생각하는 사랑, 자기 일을 꿈꾸는 사라가 생각하는 사랑은 같은 단어이지만 다른 내용이었다. 그들은 같은 시대, 같은 공간에 살았지만 각자 다른 사랑을 꿈꾸었다.

그러나 자신의 날개를 달기 위해 사랑하는 남자를 이용한 여자. 남자의 인생을 구렁텅이로 몰아넣으면서까지 자기 인생을 쟁취한 사라에 대해 우리는 뭐라고 말하면 좋을까? 악녀라고 말하며 돌팔매를 던져야 할까? 문득 떠오르는 시구가 있다.

나의 생은 미친 듯이 사랑을 찾아 헤매었으나

단 한 번도 스스로를 사랑하지 않았노라.

기형도의 시 〈질투는 나의 힘〉의 마지막 연이다. 미친 듯이 사랑을 찾아 헤매지 않은 인생이 어디 있으랴. 우리는 누구나 사랑을 원한다. 그러나 자신을 사랑하지 못하는 사람이 어찌 타인을 사랑할 수 있으랴. 자신을 사랑할 수 있는 사람만이 타인도 사랑할 수 있을 것이다.

나는 문득 지금, 사라 우드러프를 이해할 수 있을 것만 같다. 심리학자 프로이트는 사랑의 본질은 나르시즘인 자기애이며, 그래서 자신을 사랑할 수 없는 이는 다른 아무도 사랑할 수 없다고 말한다. 자신이 혐오스러울 때 우리가 과연 누구를 사랑할 수 있었는가?

가장 기본적인 사랑은 자기 자신에 대한 사랑이다. 이제 자신을 사랑하고 있는 사라 우드러프가 찰스의 사랑을 받아들일 날은 머지 않아 보인다.

고독에 길들여졌기 때문에 전 고독을 소중히 여겨요.
아무리 친절한 남편, 아무리 너그러운 남편이라도 결혼 생활에서는
제가 아내로서 적당한 여자가 되기를 원할 거예요.
전 그렇게 되고 싶지 않아요. 저는 지금 충분히 행복해요.

깨진 사랑은 칼날이 된다

에밀리 브론테의 《폭풍의 언덕》

"깨진 그릇은 칼날이 된다."

오세영의 시 〈그릇 1〉의 첫 연이다. 도공의 손이 물레 주위를 돌며 부드러운 곡선으로 빚어낸 하얀 백자 그릇. 넉넉하고 둥근 몸체에 그려진 무늬는 우리의 눈을 기쁘게 하고, 그 안에 담긴 음식은 우리의 혀를 즐겁게 한다. 그러나 어느 날 그릇이 중심을 잃고 나락으로 떨어지면 그릇은 칼날이 된다. 심장을 겨누는 날카로운 예각, 찔리면 붉은 피가 철철 흐를 것 같은 서늘한 위협.

깨졌을 때 칼날이 되는 건 그릇만이 아니다. 사랑도 깨지면 칼날이 된다. 행복한 사랑이 담긴 얼굴은 원형의 그릇처럼 부드럽고 그윽하다. 그러나 배신의 아픔을 담은 얼굴은 굶주린 맹수의 이빨처럼 날카롭다. 자신을 학대하고, 가시처럼 뾰족한 말로 주위 사람들을 찌르고, 폭력을 휘두르면서 자신의 불행을 전염시킨다. 깨진 사랑은 이미 칼날이기 때문이다.

깨진 사랑의 비극성을 극적으로 그려낸 문학작품이 있다. 영국의 소설가 에밀리 브론테Emily Bronte가 1847년에 발표한 《폭풍의 언덕》이다. 서른 살의 무명 작가 브론테가 이 소설을 발표했을 때 영국 독서계는 냉담했다. 단 두 권밖에 팔리지 않았을 정도로. 다음 해에 그녀는 슬픔과 지병으로 죽는다. 그러나 이 작품은 그녀가 죽고 50년이 지난 20세기 초반에 독자들의 관심을 끌기 시작해 지금은 세계적으로 주목받는 명작의 반열에 올랐다.

1801년 눈보라 치는 겨울밤, 영국 북부 고원지대에 위치한 히스클리프의 농장 '워더링 하이츠'에 소작인 록우드가 찾아온다. 소설은 소작인 록우드가 한밤중에 울면서 창문 안으로 들어오려는 캐서린이라는 귀신과 캐서린을 부르며 밤새도록 들판을 헤매는 히스클리프를 목격하는 장면으로 시작된다.

히스클리프는 30여 년 전에 농장 주인 헤어턴 언쇼가 리버풀에서 데려온 집시 고아였다. 이 유색인종의 고아는 안주인의 냉대와 장남 힌들리의 구박 속에서 살아간다. 그러나 외딴 벌판에 있는 농장에서 친구 없이 외롭게 자라던 언쇼의 딸 캐서린은 히스클리프를 다정하게 대해준다. 나이가 비슷한 사춘기 소년 소녀는 자연스럽게 친구가 되고 사랑에 빠진다. 마치 태어나서 처음 본 움직이는 물체를 엄마인 줄 알고 졸졸 따라다니는 새끼 오리들처럼.

부모가 죽자 스무 살의 힌들리가 워더링 하이츠의 주인이 된다. 그때부터 힌들리는 본격적으로 히스클리프를 고통의 삶 속으로 몰아넣는다. 욕하고, 때리고, 굶기고, 나가라고 소리치며 노예처럼 학대한다. 그러나 캐서린을 떠날 수 없는 그는 워더링 하이츠에서 짐승 같은 대우를 받으며 견뎌낸다.

열여섯 살의 처녀가 된 아름다운 캐서린. 그녀는 이웃 드러시크로스 농장에 사는 치안 판사의 아들 애드거 린턴의 청혼을 받는다. 청혼을 받은 날 캐서린이 유모에게 말한다.

그는 미남이고 쾌활하고 부자야. 그와 결혼하면 나는 근방에서 제일 가는 귀부인으로 행세하게 될 거야……. 그런데 악독한 오빠가 히스클리프를 저렇게 비천하게 만들지만 않았어도 나는 애드거 린턴과 결혼할 생각은 하지 않았을지 몰라. 내가 히스클리프와 결혼한다면 내 품위가 바닥에 떨어질 거야. 격이 맞지 않아.

옆방에서 들려오는 캐서린의 말소리가 히스클리프의 가슴에 비수처럼 꽂혔다. 히스클리프는 조용히 일어나 폭풍이 휘몰아치는 어둠 속으로 걸어나갔다. 그리고 돌아오지 않았다.

2년 후, 성인이 된 캐서린은 애드거 린턴과 결혼식을 올린다. 캐서린은 신경질쟁이에 성격이 거칠었지만, 유순한 신사 애드거 린턴은 그녀의 비위를 맞추며 평온한 가정을 이룬다. 그러나 평화는 오래가지 못했다. 떠난 지 5년 만에 히스클리프가 돌아온 것이다. 그는 큰 돈을 번 데다 세상 물정도 알 만큼 아는 신사가 되어 돌아왔다.

캐서린이 결혼했다는 사실을 안 그는 곧바로 린턴의 저택으로 간다. 그리고 캐서린의 손을 잡고 말한다.

"나하고 같이 이 집을 떠나자!"

남편 린턴이 막아서자 히스클리프는 "한 주먹 거리도 안 되는 구역질나는 놈"이라며 욕설을 퍼붓고, 집 안은 아수라장이 된다.

수시로 캐서린을 찾아오는 히스클리프와 갈팡질팡하는 캐서린. 그러자 히스클리프는 린턴의 여동생 이사벨라를 유혹해 결혼함으로써 캐서린의 질투심에 불을 붙인다. 캐서린은 질투와 도덕 속에서 번민하며 점점 정신과 육체가 병들어 결국 죽음에 이른다. 캐서린의 장례식 날, 히스클리프는 한밤중에 무덤을 파헤쳐 죽은 캐서린을 끌어안고 오열한다.

캐서린이 죽은 후 히스클리프는 악마로 변해간다. 도박으로 폐인이 된 힌들리에게 돈을 꾸어준 다음 농장을 차지하고, 임신한 아내 이사벨라를 학대하고, 자신의 아들까지 폭행한다. 이들에게만큼은 살해주고 싶은 마음이 본능처럼 들었지만, 자신도 모르는 사이 욕설과 매질이 먼저 나가곤 했다. 흡사 어린 시절 자신이 받은 대우밖에 알지 못하는 사람처럼.

히스클리프는 캐서린의 남편 린턴이 병들었다는 소식을 듣고 교활한 계획을 세운다. 딸밖에 없는 린턴이 죽으면 모든 재산이 그의 남자 조카들에게 돌아갈 터였다. 그러기 전에 린턴의 딸 캐시를 자기 아들과 결혼시키면 그의 모든 재산을 차지할 수 있을 거라고 생각한 것이다. 그는 비열한 악마가 되어 캐시를 강제로 5일 동안 감금한 다음 아들과 결혼시킨다.

캐서린이 죽은 후 20년 동안 히스클리프의 삶은 기이했다. 매일 들판을 헤매며 삼라만상에서 캐서린을 만났다. 새, 바위, 구름, 꽃, 바람 등에서 캐서린을 만나고 주위 사람들에게는 맹수처럼 으르렁거렸다. 그리고 마지막에는 사흘 동안 밥을 굶고 '창백한 표정에 하얀 이빨을 드러내는 미소'를 지으며 죽는다. 만약 히스클리프가 캐서린과 결혼했다면 그의 삶은 아름다웠을까?

작가는 이 길고도 험악한 히스클리프의 삶을 통해 사랑의 두 얼굴을 보여준다. 사랑하는 캐서린에게 보이는 지고지순한 천사의 얼굴과 캐서린이 아닌 다른 사람들에게 보이는 악마의 얼굴. 이 두 얼굴을 통해 사랑을 얻은 자와 잃은 자의 차이를 말해준다.

히스클리프, 그는 깨진 그릇이었다. 깨져 칼날이 된 남자였다. 사랑만 깨진 것이 아니라 유년 시절마저 깨져버린 남자였다. 그는 사랑이라는 감정을 경험하거나 배운 적이 없어 그것이 찾아왔을 때, 그리고 그것이 가버렸을 때 어떻게 해

야 하는지 몰랐다. 만약 그가 아름답게 사랑하고, 아름답게 이별하는 방법을 알았다면 그와 캐서린 그리고 주위의 모든 이가 그런 끔찍한 불행 속을 헤매지 않아도 되었을 것이다.

사랑이나 행복은 단순한 감정이 아니라 관계의 기술이다. 그래서 혼자서 열심히 노력한다고 완성할 수 있는 것이 아니다. 두 사람의 아름다운 사랑이 관계의 기술을 타고 융합해야 한다. 관계의 기술에 무지한 히스클리프. 그에게 불행은 습관이 되어 질투, 분노, 저주가 일상이 되었으며 분노와 질투가 그의 사랑을 삼켜버렸다. 그래서 《폭풍의 언덕》을 읽은 독자들은 한숨 쉬며 말한다. 히스클리프의 사랑은 은혜가 아니라 형벌이었다고. 사랑이 형벌이었던 히스클리프의 인생은 얼마나 더 큰 형벌이었을까.

문학작품에는 네 종류가 있다. 발표 당시부터 지금까지 인기를 누리는 작품, 발표 당시에는 인기가 없었지만 세월이 흐르면서 인기를 끄는 작품, 발표 당시에는 인기가 있었지만 세월이 흐르면서 자취도 없이 사라지는 작품, 발표 당시부터 나중에까지 아무도 눈여겨보지 않는 슬픈 작품. 첫 번째는 셰익스피어와 톨스토이 그리고 괴테 같은 행복한 천재들의 작품이고, 두 번째는 《폭풍의 언덕》의 에밀리 브론테나 《백경》의 허먼 멜빌, 그리고 《날개》의 이상 처럼 시대를 앞서간 작가들의 작품이다.

에밀리 브론테는 확실히 시대를 앞서간 작가였다. 한 편의 소설을 통하여 깨진 사랑이 인간의 영혼을 어떻게 파괴하는지, 유년의 상처가 성격 형성에 어떻게 영향을 미치는지를 보여주며 본능에 속하는 사랑이라는 감정을 아름답게 지키려면 학습이 필요하다고 말한다. 그러나 1840년대의 영국 독자들이 이해하기에는 에밀리 브론테의 사상이 너무 난해했나 보다.

착한 여자는
왜 나쁜 남자를 사랑할까

서영은의《먼 그대》

《빨간 구두》라는 안데르센의 동화가 있다. 가난한 소녀가 우연히 빨간 구두를 신고 춤추는 걸 멈출 수 없게 된 이야기. 소녀는 결국 사형수의 목을 자르는 망나니에게 부탁해 발목을 자른 후에야 춤추는 걸 멈출 수 있었다. 안데르센은 빨간 구두를 허영심의 상징물로 삼고, 인간이 허영심에 물들면 결코 멈출 수 없다는 교훈을 담은 것

사랑의
역사

으로 보인다.

물들면 멈출 수 없는 것은 허영심뿐이 아니다. 인간의 사랑도 무서운 습관화를 낳는다. 한 결혼 정보업체의 통계에 의하면 연상의 유부남을 사랑하는 여자는 계속 유부남과 연애를 하고, 연하의 남자를 좋아하는 여자는 계속 연하의 남성을 찾는다고 한다. 사랑이라는 감정도 한번 적응하면 끊을 수 없는 습관화가 이루어지는 모양이다. 마치 알코올 중독이나 도박 중독, 게임 중독처럼.

'나쁜 남자 사랑하기'라는 사랑의 습관을 보여주는 독특한 소설이 있다. 서영은徐永恩이 1983년에 발표한 중편소설로, 그해의 '이상문학상'을 수상한 《먼 그대》이다.

주인공 문자는 마흔을 바라보는 노처녀로 아동 도서 출판사의 10년 차 말단 교정 직원이다. 언제나 유행이 지난 옷을 입고, 점심은 도시락으로 해결하는 문자를 주위에서는 측은하게, 더러는 언짢게 여긴다. 직원들은 문자에 대해 "부모는 어릴 때 돌아가시고 오빠가 한 분 있었는데 이민 가고 혼자서 용두동인가 어딘가에 방 한 칸 전세금이 전부"라며 수군거린다.

이런 문자는 10년째 일요일마다 찾아오는 한수를 기다리며 산다. 한수는 아내와 1남 1녀를 둔 유부남이며, 한때는 모시던 국회의원의 빽으로 광업소장까지 하며 떵떵거렸으나 지금은 끈 떨어진 신세의 실업자이다. 문자는 한수의 딸 옥조를 낳았으나 생후 한 달 만에 한수가 자신의 아내를 시켜 빼앗아갔다. 그래야만 문자가 자기를 떠나지 못할 것이라는 판단에서.

한수는 잘나가던 시절에도 문자에게 어떤 경제적 도움도 준 적이 없다. 오히려 문자에게 매달 얼마씩 가져가곤 했다. 더러는 목돈을 요구하기도 했다. 그러면 문자는 돈을 빌려서라도 마련해주었다. 모두 딸 옥조를 위하는 길이라 생각하면서.

한수가 요구한 목돈을 구해온 날, 문자는 한수를 위해 밥상을 차리나 말고 방 안으로 들어가 가방에서 돈을 꺼내 그에게 내밀었다.

그는 돈을 받는 즉시 담배를 신문지 귀퉁이에 눌러 끄며 벌떡 일어났다. 저녁이 다 됐다는 그녀의 말에 그는 지금이 몇 시인데 저녁 타령이냐, 다 늦게 들어와 가지고……라고 말하면서 나갈 채비를 한다. 순간순간 그의 모질고 이기적인 성격이 엿보일 때마다 문자는 맘속으로 울고, 입술로는 웃었다.

한수는 문자가 문밖에서 배웅하고 있다는 것을 알면서도 곧장 뚜걱뚜걱 계단 아래로 내려가 뒤돌아보는 법도 없이 사라지는 남자다.

이런 나쁜 남자를 문자는 미워하지도 않고 견딜 뿐이다. 흡사 콩쥐가 계모의 괴롭힘을 묵묵히 참으며 밑 빠진 독에 물을 길어다 붓고 부러진 나무 호미로 밭을 매는 것처럼. 문자에게 한수는 남자라기보다 오히려 시련을 주어 자신을 완전하게 만드는 시련의 상징 같았다.

사랑이란 과정은 '빠지기'와 '빠져나오기'로 구성된다. 처음에 서로 좋은 감정을 느끼면 사랑에 빠진다. 그러나 중도에 환멸을 느끼면 빠져나오려는 시도가 시작된다. 둘 중 하나가 놓아주지 않을 경우에는 법적 방법을 동원해서라도 빠져나오려 한다. 그런데 빠지기만 알고 빠져나오기를 모르는 문자. 그녀는 출구가 없는 사랑의 미로에 갇힌 여자였다.

나쁜 남자를 사랑하고 거기서 빠져나오지 못하는 문자, 고통을 사랑하는 문자, 고통을 당하면 당할수록 자신이 완전무결해진다고 믿는 문자. 이런 캐릭터는 한국 소설사에서 유례를 찾아볼 수 없다. 아니 세계문학 속에서도 본 적이 없다.

나쁜 남자 때문에 일생을 망치는 여주인공이 나오는 소설로는 토머스 하디의 《테스》, 기 드 모파상의 《여자의 일생》이 있다. 그러나 《테스》의 주인공 테스는 나쁜 남자 알렉을 거부하고 끝내는 분노해서 살해까지 한다.《여자의 일생》의 주인공 잔은 처음에 이상형인지 알고 결혼한 쥘리앙이 바람둥이라는 사실을 알고는 체념하고 경멸한다. 그런데 문자는 스스로 나쁜 남자에게 헌신하며 기쁨까지 느낀다.

착한 여자가 나쁜 남자를 사랑하는 심리에 대해 일반적으로 모성본능과 종교적 투사를 생각할 수 있다. 남자를 아기처럼 돌보려는 모성 본능과 죄인을 위해 목숨까지 내놓는 예수의 사랑.

한편, 심리학에서는 부모로부터 충분한 사랑을 받지 못하고 자란 사람은 성인이 되어 사랑하는 이와 헤어지는 것을 유독 참지 못하며, 상대가 누구든 관계 속에서 나오지 않으려고 상대방에게 매달린다고 해석한다.

정신의학자 스콧 팩은 상담 경험을 통하여 '상대방의 학대에 저항하지 않고 견디는 것은 희생이 아니라 어린 시절에 형성된 자기 모멸의 감정을 만회하기 위한 행동'이라고 말한다. 그러니까 '학대하는 사람보다 자신이 도덕적으로 우월하다는 것을 즐기는 일종의 마조히즘적 태도'라는 해석이다.

여러 가지 해석을 종합해볼 때, 부모를 잃고 두려움에 사로잡혀 있던 유년의 문자는 이제 성인이 된 문자의 내면에 살면서 버림받

사랑의
역사

지 않으려고 불행한 사랑을 그렇게 견뎌내고 있는 것이다.

그러나 저러나 문자는 분노하지 못하는 병에 걸린 게 확실하다. 그녀는 한수에게 분노해야 했다. 분노하고 그를 떠났어야 했다. 그런데 그녀는 분노하지 못했고, 그것이 습관이 되어 이제는 분노할 수 있는 능력마저 잃어버렸다. '정당한 분노조차 하지 못하는 사람은 행복할 자격이 없다'는 체 게바라의 말이 근거 있다면 문자는 이제 행복 근처에도 가볼 수 없는 운명의 늪에 빠져버렸다. 이런 문자에게 나는 수없이 분노했다.

'자신의 삶을 지키기 위해서는 분노가 필요해요. 노예가 되어도 좋은 사랑은 사랑이 아니에요.'

책을 다 읽고 나면 이 세상의 수많은 문자들이 보인다. 개천에서 용이 날 수 없는 부익부 빈익빈 사회, 반액 등록금으로 멋지게 대학생들의 표를 갈취한 정치, 37%라는 사상 최대의 청년 실업률에도 분노하지 못하고 '아프니까 청춘'이라며 고개 떨구는 청년들의 얼굴. 분노할 수 있는 능력을 잃어버린 청춘이란 얼마나 초라한 이름인가. 자고로 착한 백성들은 왜 나쁜 정치가를 사랑하는 것일까?

우리에게 더 많은 사랑이야기가 필요한 이유

귀스타브 플로베르의《마담 보바리》

불황이 찾아오면 사람들은《마담 보바리》를 읽는다. 현재가 불안하고 미래가 암담하게 느껴질 때는 요조숙녀 같은 소설보다 창부 같은 소설이 더 위안을 주는 것일까? 실제로 1929~1939년의 세계 대공황 동안 세계에서 가장 많이 팔린 책이《마담 보바리》였다고 한다. 우리나라에서도 2011~2012년의 극심한 경제 불황 속에서《마

사랑의
역사

담 보바리》의 판매가 급성장했다.

《마담 보바리》는 1857년 프랑스 소설가 귀스타브 플로베르 Gustave Flaubert가 4년 반 동안의 집필 기간을 거쳐 내놓은 작품이다. 출간 당시 '공중도덕과 종교를 해쳤다'는 풍기 문란 죄로 프랑스 검찰로부터 작가, 출판업자, 인쇄업자가 줄줄이 기소당하는 필화 사건까지 낳았다. 다행히 유능한 변호사 쥘 세라느의 변론과 작가 자신의 "마담 보바리는 바로 나요"라는 유명한 자기 변론으로 무죄 판결을 받기는 했지만, 처음부터 작품성보다 음란성으로 더 이름을 떨치는 불운을 겪었다.

《마담 보바리》의 줄거리만 보면 풍기 문란 죄에 해당하는 간통 소설이 확실하다. 결혼한 여자가 남편 아닌 다른 남자들과 불륜을 일삼고, 그러는 과정에서 쇼핑 중독으로 큰 빚까지 져 가정이 파산하고 끝내는 자살한다는, 어느 시대 어느 나라에서나 있을 법한 나쁜 여자 이야기이다.

그러나 그런 소재의 평범성과 음란성에도 불구하고 이 소설은 세계문학사의 찬란한 별이 되었다. 사람들은 이 소설에 '하나의 시대를 보내고 새로운 시대를 열어젖힌 혁명적 문학작품'이라는 찬사를 보냈고, 주인공 보바리 부인의 성격에 '보바리즘'이라는 고유명사를 선사했다. 그리고 이 작품이 출간된 1857년을 '마담 보바리의

해'로 정해 기념하고 있다. 《마담 보바리》는 어떻게 음란 소설이라는 무덤에서 부활해 세계문학사의 별이 되었을까?

내가 《마담 보바리》에 관심을 갖게 된 것은 순전히 고등학교 1학년 때 생물 선생님 덕분이다. 어느 날 수업 시간에 선생님은 교실에 들어오자마자 출석부를 교탁 위에 탁 올려놓으며 말했다.

"여러분은 소설책을 읽지 마세요. 소설책은 여자를 불행하게 만듭니다."

어리둥절한 우리에게 선생님은 은밀한 비밀을 가르쳐주는 마법사처럼 한 옥타브 낮은 목소리로 말했다.

"《마담 보바리》라는 소설책을 읽어보니까, 주인공 여자가 현실과 환상을 구별할 줄 몰라 신세를 망치게 됩니다. 그런데 그녀가 현실감이 부족해진 원인은… 에… 바로 소설책 때문이었습니다. 알겠지요?"

"……네."

뭔가 석연찮기는 했지만, 아직 《마담 보바리》를 읽어본 사람이 없어서인지 질문은 나오지 않았다. 그런데 다음 순간, 반 아이들이 거의 동시에 나를 쳐다보는 것이었다. 어떤 아이들은 손으로 입을 가리고 킥킥 웃기까지 했다. '우리 반에서 소설책을 가장 많이 읽는 아이가 바로 너잖아' 하는 눈짓이었다. 그래서 나는 무슨 죄라도 지은 사람처럼 얼굴이 빨개져서 고개를 숙이고 있어야만 했다.

자연히 《마담 보바리》는 '마녀의 책'이 되어 우리 반의 금서가 되었다. 이름 있는 모범생은 아니었지만, 그렇다고 모범생 대열에서 이탈할 용기도 없던 나는 고등학교를 졸업할 때까지 《마담 보바리》를 읽지 못했다.

대학생이 되어 드디어 《마담 보바리》의 첫 장을 열었다. 그리고 고등학교 때 생물 선생님이 보바리 부인의 신세를 망쳤다고 주장했던 내용의 정체를 찾을 수 있었다.

시골 농부의 딸로 태어난 엠마는 어려서 어머니가 죽고 홀아버지 밑에서 자란다. 열세 살이 되자 아버지는 딸의 교육을 위해 그녀를 루앙의 수녀원으로 보낸다.

수녀원에는 매달 찾아와서 속옷이나 시트를 손질해주는 노처녀가 있었다. 그녀는 언제나 앞치마 호주머니 속에 소설책을 숨겨 가지고 들어와서는 소녀들에게 몰래 빌려주곤 했다. 그 내용은 한결같이 사랑하는 남녀의 낭만적 연애담이었다. 어두운 숲 속에서의 밀회, 눈물과 키스, 멋진 의상을 입고 물동이 같은 눈물을 펑펑 쏟을 수 있는 신사들…… 엠마가 몸을 떨면서 삽화를 보호하는 얇은 종이를 입김으로 불어보면 종이는 반으로 꺾이면서 쳐들렸다가 다시 살며시 페이지

위로 내려앉으며 발코니 난간에서 짧은 망토를 입은 청년이 여인을 품 안에 꼭 껴안고 있는 그림이 보였다……. 그녀는 소설책에 나오는 귀부인처럼 해묵은 정원에서 긴 드레스를 입고 들판 저 끝에서 흰 깃털로 장식한 기사가 검정 말을 타고 달려오는 것을 바라보는 자신을 상상하곤 했다.

검정 수녀복을 입고 매일 기독교 계율을 암송하던 사춘기 소녀 엠마는 그렇게 세탁부가 빌려주는 비현실적 연애를 다룬 싸구려 소설에 빠진다. 그래서 지금 여기가 아닌 다른 곳에서 화려한 귀부인이 되어 몽환적 사랑에 빠지는 여자의 삶을 꿈꾸었다. 요즘 식으로 말하면 싸구려 대중문화의 세례를 받고는 허영에 들뜬 삶을 꿈꾸게 된 것이다.

스무 살이 가까워 집으로 돌아온 엠마는 시골 농장에서는 인생에 대해 더 이상 배울 것도, 느낄 것도 없다고 생각하며 하루하루를 보낸다. 그러던 어느 비 오는 날, 다리를 다친 아버지를 치료하러 의사 보바리가 농장을 방문하고, 어딘가로 떠나고 싶었던 스무 살 처녀 엠마는 상처한 홀아비 보바리의 청혼을 받고 결혼하여 농장을 떠난다.

"내가 이 집을 소설 속에 나오는 집처럼 바꿀 거예요. 모두가 부러워하는 아름다운 집으로 꾸밀 거예요."

첫날밤을 지낸 후 가구도 없고 벽지에 곰팡이가 슨 초라한 방을
둘러보며 엠마는 남편에게 속삭인다. 멧새처럼 지저귀는 젊고 아름
다운 아내를 바라보며 중년의 보바리 씨는 행복하고 또 행복했다.

그러나 몽상적인 스무 살 여인에게 현실적이고 일밖에 모르는 남
편은 재미대가리 없는 남자로만 보였다.

그가 하는 말은 거리의 보도블록만큼이나 밋밋해서 거기에는 누구나
가질 수 있는 뻔한 생각들이 평상복 차림으로 줄지어 지나갈 뿐 감동
도, 웃음도, 몽상도 자아내지 못했다. 그는 이제까지 한 번도 극장에
가서 파리에서 온 배우들을 구경하고 싶다는 호기심을 가져본 적이
없었다고 스스로 말하곤 했다. 그는 수영도 모르고, 승마도 모르고,
검술도 모르고, 권총도 쏠 줄 몰라서 어느 날 그녀가 소설을 읽다가
마주친 승마 용어의 뜻을 설명하지도 못했다.

남자란 모름지기 화려한 외모와 재산은 물론 모르는 것이 없고,
여러 가지 재주에 능하고, 정열과 위력, 세련된 언어, 온갖 신비로
움으로 여자를 인도해주는 로망스 속 주인공 같아야 한다고 믿는
엠마에게 남편은 지루함 자체였다. 더구나 그녀가 행복하다고 철썩

같이 믿고 있는 남편. 흔들림 없는 평온과 그 태연한 둔감함. 그가 안겨주고 있는 행복 자체에 대해 엠마는 남편을 원망했다. 그녀는 잔디 위에 앉아 양산대로 풀밭을 콕콕 찌르면서 뇌까렸다.

"맙소사, 내가 어쩌자고 결혼을 한 것일까?"

엠마는 지금의 현실이 자신이 그려온 행복한 인생이 아니라고 절망한다. 그래서 반짝이는 까만 눈동자를 깜박이며 자신이 꿈꾸던 다른 삶으로 옮겨가기 위해, 그러니까 행복해지기 위해 발버둥을 친다. 파리 지도를 사서 손가락으로 짚어가며 지명을 발음해보고, 패션 잡지를 구독해 새로 나온 최신 의상들을 황홀하게 바라본다. 그리고 도서 대여점에서 빌린 싸구려 연애소설을 읽으며 소설의 주인공이 된 자신을 상상했다.

이런 그녀의 눈에 한 남자가 들어온다. 공증인 사무소 서기인 스물두 살의 레옹이다. 그녀와 레옹은 엠마의 집 다락방에서 아직은 정숙한 밀회를 즐기지만, 이를 눈치챈 레옹의 어머니가 아들의 장래를 걱정해 그를 파리로 보낸다.

레옹이 떠나고 절망에 빠져 있을 때, 남편에게 치료받은 적 있는 후작이 보바리 부부를 파티에 초대한다. 새 드레스를 맞춰 입고 난생처음 참석한 파티에서 그녀의 아름다운 미모에 반한 귀족 남자들이 춤을 청하고, 그녀는 동화 속 '빨간 구두 소녀'처럼 춤을 춘다. 파티에서의 추억은 그녀의 작은 머릿속에 다른 곳, 다른 삶, 다른 남자를 꿈꿀 권리가 있다는 환상을 심어준다.

이런 그녀에게 부유한 농장주이자 플레이보이인 서른 살의 루돌프가 접근한다.

"당신의 얼굴은 용빌에서 썩을 얼굴이 아니군요."

남자의 달콤한 유혹에 엠마는 황홀해하며 기꺼이 투항한다. 남편이 빚을 내가며 사준 말을 타고 루돌프와 밀회를 즐기고 돌아온 엠마는 거울 앞에서 자신의 눈이 그렇게 크고, 그렇게 검고, 그렇게 신비하게 생겼다는 것을 처음 발견하곤 놀란다. 피곤한 남편이 잠들어 있는 새벽에 일어나 몰래 문을 열고 루돌프의 저택으로 달려가는 엠마 보바리.

불륜이 과감해지면서 돈 씀씀이도 커졌다. 그때까지 그녀는 생활의 쓴맛을 덜어보려고 새 옷, 새 커튼, 새 안락의자, 새 카펫에 돈을 쓰는 여자였다. 그러나 루돌프를 만나고부터는 남자와의 사랑을 지속하기 위해 돈을 쓰는 여자가 되었다. 그녀는 사랑을 붙잡기 위해 사치스러운 의상과 보석을 장만하고, 그에게 바칠 선물을 사느라 고리대금업자에게 큰 빚을 지기까지 한다.

엠마가 루돌프에게 빠질수록 루돌프는 엠마를 멀리한다. 그리고

두 사람이 여행을 떠나기로 한 날, 루돌프는 혼자서 어디론가 사라져버린다. 절망한 엠마 앞에 3년 전에 헤어진 레옹이 나타나자 그녀는 젊은 그에게 매달린다. 레옹과의 밀회에서는 엠마가 모든 것을 부담했기에 그녀의 빚은 더욱 늘어갔다.

사랑이라는 환상에 모든 것을 건 여인은 감당할 수 없는 빚더미에 허덕이게 되었고, 마음이 급해진 엠마는 자기를 흠모하던 남자들에게 도움을 청해보지만 차가운 거절만 돌아온다. 그때서야 엠마는 남자들이 원한 것은 사랑이 아니라 그녀의 육체였다는 것을 처절하게 깨닫는다. 게다가 시골 소도시에서 여인의 불륜은 감출 수 없는 비밀이었고, 집과 병원이 압류되자 이제는 더 이상 남편을 속일 수도 없게 되었다. 생의 절벽으로 내몰린 여인은 어쩔 수 없이 자살을 선택한다. 독극물을 먹고 죽어가면서 그녀는 남편의 품에 안겨 꿈꾸듯이 중얼거린다.

"당신은 빗속에서 나에게 걸어왔죠. 아주 멀리서……."

이 소설은 우리에게 두 가지 층위의 이야기를 들려준다. 하나는 엠마 보바리의 부도덕한 연애 그리고 쇼핑 중독과 빚으로 가정이 파멸되는 사건에 대한 표피적 이야기이다. 이런 층위의 이야기만 보면 이 작품은 부도덕하고 음란한 간통 소설일 뿐이다. 건전한 사회 구현을 표방하던 당시의 프랑스 검찰이 주목한 것은 바로 이 층위의 이야기이다.

다른 하나는 인간의 운명을 형성하는 원인과 과정에 대한 심층적 이야기로 독서를 주목하고 있다. 젊고 아름다운 여자 엠마가 감수성 충만한 소녀 시절에 싸구려 연애소설에 빠져 몽상과 공상을 일삼고 비현실적 성격을 갖게 되는 과정에 대한 탐구이다. 그리고 엠마 보바리의 성격과 가치관으로 인해 그녀의 삶과 운명이 어떻게 결정되는지에 관한 보고서이기도 하다.

이전의 소설들이 개인의 운명을 그저 개인의 속성으로 치부한 데 반해, 《마담 보바리》는 교육이나 사회라는 제도의 질서 속에서 파악하려 시도했다는 점도 새롭다. 사랑과 결혼 같은 지극히 개인적 사건을 사회학적 시선으로 보기 시작한 점이 "새로운 시대를 열어젖힌 혁명적 문학작품"이라는 찬사를 가능하게 한다.

문학과 예술의 사회적 책임을 생각하다 보니, 요즘 우리나라 텔레비전 드라마들이 떠오른다. 매일 밤 안방으로 찾아오는 텔레비전 드라마들은 1850년대 엠마가 처녀 시절에 즐겨 보던 로망스를 무척이나 닮았다. 하나같이 화려한 회장님의 고급 저택을 비춰준다. 그 속에는 작중인물의 나이보다 스무 살쯤 어려 보이는 얼굴에 화려한 의상을 걸치고 허구한 날 쇼핑만 하는 사모님이 등장하고, 출생의 비밀을 가진 잘생긴 외모의 까칠한 자식들이 등장한다. 그들이 고군분투하는 것은 환락과 부와 재산을 차지하기 위한 술수와 사랑 빼앗기 놀음뿐이다.

이런 드라마를 보면서 사람들은 어떤 꿈을 꿀까? 드라마가 끝나고 눈에 들어오는 자신의 집은 어떻게 보일까? 고급 가구로 치장하지 못한 거실을 돌아보는 기분이 어떨까? 대기업 회장이 아닌 남편은 얼마나 초라해 보일까? 엠마 보바리가 남편에게 실망하던 그런 기분이 들 것이다. 그리고 마담 보바리처럼 금전만능의 세례를 받고 병들어 갈 것이다. 그러나 이런 현상은 좀처럼 고쳐질 기미가 보이지 않는다.

경제적 원리로 운영되는 방송국들은 사명감보다 시청률을 중요시 하고, 잘나간다는 작가 군단에서 도제식으로 자란 글쟁이식 자가들은 철학의 빈곤으로 국화빵 같은 막장 드라마를 찍어내며 그것이 문학이고 예술이라 한다. 그리고 허구헌날 그런 작품만 보고 살아온 시청자들은 그 이상의 세계를 상상하지 못한다.

사랑의
역사

지금은 사랑에 대한 가치 혁명이 필요한 시대이다. 누가 그 혁명에 불을 붙일 것인가.

만약 엠마가 수도원에서 지낸 사춘기 시절에 더 다양한 사랑 이야기를 읽을 수 있었다면, 만약 엠마가《제인 에어》《폭풍의 언덕》《춘향전》《로미오와 줄리엣》《인형의 집》《오만과 편견》《닥터 지바고》를 읽을 수 있었다면, 그래서 세상에는 다양한 남자가 있고 다양한 사랑이 존재하며 다양한 삶이 있다는 것을 알았다면, 그래서 현실에 좀 더 일찍 눈을 떴더라면, 그래서 어제보다 오늘을 생각하고, 먼 곳의 사람보다 내 곁의 사람을 생각하고, 내게 없는 것보다 있는 것을 더 사랑할 줄 아는 여인이 되었다면……. 아쉬운 가정이 줄줄이 뒤따르는 엠마 보바리의 삶이다.

《마담 보바리》의 작가 플로베르가 지금 우리에게 묻는다. 당신의 꿈은 무엇인가? 당신의 꿈은 어떻게 형성되었는가? 당신의 꿈은 안녕한가? 이제는 우리가 작가에게 대답할 차례이다.

part 6

사랑과 결혼

–

사랑이 결혼에게

행복을

묻다

사랑이

결혼에게

행복을

묻다

사랑은 홀로 선 둘이 만나는 것

제임스 설터의 《가벼운 나날》

'둘이서 만나는 게 아니라
홀로 선 둘이서 만나는 것이다'

서정윤 시인의 〈홀로서기〉 첫 연을 읽노라면 결혼에 대한 서늘한
진실 하나를 발견하게 된다. 우리가 결혼의 시금석처럼 믿고 있는

'결혼은 둘이서 만나 하나가 되는 것'이라는 달콤한 환상에 딴지를 걸고 있기 때문이다.

사랑이나 결혼에서 오래오래 행복하려면 홀로 설 수 있어야 한다. 《어린 왕자》의 작가 생텍쥐페리도 "사랑은 마주 보는 것이 아니라 같은 방향을 바라보는 것"이라고 충고했다. 홀로 설 수 있을 때 우리는 다른 사람을 도피 수단으로 생각하지 않고 대등한 위치에서 사랑할 수 있다. 외로움은 고통스럽지만, 고독은 평화롭다. 외로움은 다른 사람에게 필사적으로 매달리게 하지만, 고독은 홀로 서서 다른 사람의 존재를 인정하고 존중한다. 고독을 다스리지 못하는 사람, 홀로 서지 못하는 사람은 기초가 부실한 건물과 같다. 외양은 화려하지만 기초가 부실해서 자체의 하중을 견디지 못하고 와르르 무너져내린 1995년의 삼풍백화점처럼. 그러나 우리는 고독을 다스리는 어떤 문법도 배운 적이 없다.

홀로 서지 못하는 사람들의 결혼과 사랑을 확대경으로 들여다보듯 날카롭게 분석한 작품이 있다. 미국 소설가 제임스 설터James Salter가 1975년에 발표한 《가벼운 나날》이다. 작가 설터는 이 소설을 발표하면서 〈파리스 리뷰Paris Review〉와의 인터뷰에서 말한다.

"이 책은 결혼 생활의 마모된 비석들이다. 그 안에 있는 모든 아름다운 것들과 아름답지 않은 것들, 결혼 생활을 풍요롭게 하고 시들게 하는 모든 것에 관한 이야기이다. 결혼은 수년, 수십 년씩 계속되지만 결국에는 기차 창밖으로 스쳐 지나가는 풍경과 비슷하다. 평원이 있고, 늘어선 나무들이 있고, 저물녘 창에 불 켜진 집들이 있고, 어두워진 마을과 기차역이 빠르게 지나간다.

잊히지 않는 순간들, 사람들, 장면들만 남을 뿐이다. 기르던 동물은 죽고, 집은 팔리고, 아이들은 자라서 떠나고, 부부마저 사라진다. 하지만 그 속에 그들의 시와 이야기가 있다."

허드슨 강이 내려다보이는 뉴욕 근교의 빅토리아식 전원주택에서 다소 호화롭게 살아가는 젊은 부부가 있다. 남편 비리는 서른 살의 청년 건축가. 그는 건강하고 잘생긴 데다 다정한 남편에 좋은 아빠다. 친구들과 잘 지내고, 맞춤 와이셔츠만 입고, 주말이면 부부 동반으로 영화관과 음악회에 간다.

가끔 우울할 때도 있다. 명함을 받은 사람이 "건축가시군요. 어떤 건물을 지었나요?" 하고 물어볼 때다. 그러면 "아직요" 하면서 약간의 비애를 느낀다. 그는 손가락으로 유명한 건물을 가리키며 저것이 내가 지은 건물이라고 말하고 싶다. 그는 훌륭한 건축가보다 유명한 건축가를 꿈꾼다. 그러나 그뿐, 그의 일상은 꽃과 와인이 있는 식탁과 파티와 담소로 가득 찬 유람선 같다.

아내 네드라는 지나가는 사람들을 뒤돌아보게 만드는 아름답고 우아한 여자이다. 그녀는 모임에서 분위기를 띄우는 멋진 멘트를 할 줄 알고, 환한 웃음을 지을 줄 알고, 입에선 민트 향 냄새가 난다. 그녀의 관심은 식사와 침대 시트와 옷뿐. 그녀는 매일 뉴욕으로 나가 맨해튼 단골 백화점에서 쇼핑을 하고, 점심을 먹고, 남편의 사무실에 들르고, 저녁 파티를 계획하고, 미소 지으며 뉴욕 거리를 천천히 걷는다. 집 안에는 음악을 차양처럼 드리우고, 두 딸을 과도하게 사랑하며, 저녁 식사에 친구들을 초대해 촛불을 밝힌다. 그리고 푹신한 소파와 쿠션에 파묻혀 자정이 되도록 이야기로 시간을 채운다.

그들의 파티는 이야기가 넘쳐흐르지만 정치, 사회, 역사, 인생 같은 화제는 없다. 오직 영화배우, 패션쇼, 잡지, 전람회…… 이야기뿐, 어디 가면 맛있는 음식이 있고, 어디 가면 좋은 물건을 살 수 있는지에 대한 것들 뿐이다.

비리와 네드라는 날마다 아름답고 따뜻한 가정에서 눈뜨고 잠들었다. 그들의 삶은 1970년대 미국의 안정된 가정, 단란한 가족의 표상이었다. 협정의 당사자가 된 남편과 아내는 행복한 부부라는 배역에 충실했다. 이것이 남들에게 보이는 그들의 삶이다.

그들에겐 또 하나의 삶이 있다. 가려져 남에게는 보이지 않는 삶. 그들은 미래에 대한 상상력이 부족하고, 삶의 문제를 진지하게 생각하지 않고, 다시 한 번 살 수 있을 것처럼 인생을 가볍게 살았다. 목적 없이 흘러가는 그들의 인생은 이미 20대 중반부터 늙어가고 있었다. 안락한 생활로 인해 일찍 찾아온 권태, 스물여덟 살의 아내와 서른 살의 남편은 변화를 갈망했다.

결혼을 했다. 절박하고 견딜 수 없던 사랑은 어디 가고 이제 덤덤한 여자만 옆에 있었다. 예전의 그녀는 탈출해서 어디로 간 것일까?

비리에게 네드라는 더 이상 욕망을 자극하는 이성이 아니었다. 그래서 비리는 새로 뽑은 여비서 카야 다우로의 지적 매력을 원했다. 그는 일주일에 한두 번 그녀의 아파트로 간다. 그리고 그때마다 "늦게까지 일했다"고 아내에게 말하면서 '뭐, 어떻게 되겠지' 하고 생각한다. 비리의 삶은 그렇게 서서히 둘로 나뉘어갔다.

네드라는 정오가 되면 옆집의 독신남 지반의 집으로 간다. 일주일에 두세 번 그의 침대에서 한가롭게 낮잠을 자고 섹스를 한다. 그 일로 특별한 부끄러움 같은 건 없다. 자유로움이라고 생각했다. 그녀는 열일곱 살에 시골구석의 가난한 부모에게서 무작정 뛰쳐나와 뉴욕으

비리와 네드라는 날마다 아름답고 따듯한 가정에서 눈뜨고 잠들었다. 그들의 삶은 안정된 가정, 단란한 가족의 표상이었다. 협정의 당사자가 된 남편과 아내는 행복한 부부라는 배역에 충실했다. 이것이 남들에게 보이는 그들의 삶이다.

그들에겐 또 하나의 삶이 있다. 가려져 남에게는 보이지 않는 삶. 그들은 미래에 대한 상상력이 부족하고, 삶의 문제를 진지하게 생각하지 않았다. 목적 없이 흘러가는 그들의 인생은 이미 20대 중반부터 늙어가고 있었다.

로 왔던 것처럼 다시 어디론가 탈출하고 싶었다. 외모의 아름다움을 가꾸는 일에는 열심이었지만, 정신을 가꾸는 일 같은 건 사소하게 여겼다. 소비는 행복, 과잉은 발전, 방황은 자유라고 믿었다.

"있죠, 나 이혼을 생각하고 있어요."
그녀가 말했다.
"비리는 너무 좋은 아빠예요. 아이들을 너무 사랑하는데, 그게 내 생각을 막진 못해요. 정말 우울한 건 이혼이 주는 절대적 낙관주의예요. 저녁이 되면 화려한 방에 들어가 짐을 풀고 혼자서 목욕을 하는 거죠. 그러곤 아래층에 내려가서 저녁을 먹는 거예요. 잠을 자고 아침이 되면 〈런던 타임스〉를 읽고…… 방 번호가 찍힌 연필을 갖고…… 아무 걱정 없이 호텔 방값을 낼 수 있으면 좋겠어요. 새 옷을 전부 사고요."

결혼 생활은 평온하고 안락한 상태가 가장 위태롭다는 말이 있다. 가까이에서 살펴보면 미세한 균열과 붕괴 조짐이 보이지만, 평온 속에서는 아무도 균열을 눈치채지 못하는 법이니까.

그들은 물 위의 거품처럼 일렁이는 삶의 권태를 이겨보려고 유럽 여행을 떠난다. 그러나 여행도 그들에게 답을 주지 못했다. 여행지

사랑의
역사

에서 네드라가 남편에게 말한다.

"비리, 난 이전의 삶으로 돌아가고 싶지 않아. 진실하게 살면서 행복하고 너그러운 삶이 충실하지만 불행한 삶보다 낫지 않아?"

그들은 관청에 서류를 제출하고, 이혼을 기다렸다. 그리고 이혼 결정이 나던 날, 네드라는 자동차를 타고 집을 떠났다.

비리는 아내가 돌아오기를 기다렸지만 그녀는 돌아오지 않았다. 그는 집을 팔아 그녀에게 반을 보냈다. 하지만 그녀는 1년 후 1만 달러만 빌려달라는 편지를 런던에서 보낸다. 그리고 돈이 떨어지자 미국으로 돌아와 창고를 개조한 곳에서 웅크리고 살다가 마흔일곱 살에 병들어 죽는다.

"프랑카, 너를 얼마나 사랑했는지."

네드라는 죽어가면서 딸에게 말했다.

"모든 사랑 중에 최고의 사랑이었어. 사람을 취하게 하는 화려한 사랑, 그 사랑은 사랑이 아니었어. 그건 환상일 뿐이야."

우아하고 화려하던 여자의 삶은 그렇게 막을 내린다.

'결혼 생활의 마모된 비석들로 가득한 공동묘지 같은' 비리와 네드라의 결혼 생활은 이렇게 끝난다. 모든 것을 가졌지만 아무것도 갖지 못한 부부. 20대에 이미 늙어버린 청춘, 더듬이를 상실한 인간. 그들에게는 매일매일의 물질적 삶은 있었지만 정신적 인생은 없었다. 그들은 벽돌 하나하나는 가지고 있었지만 그것들을 쌓아 집을 짓지는 않았다. 남의 집을 지어주는 건축가 비리는 자신을 위한 영혼이 깃든 집은 끝내 짓지 못했다.

마지막에 그들은 아이들에게 수없이 읽어주던 동화 속에 나오는 '세 가지 소원'을 다 쓴 가난한 나무꾼 부부처럼 후회했고, 아이들이 아주 행복한 가정에서 자라길 바랐지만 그를 위해 어떤 필사적 노력도 하지 않은 자신들을 후회했다. 그러나 그들의 후회는 눈물 속에서 녹아 흘러내렸을 뿐 어떤 결과도 만들어내지 못했다.

니체의 《짜라투스트라는 이렇게 말했다》에는 결혼을 끝낸 한 여자가 등장하여 말한다. "나는 결혼을 결딴냈어요. 하지만 결혼이 먼저 나를 결딴냈어요"라고. 비리와 네드라의 결혼이 결딴나기 전에 먼저 결딴난 것은 결혼 속에 있던 두 사람이었다.

작가들은 왜 이렇게 실패한 인생을 보여주는 것일까? 톨스토이는 왜 《안나 카레니나》를 썼고, 플로베르는 왜 《마담 보바리》를 쓰고, 피츠제럴드는 왜 《위대한 개츠비》의 실패한 사랑과 인생을 썼을까? 작가들은 실패하지 않을 독자들의 삶을 상상하며 실패한 인생을 쓴다. 어떤 작가도 실패할 독자를 상상하며 실패한 인생을 쓰지는 않는다.

사랑의
역사

그러나 21세기 우리나라에서는 이상한 현상이 전개되고 있다. 국영 방송이나 상업 방송을 막론하고 물질문명에 휘둘려 중심을 잃고 부유하는 가정을 경쟁이나 하듯 보여주고, 시청자들은 작품 속에 내재된 비판 의식이나 철학보다는 드라마에 나온 가방, 옷, 시계, 소파, 식탁, 커튼 같은 물건에만 눈독을 들여 그것들이 불티나게 팔려 나간다.

작가는 꽃을 보냈는데, 독자는 돌멩이를 받은 것이다. 왜 이런 일이 일어나는 것일까? 작가는 독자들의 수준을 탓하고, 독자들은 작가들의 안이하고 비정상적인 사고를 욕하고, 방송국의 시청률 경쟁을 탓한다. 그러나 분명한 것은 문학작품이나 드라마에서 삶에 필요한 유용한 양식으로서의 철학보다 삶의 겉모양만 모방하려는 태도는 지양되어야 한다는 사실이다. 철학을 보지 못한 독자는 작품을 통해 성장하지 못하고, 작품을 통해 실패한 인생의 복사본으로 추락한다.

사람은 누구나 원본으로 태어난다. 그러나 자신이 자기의 주인임을 포기하고 타인의 삶을 모방할 때 그는 복사본이 된다. 비리와 네드라가 물질문명을 숭상하고, 화보 속 삶과 영화 속 삶을 열심히 모방하며 그들의 복사본이 되었던 것처럼.

복사본은 목표가 없다. 물 위에 거품처럼 부유하며 복사할 새로운 대상을 찾을 뿐이다. 복사본이 남긴 이야기는 신문 기사처럼 흔하디흔한 이야기일 뿐 가슴을 울리는 감동이 없다.

삶이란 의미를 찾는 순간에만 의미를 갖는다. 그러지 않은 순간에는 있던 의미마저 사라진다. 자신의 삶에 의미를 부여하지 못하면 삶은 한없이 천박해질 준비를 한다.

세월이 지나면 살던 집은 허물어지고, 아이들은 자라서 떠나고, 부부는 죽고 이야기만 남는다. 우리의 사랑과 결혼은 어떤 이야기로 남을 것인가. 흔하디 흔한 복사본이 아닌, 아름답고 개성 있는 원본의 이야기로 남고 싶다.

사랑의
역사

가난이 세상에게 행복을 묻다

가브리엘 루아의 《싸구려 행복》

가난하다고 해서 사랑을 모르겠는가
내 볼에 와 닿던 네 입술의 뜨거움
    …
가난하다고 해서 왜 모르겠는가
가난하기 때문에 이것들을
이 모든 것들을 버려야 한다는 것을.
　　－신경림, 〈가난한 사랑 노래〉 중에서

　가난해서 사랑을 포기해본 경험이 없을지라도 이 시를 읽으
면 가슴이 아려온다. 누구나 어떤 이유로든 일생에 한 번쯤은
사랑을 포기해본 경험이 있을 것이다. 이유야 천만 가지쯤 되겠
지. 우리는 사랑을 포기할 수밖에 없는 상황에 놓였고, 눈물을
흘리면서 돌아섰다.

OECD는 '한국인의 행복지수가 33개 회원국 중 30위'라고 발표했다. 세계 10대 경제대국인 한국의 위상과는 어울리지 않는 순위이다. OECD는 그 1차적인 원인은 '과거의 경제성장 과정에서 정부가 재벌에 집중 투자함으로써 사회의 부가 일부 계층에 쏠리며 양극화가 형성된 것이며, 2차적으로 사회적 갑이 된 부유층이 자신들의 부를 개인 소유로 인식하고, 사회에 환원하지 않고 자식에게 환원하면서 부의 쏠림현상이 점점 더 심각해졌기 때문'이라고 분석했다.

인간이 행복해지려면 삶이 어느 정도의 모양새를 갖추어야 한다. 그런데 삶의 모양새를 갖추지 못한 가난한 사회적 '을'의 숫자가 33개 회원국 중 네 번째로 많으니 행복지수가 낮을 수밖에. 국민소득이라는 것이 재벌의 소득과 가난한 사람의 소득을 다 합쳐 평균 낸 숫자이니, 그것은 정치가들의 숫자놀음일 뿐 정작 평범한 사람의 피부에는 와 닿지 않는다. 이것이 우리가 지금 행복하지 못한 이유이다.

가난과 행복의 문제를 구체적이며 현실적으로 다룬 뛰어난 현대소설이 있다. 캐나다 작가 가브리엘 루아Gabrielle Roy가 1945년에 발표한 《싸구려 행복》이다.

경제 위기와 제2차 세계대전으로 뒤숭숭한 캐나다의 소도시 생탕리의 싸구려 식당 '15센트'. 이 식당의 웨이트리스 플로랑틴은 열아홉 살의 예쁘장한 말라깽이 아가씨이다. 그녀는 찢어지게 가난한 집의 장녀로 월급은 몽땅 가족의 생활비로 들어간다. 1년짜리 비정규직을 전전하는 아버지, 인내심 하나로 살림을 꾸려나가는 어머니, 열 명의 동생들이 그녀의 쥐꼬리만 한 월급과 공공 보조금에 매달려 살아가고 있다. 그녀는 손님이 주는 팁을 모아 입술연지와 종아리가 투명하게 비치는 비단 양말을 샀지만 특별한 날을 위해 아껴두고 있다.

장차 사랑과 결혼이 이 지긋지긋한 가난을 벗어나게 해줄 것이라는 막연한 기대감으로 살아가는 플로랑틴. 그런데 요즘 식당에 오는 장 레베스크라는 기계공 청년에게 마음이 끌린다. 그가 처음 식당에 나타났을 때 그녀는 단박에 눈독을 들이고 잽싸게 주문을 받으러 갔다. 그는 그곳에 오는 다른 노동자들과 달리 영국제 고급 양복에 고급 시계를 차고 책을 읽고 있었다. 그런 장이 그녀에게 예쁘다고 하며 함께 공연을 보러 가지 않겠느냐고 말했을 때 플로랑틴은 감격했다. 그래서 퇴근하자마자 아껴둔 비단 양말을 신고 입술연지를 바르고는 극장 앞으로 달려갔다. 하지만 남자는 나오지 않았다.

'상류사회 진입과 성공'을 절대 목표로 삼고 있는 장 레베스크는 대수롭지 않게 식당 웨이트리스에게 그냥 한번 던져본 말이었다. 그는 퇴근 후에 자취방에서 공부하다가 뒤늦게 그 말이 생각나서 약속 장소가 보이는 골목에 숨어 극장 앞을 서성거리는 그녀를 보며 생각한다.

  '그녀를 데리고 다니면 창피하지 않을까? 그녀는 서푼짜리 연애 소설에 심취해 빈약한 감정의 불꽃을 사랑이라 착각하며 애태우는 그렇고 그런 아가씨일 거야. 내가 알게 뭐야.'

  장은 플로랑틴의 얼굴이 떠오르면 그녀의 가난 냄새가 폴폴 나는 옷차림과 서푼짜리 싸구려 대화를 기억하려고 애쓰면서 주문을 설듯 자신을 타일렀다.

  "난 가난뱅이로 살려고 태어난 게 아니야!"

  고아로 자란 장은 상류사회로 진입해야 했으며, 성공해야 했다. 그래서 누구보다 열심히 일했고, 밤이면 라디오 앞에서 통신 강의를 들었다. 그리고 동료들과 달라 보이기 위해 고급 옷을 입고 고급 시계를 차고 상류사회 사람들처럼 우아하게 미소 지었다. 그런데 밤이면 예쁘장한 플로랑틴의 얼굴이 눈앞에서 아른거려 괴로웠다.

  장 레베스크에게 빠져버린 플로랑틴. 그녀는 순진한 대부분의 아가씨가 그렇듯 남자와 육체적으로 가까워지면 그를 놓치지 않을지도 모른다고 생각했다. 그래서 그를 꾀어 덜컥 임신을 해버린다. 그러나 가난한 집 딸과 결혼해 인생을 망치고 싶지 않은 장은 자취를 감춰버린다.

매일 눈이 빠지게 기다리던 플로랑틴이 장의 자취방을 찾아갔을 때, 그녀가 알게 된 것은 애인이 주소도 남기지 않고 이사를 가버렸다는 사실이다. 그녀는 울면서 중얼거린다.

"장에게 복수할 거야. 정말로 근사한 여자가 되어 언젠가 우연히 마주치는 날, 나를 버린 것을 땅을 치고 후회하게 만들 거야."

그러나 당장 시급한 것은 몇 개월 후면 아이를 낳아야 한다는 사실이다. 아무에게도 말할 수 없는 그 비밀 때문에 플로랑틴은 다른 남자를 찾아야 했다. 그때 그녀 앞에 한 남자가 나타난다. 언젠가 장과 함께 '15센트'에 들른 장의 중학교 친구라는 에마뉘엘이다.

군에 입대한 그는 열흘 후 유럽의 전쟁터로 떠난다며 작별 파티에 그녀를 초대한다. 에마뉘엘의 부모는 플로랑틴이 자기 집의 파출부로 일하던 로즈 안나의 딸이라는 사실을 알고는 노골적으로 싫어한다. 그러나 전쟁터로 떠나는 에마뉘엘은 플로랑틴에게 청혼하고 둘은 결혼식을 올린다.

결혼식 날 아침에야 딸이 임신한 사실을 눈치챈 어머니는 웨딩드

레스를 입고 있는 딸에게 충고한다.

"결혼은 중대한 일이다. 이것이 옳은 일인지 다시 생각해보자."

그러나 플로랑틴은 냉정하게 대답한다.

"내 일에 참견하지 마세요. 난 엄마처럼 구질구질하게 살지 않을 거예요."

결혼식 며칠 후, 에마뉘엘은 전선으로 떠난다. 남편을 배웅하고 돌아오던 플로랑틴은 에마뉘엘이 주고 간 군인 월급 통장과 저금통장이 들어 있는 핸드백을 연다.

그녀의 작고 실용적인 뇌는 이미 바쁘게 돌아가고 있었다. 오만 가지 계획이 떠올랐고, 새로운 생각들이 그녀를 기분 좋게 위로해주었다. 앞으로 나올 에마뉘엘의 월급과 그의 통장에 들어 있는 금액을 합치면 이제 떵떵거리고 살 수 있게 되었다. 감히 말하자면 장 레베스크에게 혹하던 어리석은 나날을 잊고 싶었다. 그렇지만 남편이 목숨을 내놓은 대가를 자신이 챙기게 된다고 생각하니 뭔가 꺼림칙하긴 했다. 이런 생각을 하기 싫어서 그녀는 다시 계산에 몰두했다. '나는 부자야. 이걸 살까, 저걸 살까' 생각하면서 앞으로 임신으로 달라질 그녀의 몸을 에마뉘엘이 볼 수 없는 것에 우선 안심했다.

　가난한 아가씨 플로랑틴. 그녀는 그렇게 순수를 잃고 속물이 되어 싸구려 행복을 얻는다. 장의 아기를 가지고 에마뉘엘에게 가서 세상을 속이려는 그녀는 이미 싸구려이다. 그러나 누가 열아홉 살 그녀에게 순수하지 않다고 돌을 던질 수 있으랴. 자존심도 없느냐고 침을 뱉을 수 있으랴. 가난한 그녀가 아기를 낳고 키울 다른 방도가 없는데. 가난이 세상에게 행복을 묻고 있다.

　소설 속 플로랑틴이 월급 통장과 저금통장을 들고 아무리 기뻐해도 독자들은 조금도 기쁘지 않다. 걱정이 앞선다. 그녀가 몇 달 후면 아기를 낳을 것이고, 그러면 에마뉘엘의 부모는 펄펄 뛸 것이다. 그리고 에마뉘엘은 어떤 기분일까? 우리는 그녀가 끝까지 행복할 수 없을 것이라는 사실을 쉽게 예측할 수 있다. 그 행복은 유예된 행복이기 때문이다.
　그러나 열아홉 살 플로랑틴이 세상을 향해 항의하는 목소리가 들린다.

"행복해지려면 삶이 모양새를 갖추어야 해요. 비를 피할 집이 있어야 하고, 굶지 않을 양식이 있어야 하고, 무시당하지 않을 정도로 입어야 하고, 그리고 사랑에 배신당하지 않을 만큼 삶이 모양새를 갖추어야 해요. 그것이 어쩌다 얻어걸린 싸구려 행복일지라도 소중히 움켜쥐고 살아야 해요. 나는 그것을 한 것뿐이에요."

가난한 사람이 행복을 찾기 위해 발버둥 치는 모습은 1930년대의 캐나다에서나 2010년대의 대한민국에서나 놀랍게도 비슷하다. 가난, 성공, 행복, 부자, 사랑. 이런 단어들이 용광로처럼 끓어넘치는 이 작품은 요즘 방영 중인 드라마를 보는 듯한 착각을 일으킨다. 플로랑틴의 이야기는 반세기도 더 지난 옛날 이야기이면서도 2010년대 대한민국 어디에서나 목격할 수 있는 오늘의 이야기이다.

나를 잘 아는 그대,
나와 결혼해주오

페이스 볼드윈의 《오피스 와이프》

사무실 배우자란 '함께 일하면서 성관계를 하지 않고도 매우 가깝게 지내는 이성'을 의미하는 신조어이다. 2000년에 미국 직장인 69%가 사무실 배우자가 있다는 조사 결과가 나오면서 '사무실 배우자office spouse'란 신조어는 버젓이 사전에까지 올랐다. 부시 대통령과 콘돌리자 라이스 국무장관이 사무실 배우자의 대표 커플로 불리기도 했다.

2011년 8월 31일 자 조선일보 기사에 의하면 "우리나라의 기혼
남녀 320명 중 남자 56.7%, 여자 31%가 사무실 배우자를 두고 있
으며 하루 평균 70분 정도 대화한다"고 한다. 이 70분은 우리나라
부부의 평균 대화 시간 34분의 두 배가 넘는다.

이런 현상에 대해 심리학자들은 "결혼할 때는 감정적 동기, 외적
아름다움 같은 충동적 매력이 중요한 변수를 차지하지만 사무실 배
우자를 선택할 때에는 업무 능력, 인간성 같은 이성적 동기가 중요
한 변수가 되기 때문에 집에 있는 배우자보다 사무실 배우자가 이
해할 수 있는 영역이 더 넓기 때문"이라고 해석한다.

2000년대 사회의 한 가지 특징이 된 사무실 배우자는 일찍이
1930년 미국의 여성 작가 페이스 볼드윈Faith Baldwin의 소설《오피
스 와이프》에서 시작된다. 제1차 세계대전의 승리로 강대국이 된
1930년대 미국 사회를 배경으로 펼쳐지는 이 소설은 광고회사 사장
과 여비서의 사랑을 다루고 있다. 그러나 볼드윈은 사장과 여비서
의 사랑이란 그렇고 그런 싸구려 불륜쯤으로 여기던 그간의 사회적
통념 때문에 놓치고 가던 진실 하나를 정확하게 짚어낸다.

뉴욕의 파크 애버뉴 건너편 9층짜리 건물에 있는 펠로스 광고 회사. 이 회사의 사장 펠로스는 서른일곱 살의 성공한 남자이다. 잘생긴 외모, 아름다운 아내, 굉장한 재산, 능력과 덕망을 갖춘 경영자. 회사 직원들은 그의 소년같이 우렁찬 웃음소리에 충성심과 애사심이 저절로 우러난다고 말한다.

5년 동안 펠로스를 보좌하던 여비서가 사장에 대한 짝사랑을 더 이상 견딜 수 없어 히스테리 증상을 일으키며 사직한다. 그리고 회사 내에서 발탁된 스물세 살의 앤 머독이 그 자리에 앉는다. 예쁘고 생기발랄하고 따뜻한 데다 남다른 업무 능력까지 갖춘 그녀는 '결혼이란 위험한 게임'이라고 생각하며 결혼보다는 사회적 성취를 갈망하는 야심 찬 아가씨이다.

비서로 발탁한 지 얼마 안 되어 앤 머독은 펠로스 사장과 손발이 척척 맞는 파트너가 된다. 쉬는 날이나 늦은 밤까지 일하는 펠로스의 업무 스타일에 따라 비서인 앤 머독도 자연히 함께 긴 시간을 보낸다.

혹시 자네 알고 있나? 자네가 아주 풍부한 표정을 지니고 있다는 걸. 아마 자네는 포커 게임 같은 건 하지 말아야 할 거야. 자네 눈빛을 보고 있으면 그 패와 진행 상황을 단번에 눈치챌 수 있을 테니. 그리고 내가 자네의 판단에 의지하고 있는 만큼, 자네는 말하자면 내 판단의 지표가 되는 셈이지.

업무의 상당 부분을 완전히 앤에게 의지하게 된 펠로스. 그녀가 감기 때문에 출근하지 못하는 날에는 아무 일도 할 수 없을 정도로 두 사람은 굳건한 파트너가 된다.

상관과 가까이에서 오랜 시간을 함께 보내는 만큼 여비서들은 의식적이든 무의식적이든 그 상관이 이성의 기준이 된다. 그래서 젊은 남자들이 어쩔 수 없이 애송이로 보인다. 앤 머독도 그랬다. 만나는 남자 친구 테드가 어린애로 보이기 시작했다.

펠로스는 스물일곱 살 때 아름다운 여자 린다와 결혼했다. 그러나 그들에겐 공통의 관심사가 없었다. 펠로스는 사업에 투지를 불태웠고, 린다는 사업 같은 건 관심 없이 문화생활을 즐기는 교양인이었다. 이런 두 사람은 같이 하는 일도, 같이 보내는 시간도 없었다. 그렇게 10년을 살다 보니 두 사람이 공유할 수 있는 것은 육체뿐. 사랑은 의무로만 남았다. 그래서 이제는 더 이상 상대방의 행복에 아무런 영향도 주지 못하는 사이가 되었다.

"우리는 이제 평생 잘 먹고 잘 살 수 있는 충분한 돈이 있어요. 그런

데도 당신은 그 광고 회사를 계속하려는 거예요? 인생을 즐길 유일한 시간은 젊음이 있을 때 뿐이에요. 대부분의 사람은 그 기회조차 갖지 못한다고요. 우리한테는 그런 기회가 왔는데, 당신은 왜 젊음이 남아 있을 때 일을 그만둘 생각을 못 하죠? 왜 즐거운 인생을 늙을 때까지 기다려야 하죠?"

"돈 때문이 아니오. 일 자체가 주는 행복 때문이오. 이뤄나가는 성취감 말이오. 난 아무것도 안 하면 미쳐버릴 거요."

어느 날 린다는 남편에게 이혼해줄 것을 부탁한다. 취미와 추구하는 삶의 방향이 자신과 같은 펠로스의 친구 제임슨과 결혼하기 위해서라면서. 두 사람이 은밀하게 이혼 수속을 밟는 동안 삼류 신문사에서 이 사실을 알고 '아름다운 여비서가 상류층 여자의 부자 남편을 훔치다'라는 가십 기사를 내보낸다.

추문 같은 기사로 펠로스의 사회적 지위가 위태롭게 되자, 영리한 앤 머독은 사장을 보호하기 위해 남자 친구 테드와 서둘러 약혼하고 회사를 떠난다. 두 사람이 약혼을 발표하자 언론은 꼬리를 내리고 가십은 슬그머니 낭설이 되어 사라진다.

아내와 이혼하고, 앤은 약혼하고 회사를 그만두고, 펠로스 사장은 방황한다. 그러면서 자신이 얼마나 앤 머독을 사랑하고 있었는지를 깨닫게 된다. 앤이 떠난 지 6개월, 그녀가 파혼했다는 소식이 들려오자 펠로스는 바로 앤을 찾아가 청혼한다.

"아내 린다는 당신이 나를 아는 만큼 나를 알지 못했소. 당신은 내 절친한 동성 친구들에게도 가려진 내 모습까지 알고 있소. 그래서 나는 당신과 있을 때 가장할 필요가 없었소. 나를 잘 아는 그대, 나와 결혼해주오."

콩쥐나 신데렐라에게 청혼한 왕자들의 단골 멘트는 "아름다운 그대, 나와 결혼해주오"였지만, 펠로스의 멘트는 "나를 잘 아는 그대, 나와 결혼해주오"였다.

6개월 동안 자신이 펠로스를 얼마나 사랑하고 있는지 절절히 깨달은 앤은 행복한 마음으로 펠로스의 사랑을 받아들인다.

이 소설은 부자 부모도 없고 학력도 보잘것없는 비서 아가씨가 상류층 사업가와 결혼하는 1930년대식 신데렐라 스토리이다. 그러나 이 소설은 사랑을 '아름다운 외모에서 생겨나는 마술'쯤으로 생각하던 그간의 통념을 거부하고, '사랑은 이해와 신뢰에서 생겨난다'는 새로운 진실을 제시한다.

심리학자들은 "아름다운 외모에서 생겨난 사랑의 유통기한은 1~2년"라고 입을 모은다. 길게 잡아 2년이 되면 배우자의 외모보다는 정신세계가 더 중요해져서 외모는 보이지 않는다고 한다.

어떤 학자는 외모보다 목소리와 그 목소리를 타고 흘러나오는 말의 내용이 사랑을 지속하는 데 더 중요한 요소가 된다고 말하기도 한다. 공유하는 세계가 많은 앤 머독과 펠로스의 사랑, 이는 아름다운 외모에 반한 충동적인 사랑보다 더 오래 지속될 것이 틀림없다.

아내에게 돈 버는 기계로 전락해버린 남편들, 남편과 가장이라는 이유 때문에 의무만 남고 권리는 없어진 남자의 삶. 이런 현대의 남편들은 직장에서 오피스 와이프를 통해 이해와 위안이라는 손수건만 한 행복을 얻어 숨 막히는 세상을 근근이 살고 있는지도 모른다. 아내들이 직시하기 싫은 이런 불편한 진실은 그러나 우리 사회 곳곳에서 지금 일어나고 있는 현실이다.

"당신은 풀 타임 아내인가, 아니면 하프 타임 아내인가?"

나에게 딱 맞는
사람은 누구일까

산도르 마라이의 《결혼의 변화》

셀 실버스타인Shel Silverstein의 동화 중 《어디로 갔을까, 나의 한쪽은》이라는 작품이 있다. 자기 몸의 한 조각을 잃어버려 이가 빠진 동그라미는 그 잃어버린 조각을 찾아 길을 떠난다. 동그라미는 여행 중에 여러 조각들을 만나지만 어떤 건 너무 작아서, 어떤 건 너무 커서, 어떤 건 네모나서 맞질 않는다. 그러다가 마침내 이 빠진 동그라미는 자기 몸에 딱 들어맞는 조각을 만나 기뻐한다. 그러나 기쁨도 잠깐, 딱 맞는 조각을 이 빠진 부분에 맞추고 나니 답답해서 견딜 수가 없다. 그래서 이 빠진 동그라미는 찾은 조각을 그냥 남겨 두고 본래의 자기로 돌아가 길을 떠난다.

실버스타인의 동화처럼 플라톤의 《향연》에서 비롯된 '반쪽 찾기 신화'는 많은 문학작품의 모티브가 되었다. 헝가리 작가 산도르 마라이Sandor Marai의 《결혼의 변화》도 반쪽 찾기 신화를 모티브로 삼는다. 소설은 총 3장으로 구성되고, 각 장마다 다른 일인칭 화자가 등장해 자신의 결혼 생활을 고백한다.

1장은 첫 번째 아내 일롱카의 고백이다. 가난한 소시민의 딸 일롱카는 부잣집 아들 페터와 결혼해 행복한 듯 살고 있지만, 남편과의 사이에 누군가가 끼어 있는 것만 같은 불편한 느낌을 받는다. 처음에는 그 불편함이 월수입 800포린트forint인 친정과 월수입 6,500포린트인 남편의 수입에서 오는 경제적 차이, 아이스박스를 쓰던 친정과 전기냉장고를 쓰는 현재의 생활에서 오는 수준 차이인가 생각했지만, 남편은 일롱카에게 어떤 열등감도 느끼게 하지 않는 신사였다.

"당신은 왜 나와 결혼했나요?"

part 6
사랑이 결혼에게 행복을 묻다

319

어느 날, 일롱카가 묻자 남편이 말한다.

"당신이 이토록 나를 사랑할 줄 몰랐기 때문이오."

그러던 어느 날 일롱카는 남편의 지갑 속에서 길이 4cm, 너비 1cm의 보라색 끈을 발견한다. 뱀의 혀처럼 날름거리는 그 끈은 지갑 깊숙이 들어 있었다. 일롱카는 그날부터 보라색 끈의 의미를 찾기 위해 추리소설의 주인공처럼 집착한다. 그리고 어느 날 마침내 시댁에서 건강하고 아름다운 가정부 유디트가 똑같은 색의 끈에 매달린 펜던트를 목에 걸고 있는 것을 발견한다. 손으로 펜던트를 잡아채자 그 속에서 남편과 그녀의 사진이 나왔다. 가정부는 돌연 당당한 표정이 되어 팔짱을 끼고 그녀를 내려다보며 말한다. 12년 전, 그리고 나중에 또 한 번 2년 동안, 총각이던 남편이 열다섯 살의 하녀를 사랑해서 결혼하려고 몸부림쳤던 과거를.

남편의 비밀을 알고 난 일롱카는 여전히 남편을 사랑했지만, 자신의 사랑이 남편에겐 고통이라는 걸 깨닫고는 8년 동안의 결혼 생활을 청산한다. 일롱카는 사랑과 결혼에 있어서 자기 정체성이 뚜렷한 여성이었다.

2장은 남편 페터의 이야기이다. 그는 두 번째 부인인 하녀 유디트와의 결혼 생활에 대해 친구에게 고백한다. 서른두 살의 부잣집 아들이 시골에서 올라온 열다섯 살의 아름다운 하녀를 사랑했지만 결혼할 수 없어서 외국을 떠돌던 이야기를. 소시민 가정에서 자란 아름답고 교양 있는 아가씨와 결혼했지만, 그녀와의 사이에 존재하는 하녀의 잔상 때문에 거리를 좁힐 수 없었던 이야기. 첫사랑인 하녀 유디트와 재혼했지만 다시 이혼한 이야기가 펼쳐진다.

페터와 유디트는 결혼했지만 자라난 환경과 교육 수준의 차이 때문에 서로를 이해하지 못했다. 그들의 결혼은 동반자적 관계가 아니라, 한 사람이 다른 한 사람에게 경제적 편의를 제공하는 관계였다. 여자에게 남자는 돈이었고, 남자에게 여자는 기억 속에 저장된 열다섯 살의 얼굴이었다. 그러나 부의 달콤함을 맛본 여자는 만족을 모르고 점점 더 화려함을 원하다 나중에는 남자의 돈과 재산을 훔친다. 2년이 지난 후 두 사람은 이혼한다. 남자는 인간에 대한 절망으로 이혼했고, 여자는 자유로워지고 싶어 이혼했다. 페터는 친구에게 말한다.

나는 유디트가 침대 속에서도 침대 밖에서도 나를 사랑한 것이 아니라, 시중들었다는 것을 깨달았네. 하녀 시절처럼 다만 시중을 들었을 뿐이네. 그것이 바로 나에 대해 그녀가 맡은 역할이었고, 인간의 운명적 역할은 절대로 바뀔 수 없다는 것을 알았네……. 나는 그녀를

모든 결혼은 성격과 욕망과 환경이 어우러지며 만들어내는
한 편의 드라마이다. 작가는 《열정》이라는 작품에서 결혼에 대해 이렇게 정의했다.
"삶의 가장 큰 선물은 비슷한 사람을 만나는 것일세."

아주 조용히 보냈네. 보따리가 아주 컸어. 집 한 채와 많은 패물이 들어 있었네……. 그녀는 눈이 가장 아름다웠네. 지금도 이따금 그 눈이 꿈에서 보인다네.

3장은 유디트의 고백이다. 이혼한 후 동거하는 악사樂士에게 페터와 어떻게 결혼하게 되었는지, 그 결혼 생활이 얼마나 숨 막혔는지, 충분한 돈과 자유가 있는 지금이 그때보다 얼마나 더 행복한지를 구구절절 쏟아낸다.

유디트는 페터를 사랑한 것이 아니라 그가 자신을 원하기를 바랐다. 부모의 반대에 부딪혀 그가 외국으로 떠나자 밥을 먹지 않으면 상대의 마음이 돌아온다는 인디언 속설을 믿고 1년 동안 밥을 먹지 않기도 했다. 그리고 그가 돌아와서 똑똑하고 교양 있는 아가씨와 결혼해서 살고 있을 때에는 몰래 그의 지갑 속에 자신의 펜던트 끈을 잘라 깊숙이 넣어두고는 젊은 마님이 그것을 발견해주기를 기다렸다.

그러나 내 운명이 바뀌어서 그 집의 여주인이 되었을 때도 하녀 시절의 불안은 사라지지 않았어. 운명의 방향은 바뀌었지만 내 마음은 허드렛일을 하던 하녀 시절과 조금도 다름없이 불안했어……. 내 결혼 생활은 우리와는 전혀 다르게 살고, 먹고, 태어나고, 죽는 낯선 나라를 여행한 것과 같아. 하지만 나는 여기 이 호텔에서 자기와 함께 있는 것이 더 좋아. 더 편해. 자기랑 주변의 모든 것이 더 친숙하게 느껴져. 자기한테서는 친밀한 냄새가 나거든.

모든 결혼은 성격과 욕망과 환경이 어우러지면서 만들어내는 한 편의 드라마이다. 한 남자를 사랑했지만 가까이 다가갈 수 없어서 헤어진 일롱카, 결혼했지만 과거를 잊지 못해 행복할 수 없었던 페터, 가난에서 벗어나 부귀영화를 얻기 위해 남자를 이용했지만 숨이 막혀 이혼한 유디트. 작가는 이런 구성을 통해 다른 환경과 성격과 욕구를 가진 세 사람이 엮어내는 결혼 드라마를 보여주며 우리에게 딱 맞는 사랑과 결혼의 모습을 상상해 보라고 한다.

주인공들이 털어놓는 세 개의 독백과 이야기는 딱 맞는 결혼은 없다는 진실을 실감 나게 증언한다. 작가는 또 하나의 역작 《열정》에서 일흔두 살의 퇴역 장군의 입을 통해 "삶의 가장 큰 선물은 비슷한 사람을 만나는 것일세"라고 고백하게 함으로써 결혼에 대한 자신의 가치관을 피력한다.

아! 나에게 딱 맞는 사람은 누구인가? 우리의 이런 외침에 대해 버트란드 러셀Bertrand Arthur William Russell은 《결혼과 도덕에 관한

10가지 철학적 성찰》에서 대답한다. "지적으로나 정서적으로 서로 동지의식을 느끼며 취향으로 소통하는 우애 결혼이 이상적"이라고.

일롱카, 페터, 유디트가 우애 결혼을 알았더라면 그처럼 인생을 낭비하지는 않았을 것이다.

모든 사랑은 나이를 먹는다

시몬 드 보부아르의 《위기의 여자》

"왕자와 공주는 결혼해서 오래오래 행복하게 살았습니다."

수많은 전래 동화들은 이렇게 끝을 맺는다. 100년 동안 잠들었다가 키스 한 번으로 깨어난 공주와 용감한 왕자의 결혼도, 계모에게 학대받던 콩쥐와 신발 한짝을 들고 찾아온 왕자의 결혼도, 공양미 300석에 팔려간 심청과 젊은 임금의 결혼도 모두 "오래오래 행복하게 살았습니다"로 끝난다.

유년 시절에 이런 동화를 읽으며 자란 소녀들은 달콤한 결말의 꿈을 안고 결혼한다. 그러나 이런 로맨틱한 결혼은 현실에 존재하지 않는다. 현실에서는 좋았다 싫어지기도 하고, 싫어져서 헤어지기도 한다. 검은 머리 파뿌리 되도록 함께 살았다 하더라도 '행복하게'가 보장된 결혼은 극히 소수일 뿐이다. 더 나은 상황으로 갈 수 없다면 견디는 게 현명하다는 것을 아는 사람들의 서글픈 선택일 뿐이다.

프랑스 작가 시몬 드 보부아르Simone de Beauvoir가 1967년에 발표한《위기의 여자》는 전래 동화식 결혼관을 가진 여인이 굳게 믿었던 '오래오래 행복'이 깨지면서 홀로서기를 시도하는 과정을 담고 있다.

이 작품은《초대받은 여자》와 함께 보부아르가 평생을 주장해온 여성의 홀로서기를 다룬 소설이다. 보부아르가 서른다섯 살에 쓴《초대받은 여자》는 아내 있는 남자를 사랑하는 20대 여성의 입장에서, 쉰아홉 살에 쓴《위기의 여인》은 애인이 생겼다는 남편의 고백을 들은 마흔네 살 여인의 입장에서 전개된다.

작가는 세기의 지성 사르트르와 '결혼해서 오래오래 행복'을 선택하지 않고, 언제든지 헤어질 수 있는 '계약 결혼'을 선택하여 당시

사랑의
역사

사회에 파격적인 사랑과 결혼의 모습을 보여주었다. 이 작품은 그런 작가의 신념을 소설화한 것이지만, 세상 어디서나, 언제나 일어날 수 있는 보편적 이야기이기도 하다.

주인공 모니크는 남편 모리스와 22년째 행복하다고 생각하며 살고 있는 마흔네 살의 전업주부이다. 솔직하고 투명하고 침착하며 아직은 괜찮은 외모를 가지고 있다고 스스로 믿고 있는 여자. 베리만Bergman 감독의 영화를 좋아하고, 누보 로망는 안 좋아하고, 최첨단 유행은 천박하다고 여기는 여자. 그녀는 요즘 생각한다. 큰딸을 시집보내고 작은딸도 외국으로 떠났으니, 이제는 남편과 단둘이서 호젓하게 사생활을 누려야겠다고. 그런데 어느 날 늦게 들어온 남편에게서 충격적인 말을 듣는다.

"여자라도 생겼어요?"

밤늦게 들어온 남편에게 "왜 늦었느냐?"고 물었는데 반응이 없자, 웃으면서 농담으로 해본 소리에 남편이 정색을 하고 대답한다.

"그렇소, 좋아하는 여자가 생겼소."

"……그게…… 누군데요?"

"노엘리 게라르."

육감적이고 사치스러우며 유행의 첨단을 따르는 서른여덟 살의 이혼녀인 변호사 노엘리. 남편의 취향과는 너무나 거리가 먼 그녀를 떠올리며 묻는다.

"노엘리요? ……왜 그런 여자를?"

"당신이 나에게 물어주니 고맙군. 당신한테 거짓말하기는 싫으니까."

그렇게 그녀의 인생에 남편의 애인이 정체를 드러냈다.

가장 먼 추억이 가장 아름다운 법인가? 모니크는 22년의 결혼 생활을 되돌아보았다.

"영원히 나만으로 만족할 수 있을까?"

20년 전 신혼 시절에 달리는 자동차 안에서 남편이 말했다. 아니 15년 전만 해도 우리는 얼마나 서로를 사랑했던가?

"모니크, 당신이 날 배반하면 난 자살할 거야."

"모리스, 당신이 날 배반하면 난 자살할 필요도 없을 거예요. 슬픔 때문에 저절로 죽게 될 테니까."

아, 이건 뭔가 잘못된 것이다. 나의 귀여운 사람, 사랑하는 사람, 여보……. 그 미소, 그 눈길, 그 말들이 사라져버렸을 리 없다. 그것들은 영원히 내 것인데. 그동안 우리는 피부처럼 하나였고, 우리는 누구보다도 행복했는데.

현실을 믿을 수 없는 그녀는 친구들을 찾아다니며 상의한다. 친구들은 "남자들은 쉬운 쪽을 택하는 법이니까 교양과 품위를 지키면서 기다리면 돼"라고 충고했다. 모니크는 물에 빠진 사람이 지푸라기라도 잡는 심정으로 신문에서 오늘의 운세를 열심히 읽기도 하고, 필상학 전문가에게 자신과 모리스의 글씨를 보여주며 미래를 묻기도 했다. 또 정신과 의사에게 돈을 지불하고 자기 얘기를 들려주면서 해결책을 구하기도 했다. 그러나 아무 곳에서도 시원한 해결책을 얻지는 못했다.

그녀는 한 친구의 권고대로 '노엘리의 단점을 남편에게 알려 신뢰를 잃게 하는 작전'을 쓰기로 했다. 그러나 모니크가 친구들에게 얻어들은 노엘리의 단점을 들려주자 남편은 즉각 반박하고 나섰다.

"아무것도 안 하는 여자들이란 그저 사회에서 일하는 여자를 보면 못 견뎌 하는 법이지."

유행만 좇는 노엘리의 취미를 '싸구려'라고 말하자, 남편은 "그여자는 일을 많이 하니까 스트레스를 푸는 일이 필요하다"고 응수하며 비난하듯 덧붙였다.

"당신은 내 일에 관심이 없잖소?"

"당신 일은 전문적인 일이잖아요?"

"당신은 내가 대중을 위해 쓰는 의학 칼럼도 읽지 않잖소?"

그때 그녀는 자신의 실수 하나를 발견했다. 노엘리는 남편의 글을 읽는 것이다. 고개를 갸우뚱하고 육감적인 입술에 감탄 어린 미소를 지으며 자기 의견을 남편에게 늘어놓는다는 것이구나. 자신이 놓친 이삭을 주운 노엘리. 그녀는 목구멍으로 올라오는 울음을 삼켰다.

남편은 "10년 전에 싸운 뒤부터 당신을 사랑하지 않았다"고 말하며 "당신은 비록 교양은 있지만 남편과 딸들에게 독선적이었으며 타협을 모르는 에고이스트"라고 선언한다.

"거짓말 마요! 우린 행복했잖아요?"

"그건 사실이오. 당신이 나에게 가정밖에 주지 않았으니까. 내가 나의 길을 찾으려고 했을 때 당신은 온갖 수단으로 나를 막았어. 당신 방식의 인생을 나에게 강요한 거요."

모니크는 차츰 남편 눈에 비친 자신의 모습이 보이기 시작했다. 자신은 독점욕이 강하고 독선적이며 남편과 딸들의 독립된 생활을 침범했다. 집밖에 모르는 우물 안 개구리가 아는 척하며 가족들의 발목을 잡은 것이다. 결혼 생활에 신선한 생기를 불어넣을 생각은 하지 않고, 지나간 과거의 행복한 추억에 황홀해하며 안주했던 것이다. 그리고 새로운 영양을 공급해주지 않아 쇠퇴해버린 멍청한

지능의 소유자가 그 멍청한 두뇌로 가족들에게 감정적 채무자처럼 행세했던 것이다.

모니크는 물에 빠진 사람이 지푸라기라도 잡는 심정으로 미국에 있는 작은딸을 찾아간다.

"엄마, 결혼한 지 22년이 지나면 자기 아내에 대한 사랑은 식는 것이 보통 아닌가요? 안 그렇다면 오히려 이상한 일이죠, 뭐."

"그렇지만 평생을 사랑하며 사는 사람들도 있잖니?"

"척하는 거죠, 뭐."

작은딸은 행복했던 과거보다 중요한 건 미래라고 말한다. 그러면서 새로 연애를 시작해보든지 직업을 가져보라고 충고한다.

불행의 원인을 찾아내고, 그래서 남편의 사랑을 다시 얻기 위해 프랑스에서 미국까지 가보았지만 답은 없었다. 그녀가 깨달은 것은 '육체가 나이를 먹듯 사랑도 나이를 먹는다는 것'과 '지금 자신을 구할 수 있는 사람은 오직 자기 자신밖에 없다'는 사실이었다. 이제껏 그걸 몰랐던 것이다. 그녀는 프랑스로 돌아와 남편이 떠나고 없는 텅 빈 아파트에 들어서며 중얼거린다.

그러나 나는 알고 있다. 이제 내가 움직이리라는 것을. 그러면 문은 천천히 열릴 것이며, 나는 그 문 뒤에 있는 것을 보게 될 것이다. 그 것은 나의 미래이다.

그렇다. 스물세 살의 의대생 모리스와 결혼한 스물두 살의 여대 생 모니크는 전래 동화 속 공주가 아니었다. 그녀는 사랑을 했고, 네 개의 벽 속에서 아이를 낳고 가정이라는 세상을 창조했다. 그러 면서 남편과 자식들을 소유했으며 행복하다고 믿었다. 그러나 그것 은 착각이었다. 그녀는 아무것도 소유한 게 없었다. 피부처럼 밀착 해 있다고 믿은 남편과 자식은 독립된 타인이었다. 너무나 명백한 이 사실을 모니크는 너무 늦게 깨달은 것이다. 행복하다는 환상 속 에서 모니크는 나르시스트가 되어 남편의 개별성을 인지하지 못했 던 것이다. '결혼 생활은 긴 대화'라는 니체의 명언이라도 알아두 었더라면 좋았을 것을.

1960년대 프랑스 여인들의 애정 생활을 환히 엿볼 수 있는 작품이 다. '쿨'하기로 이름난 프랑스 여성들도 남편에게 애인이 생겼을 때 반응은 우리나라 여성과 별반 다르지 않다. 남자들 또한 비슷하다. 여자들이 헌신적으로 꾸린 가정에서 편안하게 잘 살아놓고는 애정이 식은 후에는 속박이니 독재니 하며 생소한 단어를 들고 나온다.

"사랑은 3개월"라는 말이 젊은이들 사이에 유행한 적이 있다. 3개월이 지나면 눈에 씐 콩깍지가 벗겨지기 때문이란다. 과학자들은 사랑이란 전두엽이 일으키는 환각 작용이라고 말한다. 그래서 길어야 2년, 짧으면 1년이라고 한다. 그 뒤의 삶은 정이라고. 함께 보낸 시간에 대한 푸근함, 오래 쓴 물건 같은 편리함. 그러나 새로운 사랑이 나타나면 이런 편안함은 지루해질 것이다.

결혼이란 사랑이 놓아준 다리를 건너 들어가는 집이 아니다. 두 섬 사이에 새로운 다리를 놓는 작업이다. 다리의 이름은 독점과 의존이 아닌 소통과 거리. 두 사람 사이에 놓인 그 다리는 사랑을 완성하는 최적의 거리를 조절함으로써 사랑을 오랫동안 지속시켜줄 것이다.

그런데 계약 결혼을 했던 시몬 드 보부아르는 행복했을까? 결혼할 걸 그랬다고 후회하지는 않았을까?

사랑이란
무엇인가

그것은 사랑일까?

사랑이 무엇인지 논리적으로 설명하라는 주문만 받지 않는다면 우리는 누구나 그것을 알고 있다고 말한다. 사랑을 느낄 때의 행복과 잃었을 때의 고통을 통해서. 그러나 그것이 정말 사랑일까?

우리는 수많은 영화를 보고, 수백 가지 사랑의 노래에 귀 기울이고, 사랑을 이야기하는 시와 소설을 읽으면서 생각한다. '우연한 기회에 행운이 오면 나에게도 아름다운 사랑이 찾아와 행복해질 것'이라고. 우리는 오랫동안 사랑은 찾아오는 것이라고 믿어왔다. 그래서 오늘도 수많은 사람이 사랑의 노래를 흥얼거리며 사랑을 기다린다. 영화와 유행가들은 "사랑은 부드러우면서도 달콤하고 뜨거운 감정인 동시에 아름다운 외모와 성적 매력에 기초한다"고 속삭인다. 그러나 정말 그것이 사랑일까?

1956년, 사랑에 대한 새로운 시각을 가진 사람이 나타났다. 사랑을 '찾아오면 받아들이는 것'이 아니라 '찾아내는 능력'으로 접근한 사람. 독일의 정신분석학자이며 사회철학자인 에리히 프롬이다. 그는 1956년에 《사랑의 기술》이라는 저서를 통해 '사랑받는'이라는 수동태가 아닌 '사랑할 줄 아는 능력'이라는 능동태를 내세워 사랑에 접근한다. '진정한 사랑은 영원히 자신을 성장시키는 경험'이라는 정의로 사랑을 수많은 감정과 분리했고, '누군가를 사랑한다는 것은 단순히 강렬한 감정만이 아니라, 결의이고 판단이고 약속'이라는 말로 사랑의 책임을 강조했다. 그는 사랑에 대해 '우연히 찾아오는 행운이 아니라 배워야 할 기술이고 능력'이라고 말한 세계 최초의 학자였다.

1978년에는 미국의 정신의학자 스콧 펙이 그의 저서 《아직도 가야 할 길》을 통해 사랑에 대한 새로운 정의를 내린다. 젊은 시절 에리히 프롬에게서 영감을 받았다고 밝힌 그는 '사랑은 자신과 다른 사람의 영혼을 성장시키기 위해 자아를 확장하고자 하는 의지'라고 못박는다. 그리고 '사랑은 실제로 행할 때만 존재한다'고 명사형이 아닌 동사형으로 사랑을 정의한다. 즉 사랑은 그냥 머릿속에서 생각만으로 이루어지는 감정이 아니라, 내 의지가 발동해 적극적으로 행동할 때만 존재하는 실체라는 것이다.

이제 에리히 프롬과 스콧 펙의 정의는 우리에게 사랑과 사랑이 아닌 것을 쉽게 구분할 수 있는 안경 하나를 선물한다. 사랑한다고 말하면서 상대방의 영혼을 성장시키기 위한 어떤 행동도 하지 않는다면 그것은 사랑이 아니다. 꽃을 사랑한다고 말하면서 꽃에 물 한 모금 주지 않는 사람이 꽃을 사랑한다고 말할 수 없듯이, 사랑한다고 말하면서 상대방을 무시하고 학대하는 사람의 사랑은 결코 사랑이 아니다. 사랑은 존중하고 신뢰하며 상대방과 나의 생명을 성장시키는 경험이며 활동이다.

이런 시각에서 볼 때 한눈에 딱 반하는 감정이란 그리 대단한 것이 되지 못한다. 그 사람과 연결되어 있다는 느낌은 신비스러운 것이지만 그 자체가 사랑은 아니다. 그런 감정은 앞으로 사랑이 될 수도 있고, 되지 않을 수도 있는 준비 감정일 뿐이다. 누군가를 갈망하는 것 자체는 아직 사랑이 아니며, 갈망이 두 사람의 영혼을 성장시킬 때 비로소 사랑으로 승격하는 것이다.

사랑할 때 우리가 만나는 감정들

누군가를 좋아하게 되면 우리의 에너지는 대상을 향한다. 그 사람의 이름이 궁금하고, 하는 일이 궁금하고, 취미가 궁금하고, 모든 것이 궁금해서 관찰하고 연구한다. 그리고 대상에게 다가가고 싶어 인사를 하고, 대화할 기회를 만들고, 주위에서 맴돌면서 관계를 맺으려고 노력한다. 프로이트는 일찍이 이런 상태를 '대상에게 쏟는 에너지'라는 의미의 '카섹시스cathexis'라는 단어로 명명했다. 카섹시스는 애착의 한 형태로 상대에게 쏟는 모든 에너지의 총칭이다.

카섹시스에는 이름이 많다. 관심, 끌림, 동경, 경탄, 동정, 친밀감, 배려, 신뢰, 연민, 호의, 애정 그리고 질투, 절망, 분노, 후회, 복수 등이 포함된다. 어떤 사람과 강력한 감정의 끈으로 연결되어 있다고 믿을 때 우리 내부에서 발생하는 이런 특별한 에너지들은 사랑과 관련된 감정일 뿐 사랑과 동등한 것은 아니다.

가끔 자신과 특별한 감정 상태에 있는 상대를 학대하거나 폭력을 행사하면서 사랑하기 때문이라고 말하는 사람을 보는데, 이는 자신이 아직 카섹시스 상태에 머물고 있다는 것을 모르기 때문이다.

결국 사랑이란 카섹시스를 넘어서는 경험이다. 에리히 프롬이 말했듯 '사랑은 자신을 성장시키는 경험'이고, 스콧 펙이 말했듯 '사랑은 자신과 다른 사람의 영혼을 성장시키기 위해 자아를 확장하는 의지'이기에 카섹시스를 넘어서지 못한 감정은 사랑이 아니라 사랑이전의 단계일 뿐이다.

그러니까 "내가 그의 이름을 불러주기 전에/ 그는 다만 하나의 몸짓에 지나지 않았다/ 내가 그의 이름을 불러주었을 때/ 그는 나에게로 와서 꽃이 되었다"라고 노래한 김춘수 시인의 〈꽃〉처럼 '몸짓'을 '꽃'으로 만들어줄 때 비로소 사랑은 존재한다.

남자와 여자는 자신의 의지나 선택과 상관없이 저절로 카섹시스에 빠질 수 있다. 그러나 그것이 사랑이 되기 위해서는 영혼이 성장하는 경험, 불완전한 자신이 완전해지는 경험을 해야 한다. 두 사람 간의 강력한 감정이 두 사람의 영혼을 타락시키거나 손상시키는 곳에 사랑은 존재하지 않는다.

천의 얼굴을 가진 사랑

그렇다고 모든 사람의 사랑이 동일한 모양새를 갖추는 것은 아니다. 사랑은 천의 얼굴을 가지고 있다. 인간이 몸과 정신으로 나뉘어 있듯이 사랑도 몸과 정신으로 구성되어 있다. 우리가 느낌을 통해 알고 있는 것은 사랑의 몸이다. 학습 없이도 저절로 알게 되는 육체의 프로그램. 코끝을 간질이는 향기처럼, 감미롭게 혀를 자극하는 미각처럼.

사랑의 정신은 두뇌 속에 있다. 이제까지 살아오는 동안 몸과 마음이 경험한 모든 것을 동원해 마침내 깨달은 사랑의 정의. 우리는 그것을 철학이라 부른다.

우리의 사랑은 이렇게 몸과 정신, 느낌과 철학으로 정교하게 짜인 비단이다. 그래서 사랑 속에서 감성과 이성은 대립하지 않고 어깨동무를 한다. 그리고 이 두 요소 중 어느 한쪽이 어떻게, 얼마나 영향을 미치는가에 따라 사랑의 무늬가 달라진다. 순수한 사랑, 달콤한 사랑, 위대한 사랑, 격렬한 사랑, 이기적 사랑, 헌신적 사랑, 쓰디쓴 사랑, 사소한 사랑, 불편한 사랑, 찌질한 사랑……. 그래서 세상에는 억만 가지 사랑이 존재하고, 우리는 다양한 모양과 빛깔의 사랑을 만난다. 천의 얼굴을 한 사랑! 병에 담기면 병 모양, 그릇에 담기면 그릇 모양이 되는 사랑. 주체는 같아도 대상에 따라 달라지는 사랑. 오늘의 사랑이 내일의 사랑과 다른 살아 움직이는 사랑.
그래서 사랑은 항상 낯설다.

사랑은 운명인가?

사랑은 운명인가, 종족 보존의 본능인가, 호르몬의 장난인가, 트
렌드인가?

인류는 오랫동안 스스로에게 이런 물음을 계속해왔다. 사랑이 운
명이라고 믿는 사람은 '인연 신화', 플라톤의 '반쪽 찾기 신화'를 신
봉한다. 많은 문학작품이 이 운명론에 의지해 창작되었다. 그것은
《로미오와 줄리엣》처럼 신비감으로 다가와 죽음으로 끝맺기도 하
고, 《신데렐라》처럼 영원한 행복으로 마무리되기도 한다.

사랑은 종족 보존의 본능이라고 믿는 사람은 아르투어 쇼펜하우
어Arthur Schopenhauen의 '자손 번식의 욕망론'을 굳게 믿는다. 그래
서 "사랑은 없다. 본능만이 있을 뿐이다"라고 말한다. 그러나 우리
가 그 많은 사람 중 한 사람을 택해 종족 보존의 의무를 행하게 되
는 이유를 설명하기에는 본능론 만으로 충분치가 않다.

사랑을 호르몬의 장난이라고 정의한 현대 과학은 우리의 몸속에

있는 생체호르몬인 도파민, 세로토닌, 옥시토신, 테스토스테론, 루리베린 조금씩, 거기다가 엔도르핀을 조합하면 사랑의 묘약이 되고 사랑이라는 감정을 만들어 낼 수 있다고 말한다. 그러나 그런 믿음은 SF영화의 모티브가 될 뿐, 아직 인간의 사랑에 영향을 미치지는 못한다.

인류와 함께 존재해온 수많은 동화와 소설 같은 문학작품을 분석해보면 그 속에는 운명론과 욕망론과 호르몬론만으로 설명할 수 없는 그 무엇이 들어 있다. 역사와 문화라는 환경이 인간의 사랑에 행사해온 부인할 수 없는 강력한 힘. 요즘 트렌드라는 말로 쓰고 있는 경향이나 유행이 보인다.

조선 시대 성춘향의 사랑과 일제강점기의 이수일과 심순애의 사랑은 다르고, 이들은 또 21세기 서울내기들의 사랑과도 다르다. 미국의 개척 시대를 배경으로 하는 《주홍 글씨》의 사랑과 1920년대 신흥 부국인 미국 사회를 배경으로 하는 《위대한 개츠비》의 사랑도 다르다. 뿐만 아니라 18세기 중반, 한국의 춘향은 '일편단심과 일부종사'를 외치는데, 그로부터 50년 뒤인 19세기 초 영국의 《오만과 편견》의 주인공 엘리자베스 베넷은 사랑과 결혼에서의 '남녀평등'을 외친다.

또 이혼법이라는 것이 없던 1840년대 영국의 제인 에어가 겪는 사랑의 아픔은 남자만이 이혼을 제기할 수 있던 1870년대 러시아 사회 속에서 안나 카레니나가 겪는 사랑의 아픔과는 다르다. 두 작품에 모두 이혼법이라는 문제를 사회에 제기한 작가의 주장이 들어 있지만 주인공의 사랑은 서로 다른 빛깔을 띤다. 또 이런 작품들은 이혼을 밥 먹듯 하는 1950년대 프랑스인의 사랑을 그린《브람스를 좋아하세요…》와는 서로 다른 행성의 사랑만큼이나 거리가 멀다.

사랑은 확실히 역사와 사회 그리고 문화의 모습에 따라 달라진다. 환경의 지배를 받는 인간은 당대의 사회 문화 속에서 숨 쉬고 사랑하기 때문이다. 그것은 오늘의 우리 사회를 봐도 분명하다. 그 시대에 텔레비전 드라마에 어떤 내용을 방영하느냐에 따라 사람들이 입는 옷과 말씨가 달라지고, 사랑과 결혼의 모습이 달라진다. 이런 현상은 문학, 영화, 드라마 같은 문화의 주체들이 우리의 의식을 좌지우지한다는 것을 증명한다.

1857년에 프랑스 검찰은 플로베르의《마담 보바리》를 미풍양속과 종교의 신성성을 해쳤다는 이유로 재판정에 세웠다. 그러나 프랑스 검찰이 진정으로 우려한 것은 미풍양속과 종교가 아니라, 마담 보바리식 사랑이 프랑스 사회의 트렌드가 되는 것을 막으려는 의도였을 것이다.

이런 역사적 사실들을 볼 때 한 개인의 사랑은 종족 보존의 본능, 호르몬 작용, 사회 문화의 영향에 우연이란 운명이 개입되어 생성되는 살아 있는 총체라고 할 수 있다. 우리 각자의 영혼이 자신과 소속된 사회 경험의 통합체이듯, 우리 사랑도 개인의 경험에 사회적 트렌드가 관여한 결과이다. 오늘의 경험이 사라지지 않고 우리 내부에 남아 내일의 삶을 조종하듯이, 오늘의 사랑도 사라지지 않고 남아 다음 사랑에 영향을 미치고 새로운 트렌드를 만들면서 흘러간다.

사랑, 나를 찾아가는 여행

속담에 '사랑하면 닮는다.' '부부는 닮는다.'는 말이 있다. 실제로 우리 주위를 보면 사랑하는 사람들은 닮아 있다. 오래 사랑한 사람들은 사용하는 어휘, 말하는 톤, 생각의 방향이 같고, 얼굴 표정을 넘어 모습까지 닮아있다.

왜 그럴까? 니체는 말한다. '사랑이란 정과 망치를 가지고 돌 속에 잠들어 있는 상대방의 형상을 드러내는 것'이라고. 그런데 돌 속에서 꺼낸 사랑하는 사람의 형상은 자신과 닮아있는 경우가 많다.

니체의 말을 더 잘 이해하기 위해 어느 날 조각가의 작업실을 방문한 적이 있다. 조각가는 여인상을 조각하고 있었는데, 그 얼굴이 조각가와 닮아있어서 깜짝 놀랐다. 조각가는 남자고 조각은 여자였는데……

이런 일은 문학창작에서도 흔히 일어난다. 《오만과 편견》을 쓴 제인 오스틴은 주인공 엘리자베스 베넷과 닮았고, 《제인 에어》를 쓴 샬럿 브론테는 여러 면에서 주인공 제인을 닮은 인물이라는 것이 당대 평론가들의 증언이다. 작가는 싫든 좋든 자신의 모습을 작품 속에 아로새긴다.

결국 사랑이란 나를 찾아가는 여행이다. 너를 통하여 나를 알아가는 과정. 너와의 사랑이 아니었다면 까맣게 모르고 살았을 나의 오만과 편견, 네가 아니었으면 영원히 몰랐을 깨진 그릇같이 날카로운 질투와 분노. 너를 사랑하지 않았으면 발현되지 않았을 나의 허영심. 너는 나의 거울. 그러므로 사랑은 돌아와 거울 앞에 선 서정주의 '누님의 거울'이다.

이런 자기 발견은 십중팔구 결핍의 발견이고, 이 결핍은 상처가 된다. 그러나 상처의 발견은 사람을 겸손하게 하고 성장시킨다. 성장의 에너지는 자기의 결핍을 발견할 때부터 타오르기 시작한다. 자기가 세상에서 가장 잘났으며 흠도 티도 없는 완전무결한 존재라고 생각하는 사람에게는 성장의 에너지가 없다.

진정한 사랑은 우리에게 강력한 에너지를 제공한다. 이런 현상에 대해 신경정신의학자 필립 플로레스Philip J. Flores는 말한다. "우리가 누구이고 누가 될 수 있느냐의 상당한 부분은 우리가 사랑했던 사람, 사랑한 사람, 사랑하고 있는 사람이 누구인가에 달렸다"고.

그런데 많은 사람이 자기가 좋아하는 사람을 만나면 자신의 가장 좋은 점만을 보여주려고 노력한다. 심지어는 상대의 눈길을 끌기 위해 상대가 좋아할 만한 거짓된 자아를 꾸며 보여주기도 한다. 그러나 그것은 사랑에 대한 예의가 아니다. 유부남이 총각으로 속이고 처녀에게 접근한 후 들통이 나자, 너무나 사랑하기 때문에 거짓말을 할 수밖에 없었다고 눈물을 짠다 하더라도 그것이 사랑이 될 수 없는 것처럼, 자신을 당당하게 보여주지 못하는 사랑을 어찌 사랑이라 말할 수 있을까.

건강한 사랑은 거울을 들여다 보듯 서로의 모든 것을 공유할 때에만 가능하다. 사랑은 나를 찾아가는 여행이기 때문에.

실제로 많은 사람이 사랑을 갈구하면서도 사랑으로부터 오는 위험을 감수하기 싫어 도망친다. 얼마나 많은 한국 영화가 이 주제를 가지고 고군분투해왔던가? 사랑하지만 가난한 남자와 사랑하지는 않지만 돈 많은 남자 사이에서 갈등하는 여주인공의 이야기를. 결국에는 돈 많은 남자를 선택하고 평생 눈물짓는 '이수일과 심순애' 식 사랑은 바로 사랑의 위험을 감수하기 싫어하는 여자들이 만들어 낸 사랑의 모형이었다.

지금 대한민국에 이수일과 심순애식 사랑이 판치는 것은 사랑에 대한 문화적 편견 때문이기도 하다. 사랑하면 아무런 고통도 없고, 항상 환희에 가득 찰 거라는 착각. 그런 사람들은 사랑을 위해 내가 무엇을 할까보다 수고 없이 수동적으로 행복을 맛보길 기다린다. 그러나 사랑은 마약이 아니다. 사랑에는 기쁨만큼 고통이 들어 있다. 고통 없는 사랑이란 결코 없다. 어쩌면 사랑하지 않을 때보다 더 큰 고통이 찾아올지도 모른다. 그러나 그것으로 하여 내가 성장할 수 있다면 그다음 인생은 한층 바람직하게 진행될 것이다. 기말고사가 무서워 자퇴하는 학생이 있다면 얼마나 어리석은가?

사랑도 배워야 한다

그동안 우리 교육은 수없이 교육 과정을 바꾸고 교과서를 개정하면서 새로운 내용으로 채웠지만 그 속에 사랑만은 없었다. 성교육도 있고, 심지어 피임법까지 가르치면서도 사랑만은 가르치지 않았다. 사랑은 저절로 알게 된다는 그 수상한 미신 때문이다.

행복한 인생을 위해서는 먼저 '사랑의 가치 혁명'이 필요하다. 집, 땅, 차가 남녀의 자연스러운 사랑을 방해하는 오늘의 물질주의적 사회에서는 누구도 행복할 수 없다. 경제적 부를 가진 사람들은 그런 조건 때문에 얻게 된 사랑과 행복할 수 없고, 그런 조건을 따라 사랑하고 결혼한 사람들 또한 행복할 수 없다. '사랑은 아무나 하나. 눈이라도 마주쳐야지'라는 유행가 가사처럼 사랑은 혼자 할 수 있는 것이 아니다. 눈이라도 마주칠 타인이 필요하다. '사랑의 가치 혁명'은 그 눈이라도 마주칠 사람들이 같은 가치관을 가지고 있을 때에라야 가능하다. 사랑은 도덕이나 자기계발처럼 혼자 애쓴다고 되는 것이 아니다. 민주주의처럼 구성원들이 힘을 합해야 가능한 공동운명이다.

행복해지기 위한 두 번째는 사랑하는 방법에 대한 교육이다. 사랑에 관해 우리는 사랑을 매혹적인 환상이나 신화로 높이 떠받들면서도 실제로 어떻게 해야 하는지에 대해서는 별로 주목하지 않았다. 그래서 많은 사람들이 달콤한 사랑을 꿈꾸다가 쓴 맛을 보고 놀라 돌아선다. 위대한 개츠비의 데이지처럼, 지금 현대인들은 너도 나도 사랑 불능자가 되어간다. 사랑을 태어나게 하는 샘이 말라버려 단체로 불행의 늪에 빠져버렸다. 이런 우리에게 알베르 까뮈의 조언이 의표를 찌른다. '사랑받지 못한 것은 불운에 지나지 않지만,

사랑하지 못하는 건 불행이다.'

'진리를 모르고 백년을 살기보다 진리를 알고 하루를 사는 것이
더 낫다.' 는 법구경의 말씀은 사랑에서도 유효한 진리처럼 보인다.
그래서 감히 말한다.

"사랑의 본질을 모른 채 하는 백 번의 사랑보다 사랑의 본질을
알고 하는 한 번의 사랑이 더욱 아름답다."

사랑의
역사